红 柯

本名杨宏科，1962年生于陕西关中农村，1985年大学毕业，先居新疆奎屯，后居小城宝鸡，曾执教于陕西师范大学。漫游天山十年，主要作品有"天山系列"长篇小说《西去的骑手》《大河》《乌尔禾》《生命树》等，中短篇小说集《美丽奴羊》《跃马天山》《黄金草原》《太阳发芽》《莫合烟》《额尔齐斯河波浪》等，另有幽默荒诞小说《阿斗》《家》《好人难做》等。曾获冯牧文学奖、鲁迅文学奖、庄重文文学奖、中国小说学会奖长篇小说奖、陕西省文艺大奖等。

百鸟朝凤

红柯——著

上海文艺出版社

天山顶上望故乡

红柯

"百鸟朝凤""凤鸣岐山"最初源于我的故乡岐山,周人颠沛流离落脚岐山有了美好的家园,《诗经》里有"凤鸣高冈,于彼朝阳"。后来就是武王翦商的"封神演义",这些半神半人的传奇人物都在岐山留有遗迹。这块土地周人后崛起了大秦帝国,周兴于岐,秦兴起于岐山相邻的凤翔,依然是凤凰鸣于高冈的故事。如果周是希腊的话,秦就是武功盖世的罗马。

我的创作开始于大学时代,以诗为主,兼有小说散文,大都写故乡岐山,故乡太深厚悠久了,我就西行八千里,浪迹天山南北。1990年冬天落脚天山脚下快五年了,遥远的故乡出现在梦中,黑压压奔腾而来,化作马群和鹰,凝固成青铜大方鼎,悠长的啸声成为古老传说中的凤鸣,故乡一下清晰起来,醒来后我写下了"百鸟朝凤"四个字,初稿于1990年冬天的石河子与奎屯。1995年冬天回到阔别十年的故乡,渭河北岸古朴的土原,如梦中所见,确实是一尊大气磅礴的青铜宝鼎。1996年——2012年修订。给故乡的文字应该是青铜鼎上的纹饰。从阿尔泰山天山的原始岩画到青海甘肃的陶器花纹,到关中周原就抽象得如此绚烂美丽。周人落脚岐山种麦子,周就是方格子地里长出禾苗,周人来自塔里木盆地,塔里木的原始含义就是种地的人,周人在岐山脚下不再住地窝子,盖那种单边流直角三角形的厦厦房,周原农村至今还保留着三千年前祖先的建筑样式,第一次见到中亚腹地的黄泥土屋,我泪流满面……周秦汉唐的关中以及那座大城长安就是游牧与农业交融的地方,交融处才有生命的大气象。

01

周长元在渭北师范学校上学的时候听到过许多有关姜永年老师的传说,最牛皮的一个传说就是姜永年老师抗战前担任陇海铁路西安至宝鸡段总工程师,铁路修到武功杨凌没上北原,而是沿渭河谷地过宝鸡到兰州;没修到兰州,连天水都没到就解放了。解放后人民政府接着修,就是有名的宝天线,一直到天水兰州。渭河北岸原上的扶风岐山凤翔与甘肃的平凉地区被现代化的铁路抛开了。影响最大的是陕西关中西部古老的周原,影响最直接的是姜永年自己执教的渭北师范学校。这所建于清朝末年的新式学堂在抗战期间让原下河谷地带的宝鸡占了上风,整个周原成了落架凤凰不如鸡,关中西部重镇从原上凤翔迁到了原下宝鸡,鸡还真的上了架。这是没办法的事情。

周长元就是原上人,生长在农村,在周原一个小县城上完初中,考上了几十里外的渭北师范,成了公家人,还有助学金。上个世纪六十年代初,农家子弟有这么好的机会,很满足了。大家纷纷议论姜永年老师的时候,周长元没啥感觉。周长元没见过铁路更没见过火车,周长元的印象中,公路就代表着现代文明。西安至兰州的公路穿越古老的周原,甚至越过甘肃河西走廊到达遥远的新疆,那可是一千多年前张骞通西域的丝绸之路,全都修成了现代化的公路。

周长元还记得他第一次见到公路的情景。从乡村小学考上初级中学,要到几十里外的县城去上学,生产队长破例让他搭乘马车,村干部才有这么高的待遇。家里人送他到村口,生产队最现代化的胶轮马车送他去上学,父母亲人还有啥不放心的。爹给队长一包纸烟,给车把式一包纸烟,满脸赔笑,队长挥挥手,车把式鞭子一扬啪啪两声响鞭,村里的秀才连同满满一车辣椒大蒜烟叶豆子就昂昂气壮地上路了。三匹马头扎红缨子,脖子上的铜铃叮叮当当,古代发状元榜大概就是这架势。他的铺盖和小木箱就挨着车辕,他就坐在小木箱上,靠着铺盖。村子到大队全是乡间土路,坑坑洼洼颠得厉害,货物被扎绑得很结实,马车浑身乱抖是抖不开的。车把式叫学生娃抓紧绳子,不要抓箱子,惊慌失措的学生娃抓住粗麻绳就不慌张了,粗麻绳紧绷绷跟钢钎一样。车把式装货的时候学生娃和全村人就在一旁看着,车把式不让人插手,豆子装下边,大蒜压中间,干辣子烟叶放上边,粗麻绳空中一甩,车帮上一穿,车把式脚蹬车轮嘿的一声山一样的货物立马缩小一大半,车把式绕着马车嘿嘿两三回,一车货就像有了骨头有了筋,任凭风浪起稳坐钓鱼台。此时此刻胶轮大车就像黄土高原惊涛骇浪中的一叶扁舟,车把式就是船老大,船老大掌舵就不会翻船,学生娃抓住粗麻绳的时候就对车把式充满了无限的信任。学生娃叫了声叔,车把式跟学生娃父亲是一辈人,学生娃就叫叔。车把式高兴啊,手腕一抖,长鞭就在半空啪啪响两下,马尾巴翘得高高的,马勾子又圆又大,马脊背跳得突突突就像风中的绸子就像学校运动会上的锣鼓。胶轮马车到了公社所在的小镇。

学生娃就是在镇上念完了五年小学,周末回家背馍,外加一缸子辣子。夏秋炒的绿辣子,冬天就是辣子酱,有时会加些咸萝卜酸豆角,馍馍大多是玉米面桃菽面粑粑,情况好的时候会带一些麦面玉米面或桃菽面混杂的裹裹馍,纯一色麦面白馍出现的机会很少,一年大概就一二次。村子到公社所在的小镇十几里路,学生娃走了整整五年,一二年级大人送,三年级都十几岁了,有道是刘秀十二下南阳,儿子娃娃十一二岁就是半大小伙子闯天下的光景,就不要大人送了,独自一个穿越渭北旱原的深沟大壑。学生娃练出了两条飞毛腿,出了村子,就嗖嗖嗖窜成一股风,十几里路也得窜上一阵子。胶轮马车忽扇几下就到了镇上,学生娃喊起来:"这么快啊,眨眼就到啦。"车把式微微一笑:"人能快过马?"车把式把马车吆到公社供销社,学生娃帮着车把式卸货,一样一样细细地记下来,比供销社的会计记得还清,车把式骄傲地告诉供销社的人:"我村里的秀才考上县中啦。"大家嗬嗬地笑,学生娃满脸通红不敢看人,大家就说:"羞廉这么大,一看就是个乖娃娃,是念书的好料子。"车把式还得忙上一阵,把学生娃送到去县城的公路上,那里有去县上的大卡车顺路捎学生娃,都是熟人托熟人说好的。

公社所在地的小镇到公路是几十里远的料礓石路,可并排跑两辆马车,相当于简易公路,常常有县上的汽车开到镇上,大卡车拉货运货,镇上有商店有供销社有公社机关,偶尔还能见到县机关的小汽车、草绿色的北京二一〇吉普车,县委书记县长下乡才坐吉普车,县上大多公家人都骑自行车,公社领导也是骑自行车去县上开会,大队领导骑车子的很少。公社小学的校长才有一辆自行车,老师们偶尔有急事借上一回。小学念书的农村娃看自行车就跟看飞机一样。农村娃甚至都不敢到那条通往县城的料礓石大路上去走一走。学校在小镇的边上,学生娃都很少去镇上大街逛一逛,个别爱逛街的学生娃会被人看不起,落一个逛山的恶名,就跟街痞二流子坐一个板凳上了,就成了辱没先人的现世报。学生娃偶尔去街上商店买个牙膏牙刷作业本墨水都是来去匆匆。笔跟枪一样,学生娃们会从小学用到中学,争气的话会用到大中专,甚至用一辈子。笔是命根子。学习尖子得到表彰一般就奖个牛皮纸封面的笔记本,奖品是钢笔的话就跟今天得奥运金牌一样,是让人无比羡慕的大礼。那条从大街到公社机关门口再到连接小镇的料礓石大道默默地潜藏在每个学生娃的心里,大家都知道考上县中学那一天,才有资格踏上那条康庄大道到县上去。据老师们讲,这还不是康庄大道,二十多里长的料礓石大路通到西兰公路上,西兰公路才是真正的康庄大道,渭河北岸黄土高原上的扶风岐山凤翔一直到千阳陇县就由这条现代化公路串在一起,老师淡淡地说了一句:"这才是路,好好努力吧!"老师说得很轻松,落到学生娃心里等于一石击起千层浪。老师知道四两拨千斤的效果,这些北原上的农村娃个个腼腆卑微的外表下都有一颗万丈雄心,都很懂事,老师们根本不需要说重话,稍加点拨,点到为止。我们可以想象胶轮大车在料礓石大道上奔跑时的情景,无论是赶车人还是车辕里的马,都很兴奋。车把式每次出活都是把货送到镇上,村干部们开会也是到镇上,村里老人得急病也是送到镇上,小镇基本上是胶轮马车的终点站,坑坑洼洼泥泞不堪的乡村土路跟赶车人和驾车牲口紧紧地连在一起。突然跑到料礓石大道上,赶车人和驾车牲口兴奋得直叫,马打响鼻车把式甩响鞭,料礓石路面也有坑,都是平缓光滑的大坑、整块路面凹下去,并没有裂开。料礓石都是从黄土高原的深沟河道里挖出来的,胶状的黄泥与生姜一样的石料连在一起,黏性很好,铺设路面,很容易压平,但没有真正的石料那么坚硬,标准化的公路不会采用料礓石。对胶轮马车来说,料礓石路面就跟进天堂一样,车子又快又稳,遇到坑洼也是忽闪一下,不会颠晃弹跳。胶轮大车几乎成了学生娃的专车。

公路出现在前方时车把式长长地吁了一声,车辕里的马扬起蹄子,又腾一下站住,车把式和学生娃身不由己地站在马车上看前方黑黝黝的公路。由东而西在大地上闪闪发光就像一条大河。从北山山脚向南伸去的料礓石大路处在渭北台原地带最高的台阶上,从山脚到渭河边有三四个宽阔的台阶,每一个台阶宽至几十里,相差一二百米,大河一样的公路横贯第二台阶,料礓石大路从北而南从第三台阶到第二台阶,居高临下。此时此刻马车就停在二三里外的台地边缘,车辕里的马和车厢里的人兴奋异常,赶车人又是两声鞭响,嘴里一声得求！车子就飞起来了,下坡路,路面平展展,二三里路眨眼就到。岔路口可谓泾渭分明,黄巴巴的料礓石路跟柏油石子公路交汇。

学生娃搬下木箱子和铺盖,车把式吆上马车在公路上兜一圈,就回去了,赶车人和驾车的马恋恋不舍。谁都想在干净整洁的公路上跑啊跑啊不停地跑下去。周长元清清楚楚地记得,他搬下铺盖和木箱子,送车把式大叔离开后,他忍不住在柏油公路上翻了几个跟头。上个世纪六十年代全中国任何一条旷野上的公路都是车辆稀少,尤其是大西北,显得更加空旷寂静,这个很内敛的农村学生娃实在按捺不住内心的喜悦,又是打车轳轮又是翻跟斗,然后站在岔路口,一边细细地看着公路的尽头一边回味老师讲过的泾渭分明。老师专门拿一张彩色陕西地图,让大家看泥汤一样的渭河和清澈的泾河。眼前这条干净整洁的西兰公路就是一条清澈的大河。学生娃在这里等一个半小时等来了从扶风去岐山的大卡车。同村的一位复员军人在县运输公司开大卡车,就顺路捎上了村里的秀才。复员军人让学生娃坐驾驶室,学生娃头一回坐汽车,一定要待在车厢里看沿途的风景,复员军人当年走出偏远乡村去当兵时也是这种心理。司机把车开得很快,到县城有四五十里路,要翻三沟六坡,学生娃见识了故乡真正的深沟大壑,相比之下,从村子到镇上的沟沟坎坎不算个啥。

周长元在县中学念了两年书,没上高中直接考了中专。农村娃都想早早工作早早养家。周长元十六七岁还没成年就上了渭北师范成了公家人,公家管伙食,还有助学金,还报销药资费,跟念中学没法比。

念中学那两年周长元每天早晨去公路上长跑,班上一帮同学都去公路上长跑。县城是两条公路的交汇处,从东往西西兰公路从城南到凤翔一直到兰州到新疆；还有一条南北公路,从县城往南下渭北高原到渭河边的陇海铁路,直通火车站,有四五十里远。周长元往南边公路上跑过,也往西边西兰公路上跑过,相比之下,他喜欢跑西兰公路,据说是从上海延伸到大西北。爱往南边县级公路上跑的同学都是奔铁路去的。那时候就有人抱怨铁路为啥不走原上?不走古丝绸之路?硬是把渭北周原上的扶风岐山凤翔撇到铁路外边,千阳陇县都受到牵连,包括甘肃平凉。学生娃就这么义愤填膺地在地理课上问老师,地理老师就这个话题让大家讨论,大多数同学都认同这个观点,老师鼓励大家提一些不同看法,周长元就说咱们周原几个县并没有远离现代文明,没有铁路还有公路哩。马上招来激烈的反驳,有一个声音特别刺耳:"公路能跟铁路比吗?真是个稼娃乡棒。"说这话的是县长的儿子。周长元就毫不客气地回了一句:"你爸天天在公路上跑哩。"大家轰一声笑翻了天。县长是全县仅有的几个坐小汽车在公路上跑来跑去的人。老师都笑了:"中国是农业国家,城里人几代前都是农民,城乡一家、城乡一家。"争论归争论,下课还是好同学。大家都知道周长元是个容易满足的人,周长元不怕人家说他小农意识至少他没有上大学的打算,考上渭北师范他就很满足了。沿西兰公路往西六七十里就是凤翔。

渭北师范可谓人才济济,三分之一的教师有出国留学的经历,其他教师也都是国内名牌大学的毕业生。姜永年老师名气最大,北京大学毕业,参加过西北科学考察团,跟洋人一起勘察过丝绸之路,留学德国,担任过陇海铁路西安至兰州段的总工程师,执教于渭北师范,数理化史地外音体美样样精通,几乎是个全才。周长元入学时姜永年老师主要讲授数学历史和音乐。据说姜老师的地理课最吸引人,但争议也最多。每次上课,学生总要问他为啥不把铁路修到原上,不修到扶风岐山凤翔,言下之意,铁路修到原上的话,这所清朝末年创办的中专早都升格为大学了。姜永年老师就来一点小幽默:"中专升格为大学我教不成书,你也念不成书啦。"学生就笑了,笑完后又觉得不是滋味。班主任批评学生浅薄无知:姜永年老师在北京上海的名牌大学当教授都没问题,父母年迈,为尽孝心,姜永年老师和妻子才回到故乡一边教书一边照顾父母,你们这些碎屁眼娃娃,中专升大学姜老师能行,你们能行吗?能考上大学吗?谁都知道中专与大学中间还夹个大专,远着哩,话都不会听。姜老师的话里头意思很多。不容学生娃多想,姜永年老师自己提出不再教地理,陇海铁路这件头疼事搅得老师学生都不得安然,校长就随姜老师的意,地理改历史,反正是个全才,哪一门课都没问题。至少课堂上再也听不到陇海铁路这个话题了。下边还不停在议论。有点名人轶事的味道,有点炫耀自己学校的味道。周长元同学就是这么理解的。上姜老师的课之前周长元同学就对姜老师充满无限敬仰。

姜老师第二学期才给周长元他们班上课,周长元提前去高年级旁听姜老师的课。不要说以前的中小学老师,就是渭北师范的大多数老师包括校长都不能跟姜老师相比,不是一二个档次的差距,周长元完全相信大家屡屡提及的陇海铁路的走向问题完全是一种对学校的热爱与自豪,也是对他们老师的热爱与自豪。旁听姜老师课的学生很多,都挤在教室后边挤座位,迟了只能站着。周长元经常站着听课,必须上完必修课,挤时间来旁听。两周后周长元同学就开始举手提问题。周长元同学做了充分准备,老牌子中专图书馆藏书很多,从清末到民国到解放后的新书,应有尽有,民国时期的书居多,周长元涉猎较广,顾颉刚的《古史辩》、黄文弼的《塔里木盆地考古记》、常书鸿的《敦煌研究》,基本集中在大西北。姜老师很快就记住了这个学生,正式上课班级的学生就很尴尬,老师对大家一视同仁,但还是让周长元这个旁听的家伙频频得手。相比较而言,数学课上周长元得手机会很少,数学他只能听懂,远远达不到炫技的程度。姜老师已经不上音乐课了。周长元他们这一级停上的。据高年级同学讲,姜老师西洋乐、国乐都很精通,钢琴小提琴管风琴二胡笛子扬琴琵琶这些乐器,音乐专业的老师都比不上他。跟大多数农村学生一样,周长元会吹笛子会吹唢呐会拉二胡,扬琴琵琶这些雅乐就很陌生,西洋乐器就更陌生了,见都没见过。姜老师的妻子是专业音乐老师,教小提琴和琵琶,大家开玩笑说姜老师不好意思抢老婆的饭碗。多少年后周长元才明白姜老师开始收敛自己的原因。古老的周原总比外边的世界慢好几拍。依周长元当时的心情,完全可以在姜老师指点下学小提琴和管风琴。他只能遗憾地选了国乐中的二胡和唢呐。唢呐是最受冷落的乐器,只有三四个同学选了唢呐。周长元选唢呐也是因为姜永年老师的缘故。

姜永年老师与妻子住在学校,周末回乡下看望父母,父母也不住原来的老宅子。他们家是周原几县有名的大地主,还有许多商号,西安宝鸡岐山凤翔扶风都有产业,又是个开明地主,抗战时支援抗战,内战时资助当地保安团武装起义反内战,保安团得到姜家资助与宝鸡赶来的中央军激战后撤入陕甘宁边区,解放后又大力支援抗美援朝。姜家人很低调,几次捐赠,连老宅子都没留下,只保留离县城七八里地的一处宅子。出县城沿西兰公路往东五六里再往北二三里的料礓石大路一个公社所在地的小镇,交通方便又僻静。

周长元是无意中碰到姜老师的。每到周末,中专学校的学生就比较悠闲,三三两两去郊外踏青,周长元和几个同学就走到了姜永年老师老家的那个小镇上。学生娃并没有到镇上去,而是沿着沟底的凤鸣河游玩。三四月麦子起身,油菜花开,河柳梧桐又密又绿,鸟儿全聚在河岸的树林里,学生娃就听见河边有人拉二胡,竟然拉的是《百鸟朝凤》,唢呐曲子用二胡演奏,再也没有喜庆的味道了,全是凄凉之音。学生娃已经懂得基本的乐理常识,已经具有相当的鉴赏能力,这么好的音色不是一般乡村自乐班乐手能拉出来的。当是时也,学生娃往树林深处钻,林中鸟儿一群一群往外飞。谁都知道《百鸟朝凤》是召唤鸟儿的,谁都知道《诗经·大雅·卷阿》中就有"凤凰鸣矣,于彼高冈,梧桐生矣,于彼朝阳。"谁都知道这首曲子象征吉祥幸福,喜庆与悲切尽在其中,一般都是笛子与唢呐独奏,二胡曲子剔尽了喜庆,倾诉的全是苍凉与悲切。学生们越走越慢,轻手轻脚,如履薄冰,他们很快看到陡峭的河岸上拉二胡的人是他们的姜永年老师,平缓的河岸在梧桐林里一下子陡峭起来,高过了树梢,形成了一个高冈,河水也变得湍急,哗哗地喧响。学生们远远地望着他们的老师,石雕一样凝然不动,只有握着弓的手臂在晃动,所谓会拉拉一条线不会拉散成面,如诉如泣的二胡呜呜咽咽,飞禽走兽一片哀鸣。学生们不敢惊动老师,远远地站着悄悄地离开。

周长元苦练唢呐,长进很快,同学们戏称他为吹鼓手,农村红白喜事都有吹唢呐的,招牌曲子就是《百鸟朝凤》。周长元吹得津津有味,曲调中有公鸡叫鸣,母鸡下蛋,驴叫牛吼马嘶喜鹊喳喳麻雀唧唧,老婆婆欢笑,喜气洋洋。面对大家的嘲笑,周长元振振有词,这叫有凤来仪,丹凤朝阳,咱们这里可是凤鸣高冈的地方。这个理由很充足,足以服人。周长元吹得理直气壮。

一个月后的周末,周长元独自来到岐山凤翔交界的凤鸣河边,当河岸陡峭的土冈上响起二胡《百鸟朝凤》时,不远处的铜唢呐也就呜哇呜哇高亢地叫起来,时而高音时而中低音,高音紧张尖锐短促,中低音豪放刚劲欢快可以延伸很久很久,周长元的腮帮鼓得那么圆,整个人就像打足了气的气球就像一只鼓圆腮帮的青蛙,整个河滩都在哇哇欢叫,蝴蝶蜻蜓飞来了,鸟儿一群一群地飞来了,从田野从崖畔从村庄上空,哗哗跟暴雨一样,连鸡狗驴子都跑过来了,松鼠都窜到周长元的脚上……周长元能感觉到姜永年老师悄悄地走过来了,停在十几步远的树林子里,二胡抱在手里,静静地听着学生娃嘹亮高亢的唢呐,燕子和麻雀都落到姜老师的头上肩上了,学生娃越吹越欢就像乡间田野上撒欢的小马驹小牛犊,那么欢实快乐,学生娃身子一挺脖子一扬唢呐声高到极点,响彻云霄了,麦苗刷刷地扬起来了,油菜格铮铮脱了一圈又一圈,姜老师嘴角有了笑,眼睛都笑起来了。姜老师笑眯眯地走了,步子又轻又快。

　　校园里师生相逢,姜老师老远就露出灿烂的笑容,熟悉姜老师的人都很吃惊,自从执教渭北师范学校以来,姜老师就没有这么开心地笑过,也就是说回到故乡以后姜老师头一次露出了难得的笑容。这都是周长元的功劳。周长元恭恭敬敬地问一声姜老师好！姜老师诚恳地说:"你的唢呐吹得真好!"周长元就调侃一下自己:"我可以当吹鼓手混吃混喝了。"姜老师马上严肃起来:"农村红白喜事的吹鼓手可都凭本事吃饭凭劳动挣钱,千万不要看不起民间艺人。"周长元反问姜老师:"《百鸟朝凤》都是唢呐笛子演奏,姜老师为啥不用唢呐来一下子?"姜老师就哈哈一笑:"老师老啦,底气不足,吹不了唢呐也吹不了笛子,就拿二胡瞎凑合。"姜老师还是鼓励学生娃吹唢呐,唢呐有金石掷地之声适合年轻人。

　　人们就看到这种景象。每到周末,古老周原的凤鸣河畔,先是二胡《百鸟朝凤》,接着是唢呐《百鸟朝凤》,飞禽走兽在二胡曲子中安安静静以后就在唢呐声中飞翔奔跑跳跃。老师总是在学生吹完唢呐后朝学生点点头再离开。学生在老师离开后还要沿河岸走一阵。渭北台原地带有许多深沟大壑,凤鸣河流淌的这条大沟宽阔平缓没有陡崖,全是丘陵状的缓坡,很自然地过渡到平原地带,见惯了陡峭大沟的周长元很喜欢凤鸣河两岸的自然景象,在旷野里吹唢呐跟在校园里有天壤之别。民间音乐属于长天大野。吹完唢呐,他很自然地在野外逗留很久才返回校园。

　　姜永年老师正式给周长元他们班上课了,周长元有一种扬眉吐气的感觉。他等于第二次听姜永年老师讲课,他还是那么认真地做笔记,举手提问,因为熟悉课堂内容,课外又参考许多资料,周长元的提问就比同班同学有深度,也正中老师下怀,师生一问一答,学生们收效更大。周长元就有机会课余去姜老师办公室听老师给他开小灶。这是高材生才有的待遇。标志就是老师讲完课离开教室时特意叮嘱某个同学下午几点到我办公室来一下,全班同学羡慕得不得了。大家看着这个被老师特别关照的同学,课堂已经不能满足他了,必须单练,必须开小灶,个别辅导,中小学都有这种现象,但大中专不一样。老师与老师又不一样。我们可以想象周长元当时有多么激动。谁都明白姜老师要把绝活传给周长元了。

其实没有那么玄乎。姜老师给周长元开的小灶全是周原的历史变迁,追根溯源,比较系统地介绍周秦的历史,重点是西周史,兼顾讲了一些王国维、罗振玉、郭沫若的甲骨文研究,裴文中、黄文弼的考古考察。这些内容都在课堂上提过,没办法展开,学生有兴趣,就在课外展开讲授。

周长元还是打了埋伏。开小灶没有课堂那么严肃,比较随意,老师绝对信任某个学生才肯单练,互相信任而又随意的气氛中,老师容易吐露心声,说一些不该说的话,完全是率性而为不计后果。姜老师对周长元的信任是有道理的,并不是说姜老师不谨慎不严肃。姜老师亲口对周长元说:咱西府周原人是正宗的周人后代,脸盘方正,眼睛微凸,西安人眼窝凹下去,有胡人血统,人种比较杂。这似乎成为姜老师信任周长元同学的原因?渭北师范全省招生,大半学生来自西府周原地区,也都是周长元同学这种脸型。不过是个说法罢了。周长元就这么认为。周长元老实懂事倒是真的。周长元至少懂得哪些话该说哪些话不该说。姜老师每次说了不该说的话总是要强调一下说多了说多了,周长元就说:老师说的都是大实话。谁都知道大实话不能随便说。周长元这么一说,姜老师就放心了。

我们也就明白姜老师有点压抑,再理智的人再谨小慎微也有绷不住的时候,这种倾诉是自然而然流露出来的,夹杂在讲述的内容中。更深的原因应该是《百鸟朝凤》。姜老师拉二胡曲都十几年了,回到故乡执教于渭北师范学校那年春天,他就中魔一般随手从墙上取下落了一层灰尘的二胡,擦拭一新,也不需要调试就走到凤鸣河边的梧桐林中呜呜咽咽拉起来,拉完了他才知道自己拉的不是《病中吟》不是《空山鸟语》,而是古老的唢呐曲子《百鸟朝凤》,他记忆中印象最深刻的曲子就是唢呐《百鸟朝凤》。当年他考上北京大学,又留学德国法国,在上海与相恋多年的女友结婚。回到故乡,父母又以家乡的规矩举办一次旧式婚礼,让受过新式教育的媳妇坐了一回花轿,南方大都市长大的妻子也记下了嘹亮高亢的唢呐曲子《百鸟朝凤》。几十年后,为了给年迈的父母尽孝道,妻子心甘情愿随丈夫回到偏远的西北渭北高原的小城小镇。姜老师拉二胡的时候,妻子在家里一边操持家务一边听着丈夫的心声。妻子有时会穿过田野到河边到十几步外的树林里静静地听完整首曲子。丈夫执意让妻子不要放弃职业,到大西北已经作出很大的牺牲了,雇一个佣人照料老人。很快就解放了,夫妻两个人的工资维持生活赡养老人完全有了保证。唯一不变的是到河边拉二胡的习惯。姜老师也学了一些新曲子,《江河水》《二泉映月》,拉最多的还是《百鸟朝凤》。直到有一天,这个叫周长元的学生打擂台一样在姜老师跟前吹起嘹亮高亢的唢呐,简直就是云雾散开照耀大地的灿烂阳光,铜唢呐铮亮铮亮本来就是一团热烈的阳光,让年轻人一吹还真带来了喜庆和吉祥。唢呐响起来的那天,姜老师的妻子也为之一振,走出院子,走到河边静静地听了一阵,丈夫笑起来的时候,她也笑了。丈夫给这个吹唢呐的学生开小灶,她也进办公室跟这个学生聊了几句。她比丈夫心细,她就放心了。丈夫该轻松轻松。

　　老师给了学生知识,学生给了老师好心情,就这么简单。

　　姜老师给学生开小灶时完全沉浸在嘹亮高亢喜庆吉祥的唢呐吹奏的《百鸟朝凤》中。姜氏家族是周原的原始土著,古公亶父率领一万五千多部族几经周折来到岐山脚下的这片沃土时,首先与原住民姜部落联姻,周人有了他们伟大的母亲姜嫄,周人开始兴旺发达,筑室建城,左扶风右凤翔岐山京都居中央,凤鸣岐山,天命所归,周人开始东征蔑商。姜氏从此也人才辈出,周秦汉唐宋元明清,姜氏出过多少朝廷重臣,自隋唐开科取士,举人进士乃至状元更是层出不穷。1905年大清朝废科举兴学堂,姜氏稍有委顿,到了民国姜氏祖坟又开始冒青烟,姜永年考入北京大学物理系,成为古老周原近代第一个新式状元,也是当时关中西府渭北高原唯一考到北京的大学生,真是给姜氏家族长了脸。姜氏子孙布满整个周原,姜永年这一支先声夺人,整个家族可谓欢天喜地,祭祖一直祭到几十里远的周公庙祭到姜嫄殿。鞭炮唢呐整整响了一个多月。不用说,吹的都是《百鸟朝凤》。各路秦腔名角的连台戏是少不了的。这些往事姜永年老师只淡淡提几句就一笔带过。许多传闻周长元早已听过。姜永年老师津津乐道的是在北京大学的求学经历,最激动人心的是参加西北科学考察团,由斯文·赫定、徐炳昶任团长,二十多位中国学者三十多位外国学者参加,包括北京大学和北洋大学的几位学生,姜永年就是几位在读大学生之一。姜永年他们主要负责建立中国最早的气象站,从内蒙甘肃到新疆,中国内陆边疆有了现代化的气象观测点。姜永年也见识了大名鼎鼎的斯文·赫定和中国考古学家黄文弼怎样在大漠中发掘古迹,这个理工科专业的学生一下子对考古发生兴趣,很快成为大师们的得力助手。更令人兴奋的是对古丝绸之路的考察。那正是国难当头的年代,重开丝绸古道维护国家统一民族独立是头等大事,姜永年不等考察活动结束就赴欧美留学,修铁路的宏愿压倒了对考古的热爱。数年后学成回国,日本已侵占东北,威逼华北,西北将成为未来中日决战的大后方。姜永年一生最辉煌的事业莫过于把陇海铁路从西安修到关中平原的终点宝鸡。此时此刻,姜永年不愿多提修铁路的壮举,完全沉浸在考古上。他反复地讲述跟黄文弼在一起的一点一滴,再仔细地介绍黄文弼的每一本著作:《罗布淖尔考古记》《塔里木盆地考古记》《吐鲁番考古记》《高昌砖集》《高昌陶集》《新疆考古发掘报告》《西北史地论丛》。这些书周长元可以带回去研究,每次一本,都有详细的阅读笔记与心得体会。同学们也就知道周长元跟着老师专攻黄文弼。

读到《西北史地论丛》时,周长元若有所悟,已经是二年级秋天了。周末,周长元没有去凤鸣河边吹唢呐,而是沿凤鸣河漫游。带了水壶和馒头咸菜,周六中午出发,天黑借宿老乡家里。周日开始进山,一直走到凤鸣河源,返回时搭了老乡的马车,回到学校时已经半夜了。阅读笔记中就写了沿途考察所得,周长元终于明白姜老师所讲的黄文弼先生的壮举背后是对故乡周原的热爱。

周长元还记得他带着黄文弼先生最后这本著作《西北史地论丛》去见姜永年老师的情景,他的汗都下来了,读完这本书再联系不到脚下这块土地,姜老师该有多么失望!更多的时候老师比学生还紧张,还有什么比愿望落空更令人扫兴的呢?果不出所料,姜老师刚翻了几页学生递上来的读书笔记就激动得浑身发抖,两眼放光,让学生再仔细讲讲考察凤鸣河的情况,老师一定要听学生的陈述。老师摘下眼镜,擦一擦又戴上,老师满意地拍了拍学生的肩膀。

渭北考古队大多都是姜老师的学生,姜老师有意识地带周长元去实地发掘一座西周古墓。姜老师和周长元赶过去时墓坑已经挖到二层台了,姜老师递给周长元一把手铲,教他先从挖墓清边开始,不能挖不到边,也不能挖过头,清理出墓边不能留下铲印。周原墓葬,南北向的墓,死者都是头北脚南,东西向的墓都是头西脚东,陪葬的青铜礼器都放在头部。手铲挖头部位置时要小心翼翼。青铜器露出来时,周长元高兴坏了,望着姜老师半天说不出话,姜老师就告诉他:开始都这样。清理出来的文物不能搬,先绘图照相保持原状,接着姜老师教周长元辨认青铜器上的铭文。后来又挖掘一个平民的墓葬,全是陶器,上边的文字比较粗糙,姜老师就告诉周长元青铜器上精致的铭文属于贵族们的高雅文字、陶器上粗糙的陶文属于平民百姓的民间文字,都属于古文化。

临毕业前,周长元已经参加过四次考古发掘活动,可以独当一面了,用行话说出师了,姜永年老师手把手教出来的。第四次发掘活动姜永年老师没有出面,写了一张条子,让周长元带上,还领了出差费,去宝鸡参加挖掘活动。周长元坐汽车下原又乘火车到宝鸡,再坐汽车又步行十几里到达坡原地带一块麦田与考古队汇合。周长元干得得心应手,人家都不相信他是在校的学生。返回学校时周长元完全放松了,火车跑了两个小时,他在列车上细细地看着快速闪向车后的巍巍的周原,这就是拉开距离的好处,整个周原就像搁置在渭河北岸的一座大方鼎,厚重大气高贵庄严,周长元心里热辣辣的。下了火车,他还望着近在眼前的周原好半天。等坐上汽车上了原他就跟周原融为一体了。

当年周人兴旺的一个重要标志就是著名的凤鸣岐山,周原腹地一条不起眼的小河,由西北而东南,源自北山,穿越北原,注入渭河。这条小河流经的地方全是宽阔的没有悬崖峭壁的浅沟,河滩很容易与平坦的原野连为一体,就像一位温婉柔顺的美丽女子。这正是一路颠沛流离南征北战向往和平与安宁生活的周人所梦寐以求的。更让他们惊喜的是传说中的凤凰也从远方飞来,在河畔梧桐林中飞翔齐鸣,只见金木风火土五星之精升起在岐山之巅,又纷纷飘落河的两岸,历经苦难的人们惊喜地发现,河岸的树林里除过北方常见的绵柳全是吉祥喜庆的梧桐树,五星之精应着凤凰的鸣叫纷纷飘落梧桐树上,顿时仙乐飘飘。大地芬芳无比,瑞气千条,霞光万道,天空彩云散开,祥云托着两只美丽的大鸟,翩翩降落梧桐树上,四面八方的鸟儿全部飞集而来,朝着两只美丽的大鸟齐鸣。古公亶父告诉他的一万五千部众,这就是传说中的凤凰。从那时起周人落脚的这块土地就叫周原,肥沃祥瑞无限美好的意思,土地与部族都以周相称。周人惟德是馨,制礼作乐,天下归心,诸侯们就像百鸟归服凤凰一样归服西岐周人,到东征克商除暴安良的时候,天下大多诸侯都归服西伯侯了。这都源于凤鸣河畔的百鸟之会,连凤凰落脚的梧桐树也成为制作乐器的最佳材料。这个时候,周长元才明白姜老师的二胡《百鸟朝凤》更接近原创,制作二胡的木材说不定就取自生长在凤鸣河畔的梧桐树,绷在音箱上的蛇皮也一定是凤鸣河边爬行了百年千年的蛇精。唢呐源自古波斯,公元三世纪出现在中国,盛唐时风行天下。那时周长元就萌发了二胡演奏《百鸟朝凤》的念头。

1965年秋天周长元毕业分到县中学教数学与历史。全班三分之一的同学分到市上,三分之一去了山区,周长元这一拨属于中间状态,回到家乡。家乡这个县属于平原地区,又是在县城,周长元很满足了。他不是学生干部,不是又红又专的学生,学习也比较偏科,应该说分配还是比较公平的。姜老师也认为他回到家乡好,可以照顾父母嘛。

参加工作后,周长元每月回家两次,挤出两个周末徒步考察,周原大地有许多河流,周长元重点考察凤鸣河。每次回家乘汽车到岔路口,有顺车就搭顺车到公社所在的小镇,再步行到村子,没有顺车就靠两条腿走回家。那时周长元二十出头,有的是力气,也不觉累。到了年底,挤出一笔钱买了一辆天津产的飞鸽牌自行车。当时挣工资的公家人都装备这样的自行车,就不用花钱坐汽车了。有了自行车等于长了翅膀,回家方便,更利于野外考察,有路赶路,无路就把车子寄存老乡家里,靠两条腿。秋雨绵绵的季节,周末回家,骑自行车只能到料礓石路的尽头公社所在地的那个小镇,周长元就把自行车放在他上过学的小学校,然后步行穿过十几里泥泞不堪的乡村土路,就像在沼泽地里挣扎,骑过自行车的人在这种泥路上赶路简直就是一种折磨,我们可以想象有多么艰难。周长元的亲人们乡亲们长年累月就奔走在这条土路上。许多农民连胶鞋都没有,就在脚上绑两个小板凳,跟杂技演员踩高跷一样小心翼翼地走出村子,那都是身手敏捷身强力壮的年轻人，妇女儿童老人玩不了这种技术。

周长元去看望姜永年老师的时候，师母，那个随丈夫落脚西北高原的江南女子，也是周长元的音乐老师给已经工作的学生递上热茶，学生周长元喝了两口，强忍住眼泪。关中西部地区这些周人子孙，都不善于说赞美之词，周长元心里赞叹师母多么伟大，说出来的却是："师母太不容易了。"那还是在他跟老师分手的时候，师母送他到门口，老师送他出了小镇，他才说出憋在心里的这句话，而且打了很大的折扣。老师笑得那么苦涩，老师没有拍学生的肩膀，老师抓住学生的手，轻轻地拍了两下。

姜老师的二胡曲子《百鸟朝凤》是拉给妻子的。最早的《百鸟朝凤》绝不是唢呐曲子，周人当年落脚周原，在凤鸣河畔迎娶美丽温柔贤惠的姜氏女子，一定把她们视为仙女下凡，凤凰重生，姜嫄娘娘跟周公召公太公一起供奉在岐山脚下风水最好的卷阿之地，《诗经》就从那里开始吟唱的。

给周长元介绍对象的很多，周长元与人家姑娘见面的第一句话就是："我没啥本事，也没啥前途。"脾气好的应付他一会儿，脾气大的转身就走，什么玩意儿，第一次见面就给人来这一手。介绍人就急了："你堂堂科班出身，人民教师，你又不是无业游民你，你，你。"周长元就诚恳地告诉人家："我说的都是大实话，不想耽搁人家。""女人爱听好听的，喜欢空的假的虚的，你就不会来一点点虚的？""我不会么。"周长元这种不死不活的样子看来要打光棍了。后来女人们也开始把目光从激情男人身上转移到老实本分的男人身上，踏踏实实过日子呀，周长元也二十五六岁了，就遇到一个跟他一样老实本分的小学教师成了家，这是后话。

以前，周原的考古发掘活动很少，大量的文物出土应该是在20世纪70年代初大搞农田基本建设平整土地修水利的时候。1965年到1966年上半年，周长元的生活还是比较自在的。

1965年冬天,姜老师的母亲去世,父亲两年前已去世。1966年春天,姜老师的妻子也离开人世。这个江南女子随丈夫回故乡就是为了给父母尽孝的,两位老人离开人世,她好像完成了使命,也撒手人寰。她的娘家早移居海外,弟弟从欧洲回来奔丧,姜老师就把正上中学与小学的两个孩子,一个儿子一个女儿托付给妻弟,姜老师要在故乡守望父母和妻子的陵墓。妻子的坟头和老宅子的灵位前上的都是白花花的米饭。妻子一直无法适应婆婆家又辣又酸的岐山臊子面。妻子第一次回周原时连面条都不会夹,筷子在碗里轻轻搅动,滑溜溜的岐山挂面缠起来又散开,半天吃不到嘴里,好不容易扒拉到嘴里又辣得要命,眼泪都下来了。在渭北师范学校工作这么多年,姜老师想方设法四处收集大米,上个世纪五六十年代陕西关中西部地区吃商品粮的公家人每年只有几斤大米的供应量,我们可以想象姜老师要收集几百斤大米要费多大劲！同事们都戏称姜老师为征粮队队长,周原地区的一半大米都跑姜老师他们家了。姜老师把香喷喷的大米饭供到妻子的坟前时还能控制住自己,当他回到家里在妻子的遗像前供上白米饭时再也忍不住了,整个人都哭软了。前来吊唁的亲戚朋友同事学生也都流下了泪。学生周长元目睹了这一幕。

　　周长元收起了唢呐,操起了二胡,县城南边三四里的凤鸣河边就呜呜咽咽响起了二胡独奏的《百鸟朝凤》。宽不过一丈,长不过百里的凤鸣河,在北方,在西北高原,不是以力量而是以娓娓迟缓的沉静大气之美撼动人心的,周原大地上的汧河、横水河、沣河、美阳河、漆水河都不能跟凤鸣河相比,凤鸣河不但有周人兴衰的历史,还有经久不衰的民间传说与故事。周人的宗庙建在离凤鸣河十几里的地方,中国最早的京都岐邑建在凤鸣河以东三四十里的地方。犬戎入侵,西周灭亡,周人匆匆逃向周公在黄河以东营造的东都洛阳,周人相信他们还会回来的,就把可以世世代代传给子孙的青铜器皿和青铜礼器掩埋在宅院附近,太匆忙,掩埋的深度大多都是三十厘米,最深也只有三四米,重返家园后,就容易找回来。谁知一去再也没有回来。直到清朝道光光绪年间才有青铜器大盂鼎、小盂鼎、毛公鼎被发掘出来。凤鸣河两岸没有青铜器,周人之前和周人之后,没有人打扰这条美丽平静的河流。在周人之后,秦人崛起于凤鸣河以西几十里地的凤翔,人们很难想象南北宽不过十几公里东西长不达四五十公里的渭北台原地带即古老的周原先后崛起周秦两个王朝。与周人的礼乐仁厚内敛不同,秦人那么暴烈那么血腥,五百年征东,血流成河,形同虎狼。上个世纪七十年代后期,姜永年老师参加发掘秦公大墓和秦始皇兵马俑,姜永年老师就对学生周长元说:"从秦朝的墓葬就能推断周朝没有王陵。"姜永年老师在论证会上公开发言时没有提及秦朝,就事论事,仅仅引用周人的理念:"德弥厚者,葬弥薄,知愈深者,葬愈微,无德寡知,其葬愈厚。"那时这种言论还是很微妙的。但大家还是认为姜老师的推断有道理,周王陵很简陋,早就与大地融为一体。秦人尚法不尚德,俪而无耻,高大的王陵与庞大的陪葬兵阵流露的是内心的虚弱恐慌与不自信。这是后话。

两个月后,学校停课,从不引人注意的周长元就更不引人注意了,彻底被边缘化了。周长元乐得自在,大部分时间游走在凤鸣河两岸,附近的横水河、沣河、美阳河也跑遍了。有关凤鸣河的种种传说中最引人注目的是姜氏家族的故事,每个故事都与《百鸟朝凤》有关,竟然都是二胡独奏。

这样就形成极大的反差,凤鸣河边幽静安宁,小县城里锣鼓喧天,人声鼎沸。更有意思的是县城大街上有时候会响起嘹亮高亢的唢呐《百鸟朝凤》,上百支铜唢呐呜哇齐鸣,惊天动地,凤鸣河边梧桐树和柳树林子里的二胡《百鸟朝凤》越发显得孤单幽静。

周长元每个月都要去看望姜老师,姜老师就告诉周长元:唢呐曲子就是甲骨文青铜铭文石鼓文,承载天道王命;二胡曲子就是陶文,乡野民间文化。石鼓文是秦人兴起的标志,西周灭亡,秦襄公护送周平王东迁洛阳有功,平王封他为大夫,又提升为诸侯,岐山以西为封地,秦襄公感到十分荣耀,就在凤翔西畴刻石纪念,留下了珍贵的篆体石鼓文,跟青铜铭文一起成为"正统""正声"。唢呐真是奇妙的乐器,亦邪亦正。姜老师就回想起他迎娶新娘的那一幕,他和妻子一直把在大上海举办的新式婚礼当作人生最美好的时刻,在老家周原这场婚礼完全是顺从父母的意愿,所谓土洋结合。难能可贵的是他们并不像当时的时髦青年在家乡举行完婚礼马上就返回大都市,丈夫告诉妻子,这里是周原,是凤鸣岐山的圣地,妻子就顺从丈夫,在西北高原待了整整一个月。大家族亲戚众多,走亲访友差不多就半个月。妻子还真喜欢上了这个地方,竟然有心思跟丈夫去逛庙会,就听到二胡演奏的《百鸟朝凤》。一个瞎老头边走边拉二胡,背上一个摇来晃去的小筐,施舍的人只要把钱币食物丢筐里就行了。妻子丢了两块袁大头,就感慨万千,这种乞讨方式他们在欧洲见过,欧洲乞丐就手托帽子,默立街头,给不给钱随你,但绝不奴颜婢膝,也有拉琴吹黑管很艺术地乞讨。妻子竟然跟在这个瞎老头后边跟了大半天,妻子告诉丈夫:这曲子有昆曲越剧黄梅戏的旋律。丈夫就告诉妻子:古公亶父的两个儿子太伯仲雍为了让弟弟季历放心地继承王位,就离开周原南奔吴越。妻子就是典型的吴地女子。丈夫就说:"这就是咱们的缘分,三千年前是一家。"凤鸣岐山的地方姑娘个个俊俏美丽,也让妻子感到惊讶,当地流传着这样一个说法:诸村杨村堰河村,姐姐出在太子村。姐姐是对未婚女子的称呼,跟江南吴地一样。妻子就相信她跟丈夫有三千年的美好姻缘。妻子就告诉丈夫:"二胡曲子《百鸟朝凤》里全是爱情。"好多年以后,他们回归故里,丈夫就从村子自乐班老艺人手里买了一把传了好几代的古香古色的二胡,无师自通拉起了《百鸟朝凤》,那么娴熟,那么纯粹,人们都不相信这是财主家的少爷留洋博士所为,老艺人们就说:"心里早有这曲子啦,心里过了千遍万遍啦。"

02

渭阳洞的和尚们没有想到,八府巡按姜天正会如此这般返回北原。

十五年前,姜天正五岁,求学的私塾设在渭阳洞的禅窟后边。那天早晨,路上没有行人,天正独自走下台阶,穿过河边的寺院。经过最后一眼禅窟时他大吃一惊,窟里的禅床上坐着一个美貌的妇人,那妇人哑巴似的朝他打手势,叫他快跑。

天正丢下书本逃回原路,身后奔来一个手持戒刀的肥和尚。天正爬到台阶的一半爬不动了。肥和尚举起戒刀就砍。小学童面无惧色,怒视肥大的和尚。肥和尚方与妇人交欢,唇间的胭脂艳若桃花。和尚看得清清楚楚,青蛇在学童耳目间穿出穿进。

"阿弥陀佛。"

和尚手一扬,戒刀泼剌落入河心,像跃出水面的白鱼。

崖顶围满种田人,他们亲眼目睹这一景象。风声传出十里以外,人们都知道姜天正是贵人下凡。

天正问母亲:"贵人为啥下凡?下到哪里?"

母亲说:"尘世的凡人一生一世受苦受累。只有那些神仙投胎的贵人才有大福大德。"

天正说:"大家都做贵人好了,省得受苦受累。"

"娃娃不要胡说,贵人是神仙投胎,咋能人人都做?"

母亲讲薛平贵落难巧遇相府千金王宝钏的故事,薛平贵小时曾被青蛇穿耳盘颈。

打更的老头给他讲岳飞岳武穆,相传岳飞是天上的神鸟,下凡拯救大宋。岳飞手中的沥泉枪就是青蛇所变。

村里年过五旬的落难秀才给他讲曹操曹孟德,曹孟德的前身乃汉高祖刘邦时的三齐王韩信。韩信死得冤枉,三百年后投胎为曹孟德,用兵如神不减当年。说到兴奋处,老秀才哼起戏文《天仙配》。老秀才说:"牛郎织女被天河相隔,牛郎董永怀恨在心,他的后人董卓就要搅乱汉室。"

天正把这些故事讲给母亲听,母亲只信薛平贵落难的故事。

那时,他母子住寒窑、食米糠,凉水盆里照镜子,那情景跟苦守寒窑十八年的王宝钏一般无二。难怪母亲只知薛平贵,不知岳飞曹操这等英雄。五岁的姜天正非但没有被骚和尚吓懵,反而知道了无数豪杰。天正相信他也是神仙下凡,他在尘世的受苦受难是暂时的。

母亲说:"即使神仙下凡,也要努力才行。李白要是没有悟出铁棒磨成针的道理,就不会超凡脱俗。"

"李白是神仙吗?"

"李白是个大神仙,贺知章叫他谪仙人,他临死前玉皇大帝还专门派人来叫他。你要好好用功,圣贤是打磨出来的。"

"圣贤不好圣贤是人,我要做神仙做人没意思。"

母亲很吃惊,母亲从未见识过不愿做人的人。母亲读过几卷诗文,粗通文墨,《龙文鞭影》《千字文》《幼学琼林》之类的书上所记载的故事里也没有这样的话。母亲半天竟说不出一句话。

她的儿子走出窑门,站在潇潇如雨的白杨树下,面对苍茫的古原和滔滔的凤鸣河,用清亮的童音吟诵李贺的诗篇《南园》。

男儿何不带吴钩,
收取关山五十州。
请君暂上凌烟阁,
若个书生万户侯。

母亲告诉他:咱北原就有人上了凌烟阁。

天正望着母亲,母亲说你往北边看。天正遥望北原,原上一马平川,平川的北方是连绵古朴的岐山。母亲说:山畔的李家沟出过李淳风,袁家沟出过袁天罡。这一方天地落在天正的眼里,顿时变得神秘无穷。

私塾先生说:岐山北边是轩辕黄帝庙,岐山脚下是周公姬旦庙,周原的公子庄驸马庄都是周天子的后裔。

这些传说他去年就听说了,当时并没有特别的感受,而此时他却难以自持。他是被青蛇盘绕的人。他知道自己不是凡人,他承受了某种使命。

姜天正当时站在渭阳洞的陡崖上,崖对面的河沟里是青砖琉璃瓦砌就的寺庙,五百多名和尚在禅窟里诵读经文,香烟如鸟群在青槐与黑柏间出没。和尚们对崖顶的小学童并无丝毫戒备,时光就这样发出簌簌的流逝声,小学童的影子慢慢拉长,青布袍子再也裹不住他强健的身骨了。和尚们丝毫没有察觉十五年来对面崖顶上姜天正锋利的目光。

十多年后,姜天正西安府乡试中举,渭阳堡鞭炮阵阵,快马出出进进,大青骡子驮来四面八方的缙绅;渭阳洞依然是诵读经文的声音和袅袅的香烟。三年后,姜天正北京进士及第,渭北十三县翘首以待,不见新科进士的踪影。西安府传来消息,姜天正就任八府巡按。

渭阳洞的和尚们没有想到,八府巡按姜天正会如此这般返回故里。

  一切都跟十五年前那个早晨一样,沟底流水潺潺,上学的娃娃还没上路,最后一只大窑的禅床上,肥和尚和白嫩的妇人欢喜一团。肥和尚听见窑外的声音。抓起戒刀跳入院中。一个幼小的学童往台阶上跑,肥和尚张开双臂看着小学童跑上青石台阶,跑上土原,站在黑森森的古柏树下。柏树下的人影不再是幼小的学童了,而是头戴花翎的四品大员姜天正。密匝匝的弓箭手依崖而立,旌旗遮天,肥和尚看到的这张面孔跟十五年前在戒刀下怒目而视的面孔一模一样,土原顿时漆黑一团。箭镞嗖嗖飞蹿,把渭阳洞的禅窑与尘世隔开了。箭镞之后是冲天的火焰,和尚们在慢镜头中被火焰肢解融化,武和尚们在最后的挣扎中还要把少林武当的功夫表演一番,火焰把他们的真气和功力化为乌有。

  属僚们说:"这帮秃驴上西天了。"

  姜天正说:"他们本来不是尘世中人,回到西天理所当然。"

03

姜天正很快发现,这句话是对他自己说的,他做进士做巡按跟和尚们上西天一样理所当然。

和尚们通过大火超度尘世,他靠的是蛇出七窍。七窍的沟通为他以后的道路打下基础。他的悟性很好。他与同僚谈二程谈张载张横渠,但他也能谈张三丰邱处机。兴奋之余还能谈薛平贵曹孟德。同僚或含笑不语,或轻声提醒:"圣人不谈力乱神怪,何况鬼魅?"

姜天正说:"素王所谓神鬼之事吾也难明,是讲他说不清并不是不能说。"

同僚说:"姜大人对街谈巷议这么感兴趣?"

"非也,殊途同归罢了。"

那时他年方二十,少年得意,同僚也不以为怪。但姜天正一直想着那条青蛇。这条蛇从薛平贵盘到岳飞,圣朝开国元勋梁遇春也曾被青蛇盘颈,盘到他身上是何征兆呢?青蛇绝不是从薛平贵开始的,刘邦斩白蛇起事托的就是蛇的红运。

姜天正看清了这种亘古不变的东西。

二十年后,在湖北的大山中,他跟慧静方丈谈今论古时,慧静方丈寥寥数语惊得他目瞪口呆,方丈说:"大人一定想知道贵人何以被青蛇缠身吧?"

"方丈何以知道我心中之所想?"

方丈干咳两声:"请用茶。"方丈说:"不独大人这样想,世人谁不这样想?"

"青蛇缠身的人毕竟是少数啊。"

"大人可曾想过一叶知秋的道理?"

那时姜天正正值壮年,皇恩浩荡,刚从陕西调任湖北布政使。虽说是平级调任,但陕鄂两省贫富殊异,湖广自古富甲天下,是朝廷的命根子。方丈的话使他心中大为不悦:"难道我寒窗苦读,历尽磨难竟不能超凡脱尘?难道青蛇盘颈是一场幻景?"

方丈说:"《千字文》里讲:天玄地黄,宇宙洪荒。"

姜天正说:"这是开蒙之书啊。"

"学童开蒙跟天地之初一样,盘古开天辟地,女娲抟土造人。造人的女娲乃蛇身人面,你现在该知道蛇是何物?蛇何以盘颈出窍?"

姜天正第一个感觉就是他母亲,这才是他心中最隐秘的东西。方丈岂止洞察他的内心,方丈的神情使他目瞪口呆,他看到的是数十年前拥着丽人恣意取乐的肥和尚。虽是在淫逸之中,但那和尚却无丝毫的粗俗,那丽人也是一派陶然天趣。那时他五岁,尚在混沌之中,待他洞房花烛夜时,方领悟出其中无穷的意味。

眼前的方丈并不是那个骚和尚。

方丈说:"女娲可与炎黄共荣,后人不提女娲就因为她是个妇人。"

姜天正说:"佛家何以顾念妇人?"

"佛的世界无所不容,欢喜佛算是人伦的至极了。孟子说:食色,性也,民间早有青蛇投胎转世的说法。"

"青蛇转世?"

方丈笑起来："女娲抟土造人之蛇,刘邦起兵所斩之蛇,薛平贵岳飞超凡脱尘之蛇,有何异也?"

方丈捋髯闭目,姜天正大彻大悟。

04

好多年前他就困惑于此了。

骚和尚与庙宇灰飞烟灭,沟河里依然是碧水绿柳,崖顶依然是黑黑的柏树,灼灼的桃花。

姜天正走下轿子,站在青石阶上,这是当年青蛇显灵的地方。属僚们都知道姜天正的非凡遭遇,都肃然起敬。姜天正漫步走到最后那只大窑前,他与青蛇在此相遇,和尚和妇人给他提供了机会。姜天正无意中向河边瞥一眼,不禁心头一震,槐树林里有条便道,那是和尚下河挑水的地方,但那小路隐入蒿草和林子,七拐八拐直通河对岸。那里是他母子俩的住处。

属僚们知道姜大人家在北原,却不知家是河边的破窑。巡按大人撩起官袍,徐徐踏入便道。穿过槐树林子时,巡按大人发现树林尽头的土窑从崖顶坍塌,豁口很大,渭阳洞的和尚有可能从这里逃命。巡按大人志在全歼,斩草除根,扼腕叹息之余竟峰回路转,路并不到此为止,路一直把他送到自家门口。

他的脚步轻如鬼魅,他想打消渭阳洞与自己家相通的嫌疑。但母亲出现在狭窄的后门口,母亲失魂落魄痴愣好半天,才叫他的名字。

姜天正与他日夜思念的母亲相见,竟是这等尴尬。

新府建在崖上的堡子里。自圣朝建立,北原还未出过进士,百里以内的缙绅纷纷前来拜见相助,新府建得又快又气派。天正母子寒窑二十年,加上幼时青蛇显灵,人们视他为真正的贵人。

安顿好母亲,姜天正赴西安府奏明皇上。起兵剿灭渭阳洞他是先斩后奏,朝廷很快降旨褒奖。

同僚们既佩服又羡慕,只是提刑王大人似笑非笑:"洪武皇帝在时说不定该咋样哩?"谁不知道洪武皇帝当过和尚?这王大人是魏忠贤的人,西安府无人敢惹他。姜天正佯装不知。魏忠贤虽然霸道,对他姜某倒无恶意,否则他不会进士及第就升任八府巡按。

05

母亲的改嫁唤醒了姜天正的隐衷。

他是遗腹子,没见过父亲。母亲守寡二十年,在儿子功成名就时矢志改嫁。姜天正半天才挣出一句话:"儿初入仕途如履薄冰,望母亲三思。"

母亲说:"我还能生养一个进士,他会超过你。"

"不孝儿何处冒犯了母亲?"

姜天正双膝跪地,扒下乌纱梆梆磕头,那声音很像昔日渭阳洞的木鱼声,母亲在这木鱼声中微微笑起来:"你进士及第不先探望母亲,却发兵杀人,绝了渭阳洞五百年香火。皇上授你八府巡按,陕甘八府百姓翘首以待,你却大开杀戒。孽子,你为官的第一天就血流成河,十五年寒窗苦读就为这一天?"

"母亲你忘了,儿五岁那年差点在骚和尚的刀下送命。何况这渭阳洞五百年来坏了多少良家妇女,儿只是顺乎民意罢了。"

"没有渭阳洞的青蛇缠身,你只能做个私塾先生。"

姜天正泪流满面:"母亲矢意改嫁,亡父在天之灵怎么办?"

"你无脸谈生父。"

母亲走出屋子,看这富丽的深宅大院,母亲说:"娘没有住它的命,哪里来回哪里去。这宅子是你所建,你自己用吧。"

轿子停在门外,母亲边走边说:"我不是渭阳洞人,二十年前我怀着你从山那边逃到这安身,你功成名就了,我也该回去了。"

轿子向山那边走,山脚分出一溜深沟,那里是李家沟袁家沟齐家沟。母亲的轿子在暮色中进入白杨萧萧的齐家沟。

李淳风袁天罡的家就在山脚的李家沟袁家沟,母亲想让齐家沟也出一个人物,跟袁李一样显赫。姜天正的目光漫过苍茫古朴的土原,他看见了天地洪荒时的女娲娘娘,母亲要在齐家沟抟土造人,母亲无视他的存在。

二十年后,他离开武昌回北京复命时,便碰到了新科状元齐玉林。满朝文武无不目瞪口呆,齐状元与他如出一辙。他正愣着神,新科状元向前一拜,称他为兄,各位大人方知二人乃一母所生。

姜天正二十岁中头科进士,齐玉林十八岁状元及第。渭河北岸轰动了,母亲成了神话中的圣母娘娘。人们传说,当年姜进士嫌母脚大,母亲一气之下改嫁他乡,生养出一个状元。

兄弟俩独处时,姜天正轻声问:"兄弟,你小时可曾遇过青蛇盘身?"

"岂止遇过?我就是母亲梦见青蛇后所生。听母亲讲,我出生那天,浓云密布电闪雷鸣,电光蜿蜒如蛇,快要碰上屋檐了。"

"兄弟你是真蛇?"

"这有什么奇怪的,被青蛇盘过的人多了。"

"这些出类拔萃的人物都是前世神灵托生。"

"哈哈,大哥你真有意思,读书人哪能信这个,说说罢了。"

"兄弟你年轻有所不知,十年后你就明白了。"

后来,兄弟俩势如水火,究其原因,还是因为母亲的改嫁。

轿子把母亲抬入山坳,姜天正的脑袋开始抽风,母亲的青布小褂轻轻飘起来,母亲的声音轻轻响起来:"天正坐好,开读,……慈母手中线,游子身上衣,……报得三春晖……天正,开读……"这回是他的声音,那童音在青槐黑柏红桃间脆如琉璃:青青河畔草,绵绵思远道,报得三春晖,游子身上衣……游入山坳的青青的影子正是那条小蛇。没有它来贯通七窍,他最多是个私塾先生。

06

巡按大人对母亲的依恋极其短暂。他宁静如常。快到西安府时,巡按大人脸上仿佛挂了红布,他没脸与同僚相见。乡野村妇改嫁尚且为人耻笑,何况朝廷命官之母。

天黑下来,黑得莫名其妙。屋外乒乓乱响,巡按大人吼道:"什么人?"侍童说:"下冷子了,大人。"侍童拣几颗大如杏核的冷子给他看,秋庄稼是完了,这是个灾年。

今天是母亲改嫁的日子。他呆坐在书房的窗前,侍童端进铜炉,木炭吐出红红的火焰。他摆摆手:"端下去,不要进来。"

母亲是大户人家的女儿,母亲从不提及外公外婆,他家没有亲戚。有一年,家里来了一位雍容华贵的夫人,母亲让他叫姨姨,他方知这贵夫人是母亲的姐姐。贵夫人的小手把他的大脑壳摸好半天:"好聪明的娃娃,日后会大有出息的。"那时,母亲服饰朴素,但仪态万方不在贵夫人之下。到他弱冠之年,母亲依然是个少艾的美妇人。

朔风怒号,巡按大人的心思在数百里外的北原齐家沟。那是个偏僻的小村,那里不会有什么大户人家,尽是些粗野的乡民。这些乡民中的某一个竟成了他的继父。巡按大人出气很粗,抱起桌上的冷茶咕咕咕狠灌一气。他闭目养神,心气过于浮躁,眼睛是闭上了,但心灵中的那双眼睛如水中游鱼,亮晶晶的。在山坳的草房里,沾满汗腥和尘土的庄户人大概要洗漱一番,备些酒菜,请些街坊邻居,在傍晚的灯光下迎进神态高贵的母亲。寡妇改嫁只能在天黑时进村。继父是个娶不起媳妇的穷汉。渭北旱原那些粗实的庄户人,在巡按眼中栩栩如生,呼之欲出。熟读诗书的母亲此时就坐在这些人中间,遵从妇道。

巡按大人开始发抖,血液哗一声向黑暗蹿去,巡按大人抓起铜镜,借着烛光他看见自己是一条青蛇。蛇就在他身上,在筋血里潜伏着,所谓显灵,就是唤醒前人的灵魂。任何人的血都有可能发青发紫,然后附上前世某人的灵魂。巡按大人五岁那年,青蛇从天而降,显示了神灵的威力。供他选择的前人太多了。既然他是贵人,他前世的灵魂只能是载入史册的圣贤。母亲是在有意隐去他的生父。

书案上堆着厚厚的经卷,黄黄的书页像金块,那都是圣贤之书。巡按大人随手抽一本,是朱熹的《四书集注》,他的枕边书,翻几页里边全是冷子的乒乓声。黑黑的字像旱死在河滩上的小蝌蚪。他震撼了,他平生第一次在圣贤的著作中看到这种惨象。

这是悲惨的一夜。好多年后,当朝廷的钦差奉旨斩杀他时,他临危不惧,钦差大人厉声说道:"贪官,你想学文天祥吗,你的满脸正气使数十万百姓饿毙荒野。"东厂捕快手中的利刃,使他想起天空落下的坚硬的冷子,冷子毁掉了关中的良田,一夜间百万殷实的百姓成为灾民。那时,他对钦差大人说:"朝廷早该缉拿我。"钦差气得发抖,打他一个耳光,连钦差也吃惊了,那一掌就像打在马革上,没有响声。他说:"我早死了,你打一具死尸有什么用。"钦差把他的话回味半天。他说:"心脑先死,神经后死,人死后要停尸三天,才能死干净。我曾被青蛇缠身,是先朝贵人下凡,我几十年前就死了。杀与不杀没什么区别。"捕快的钢刀使劲一勒,他的脑袋飞出去,就像今夜窗外的冷子。

许多年后,渭阳洞二百口大窖装满他截流的贡银,京城不断传来诛杀他的消息,他反复不断梦见自己被杀的场面。

如果今夜的冷子与渭阳洞的和尚有关,那么他的死便是一场精心策划的阴谋。在以后的几十年里,他一直问自己,为何出此下策?死对人来说实为下下策。这一夜他确实是死了,以后的几十年仅仅是一个对死亡的证实过程。

青蛇显示的不仅是奋发向上的勇气,也是对那座禅窟的仇恨,他难以忘怀和尚与妇人在灿烂的晨光中恣意交欢的景象。这黑暗的一幕,使那飞黄腾达的紫气与矢意复仇的毒汁一起注入他的心灵,苦读经典的十年是希望与仇恨交织的十年。

他不止一次踏进渭阳洞的废墟,他总以为是在为民除害行使正义。这帮秃驴,诱奸良家妇女时就该想到利箭穿身的痛苦。寺庙被渭北的百姓供养数百年,衣食无虞,和尚们个个吃得肥头大耳。壮健之躯所生成的精血是超度生灵供奉佛祖的,他们竟用来耕耘美貌白胖的妇人,那袅袅香烟何以能升入佛祖的天国。他们跟田野上的村民是两个世界的子民,上天赐予万民百姓良田与妇人,叫他们耕作生息;种籽发芽妇人怀胎,万物的衰荣及收获都是在万民百姓的劳作中得以进行。侍奉佛祖的和尚插足尘世,无异于荒人良田。

巡按大人就这样平息了内心一次次颤动。

漫长的黑夜过去了,同时消失的还有八百里秦川丰收在望的庄稼。百姓的哭号他无动于衷,吩咐下属依照惯例救灾。巡按大人心烦意乱,妻子从家乡捎来的腊驴肉他食之无味。夫人是户部尚书王大人的千金。他进士及第,誉满京师,年方弱冠又长得仪表堂堂,当朝的权贵们个个想招他为婿,王大人捷足先登,把膝下十六岁的千金许配于他。如今夫人正在渭北老家府中。巡按大人因母亲的改嫁淡忘了如花似玉的爱妻。夫人刚进门,婆婆就改嫁,夫人的心情不会轻松。这样一来,分担痛苦的便是夫妻两人了。

巡按大人独饮几盅柳林西凤,把夫人捎来的腊驴肉一啖而光。身上有了劲,便步出官衙。随从紧紧跟上,他只许侍童随身,吩咐别人回衙。

钟楼那边的花楼是东府名士聚会的地方,丝竹管弦不绝于耳,歌女们唱的是眉户碗碗腔。巡按大人微服散心,还是被主人认出来了。主人唤出歌女小玉侍奉巡按大人,几曲清唱之后,巡按大人的脸上有了喜色。侍童附耳说道:"大人刚才的脸色像是有病,现在好多了。"巡按心里冷笑:"什么病?死都死过了。"

一想到自己僵死的心灵,巡按大人来了横劲:"真就这么死了?"他要证实一下自己,他吩咐侍童出去。屋中只剩他和歌女小玉。名如其人,这小玉果然温润如玉,妙不可言。这是他第一次与陌生的妇人同房。最强烈的感觉就是他在跟别人的女人睡觉。他母亲就在昨天改嫁为他人之妇。巡按大人"噌"跳下床,他的脖子伸得老长,小玉在床上嘻嘻笑起来。

"笑什么?"

"大人的脖子伸得好长呀,你忘了,鹅鹅鹅,曲项向天歌。"

巡按的眉结越旋越紧,整个花楼都要沉入这深深的旋涡了。灿烂的笑容僵在小玉的脸上,那种僵硬触疼了巡按的心,巡按说:"笑哇,咋不笑了?"

"大人生气了,奴家不敢放肆。"

巡按大人一脸僵硬回到官衙。书房的经典密如丛林,能解他烦闷的必在其中。他感觉到了,却弄不清具体是哪一本。他的目光落在昨夜打开的《四书集注》上,孔孟的微言大义他只读出一些声音。他细读朱熹的批注,批注更糟糕。因为巡按大人从中看到了朱熹先生隐秘的内心世界……

07

  朱熹先生在他四十岁那年,领略了素王孔子的高峰体验,他君临于汉儒董仲舒以来的所有经典之上。孔子所谓登泰山而小天下也不过尔尔。朱先生确实干了一件亘古以来的大事情,他批注的四书,天下称颂,皇上宣旨嘉奖。朱先生在不惑之年与孔孟董程并驾齐驱,登上了读书人梦寐以求的理性王国的顶峰。

  不惑之年并非无惑,朱先生首先不相信这些科研成果是自己所为。他了解自己,以自己的才学,最多在朝廷做个编修。大宋的文人苏东坡司马光比他强得多。他弄不清自己是咋回事?既无此才能,何以著作等身?

  那年秋天,他心血来潮萌发了写一部大书的宏愿,集儒学之大成。开笔写了半年,他就败下阵来。夫人以为他病了,百般体贴。这一体贴不要紧,却把他著书立说的大志给毁了。他虽有察觉,却无可奈何,内心暗暗自问:我不写会有人写。这毕竟是很痛苦的,宏愿让于他人,实不甘心。圣朝崇尚理性,他清醒得很。

  以后的半年,他急躁不安,茶饭不思,视笔为蛇蝎,临砚如见鬼蜮。儿子见他闷闷不乐,想推迟婚期,夫人不答应,说是要早得贵子,你父当了爷爷自然会高兴的。

儿子是个大孝子,父亲心情不爽,大孝子的蜜月清汤寡味。新娘子冰肌玉骨但神情忧悒,新婚燕尔她并未盛开少女之花。夫婿日日为父担忧,哪有心思耕耘这片沃土。更令人惊奇的是,儿子新婚之夜,朱先生竟在梦中惊醒,把夫人的玉臂抓得鲜血淋漓,夫人忍痛呼救,朱先生好半天才说:"我梦见一条青蛇。"

夫人说:"老爷说笑话了,青蛇显灵都是在少年身上,你已入不惑之年,哪能梦见青蛇,怕是噩梦吧。"

朱先生回答得很肯定,夫人暗暗吃惊:"薛平贵被青蛇缠身是有个相府千金王宝钏,本朝岳飞乃神鸟显灵是为了拯救大宋,夫婿你这是为何?"

朱先生当时没有把青蛇显灵联想到鸿篇巨制上去,那部大书还未成形,还在胎盘中蠕动,远远没有进入理性的范畴。

夫人故做醒悟状:"奴家年老珠黄,老爷正值壮年,该收二房了。"

朱先生说:"我哪有这等心思?"

夫人说:"这又不是见不得人的事,老爷纳个二房三房是应该的。你们这些秀才呀,要就要,别在肚子里绕圈圈,弄自己不痛快。"

朱先生当时仅仅是惶恐不安,后来才知道夫人比他还了解自己。

自青蛇显灵以后,儿子日见委顿,会诊的医生说儿子的阳气散尽了。医生比比划划,朱先生急了,用眼睛询问仆人,仆人是新雇的乡民,说话嘎嘣脆:"公子的鞭甩不响。"

"什么?"

仆人在自己裤裆揾了揾:"公子硬不起来,当然甩不响了。"

众人大窘。

医生说:"就是这个理。"

公子久病不起,引起皇上垂怜,遂派太医会诊。太医不但医道神妙,且精通天文地理。太医在府上呆了一夜,对朱先生说:"先生崇尚理性。老夫就不绕弯子了。公子患的是绝症,双腮塌陷,双目塌陷,还有要命的一陷。"

太医吩咐侍童解开公子的衣裤,朱先生看清了儿子最要命的塌陷,儿子的阳具只剩枣核那么大,又黑又小,与一岁幼童的小鸡鸡一般无二。

太医说:"阳具完全缩进躯体,先生看到的只是一层皮,一个空壳儿。"

那时的朱熹先生张开双臂,任凭轻风吹荡,他比落叶都轻。他不知道自己是气还是尘埃中的微粒,他绝对没有想到绝对理念这类玩艺儿,他想到的是《易经》最简单而又最深奥的标志。那优美的曲线就像熟睡的婴儿,那曲线是他和夫人创造的,是两人生命起伏的痕迹。儿子现在放弃了曲线上的神韵,缩成颗圆圆的黑点。那白点是新婚的儿媳,儿媳完美无缺。儿子的黑点包容不了曲线那边的白点,儿子甚至没有过河,没有沐浴神圣的生命之河就龟缩了。

那时,朱先生的眼睛黑丢丢亮晶晶神采奕奕,乾坤对称的太极图已经潜入他的下意识。河洛出书之说他不是不知道,儿子的悲剧就在于没有进入河水。那清清的河水就在儿媳的冰肌玉骨中,要靠自身的生命去感悟,别人无法诱导无法暗示,那是一种无师自通的艺术。天理与人欲有时候分裂有时候统一这是没办法的事情。周长元相信有关朱熹与女弟子丽娘与尼姑与儿媳的绯闻都是子虚乌有,有的话也是政敌的恶毒攻击。大字报对这些流言蜚语的大肆渲染很容易给现实中的打击对象造成极大的心理压力。周长元反倒觉得圣贤应该有缠绵悱恻的爱情故事。

太医说:"公子的骨相非凡人可比,公子本该有惊天动地的一番作为,只可惜他命中少一种东西。"

朱先生说:"愿闻其详,请不要顾忌。"

"公子的前世是空的。"

"我儿乃朱门长子,先生何出此言?"

"父母只给他血肉之躯,并不给他神灵魂魄。"

"这话稀奇啊。"

"转世投胎之事先生不会不知道吧。"

朱先生惶然了。

太医说:"人都有自己的前世,人在今世的所作所为,实乃前世某人意愿的延续。五百年有王者兴,二百年有豪杰出,韩信二百年后转世为曹操,就是英雄显灵的结果。公子的前世是空的,但公子的血肉之躯是你所赐予,所以公子前世的空缺后世将会加倍偿还,你朱氏家门不是亏了,而是大大地赚了,恕老夫狂言,朱氏家门的荣耀非帝王可比。"

朱先生终于听到了上天和大地的声音,朱先生很平静,儿子的死并未使他萎靡不振。儿子的死把老太医的预言刻在岁月的河岸上,如同一座丰碑。

朱先生牢记儿子的后世。朱先生的笔墨源源不断注入岁月之河。子在川上曰:逝者如斯夫不舍昼夜。浓郁的笔墨淹没了蒙古人的马队,给朱洪武的秃瓢涂上了不是黑发胜似黑发的长毛。那绳索似的毛发把大明的仕子勒得七窍出血,把崇祯皇帝捆在孤零零的煤山顶上,把满洲八旗勇武的男儿陶冶成手提鸟笼出入烟馆青楼的纨绔子弟。比朱公子的阳具更委顿更惨烈。前世欠缺的后世加倍偿还。朱公子阳具的萎缩仅仅是个开始,从此,阳具的退缩就不舍昼夜,你在岁月的河岸听吧,全是蛇过沙地的窸窣声,那条青蛇从男人强健的筋肉中消失了。

那时,大宋高宗皇帝赵构打了一个喷嚏,就觉得裤裆里一阵阵抽搐,他并没有觉察到那玩艺儿缩短了一大截。朱公子升天那一刻,大宋朝所有男性的鸡巴都缩了一下,包括生父朱熹先生。谁也没有感觉到这一点。大宋朝崇尚理性,当天夜里妇人们的性生活差了许多也绝无怨言,只当是丈夫心绪不佳。朱先生当时并不知道,贵公子的小鸡鸡已经正常了,缩到袁世凯就不再缩了,不再萎缩说明我们还有希望。

希望留在后边说,先说袁世凯袁大头。1916年的袁世凯就像拔河比赛中背大绳的大力士,把粗粗的绳头紧紧攥住在腰间缠几回,老袁使足力气站在历史的长河中,老袁要做中流砥柱。老袁只记得宋太祖赵匡胤曾在他的家乡建都称帝;那一刻钟,老袁只觉得手中的绳索捆过赵构捆过朱洪武捆过努尔哈赤但不会捆他老袁,老袁站在那儿跟五千年的历史扳腕子较劲儿,老袁忘掉了裤裆里的东西。

历史跟人开玩笑没大没小亦庄亦谐,老袁的小肚子抽起筋。他没想到历史的长绳在裤裆里,那玩艺儿嗦溜一下不见了,大腿间留下一个空荡荡的黑洞,仿佛拔掉萝卜后的土坑。老袁行伍出身,军人无剑尚可无鸡巴怎么成?没容他多想,他整个儿被历史的绳索抽走了,五脏六腑线拐似地旋转起来,历史很冷静地搬走被他窃去的东西。老袁是这条绳上最惨的一个。

老袁扒下自己的根,倒地时捂着裤裆,血从那里流出来,就像破了童贞的小姑娘,他弄不清自己被歹徒强奸了还是在与历史初度春风?总之,老袁的裤裆是破的,神圣的膀胱开了天窗,历史就这样穿上了开裆裤,成了孩子。1916年的中国是个孩子。老袁觉得自己最年轻,青春永驻;所有临死的人都会成为孩子,重新开始。

老袁破烂的膀胱却是一个完整的句号。

朱熹先生的大书是老袁写完的,句号就在老袁裤裆里。至此,朱先生才长出一口气。

朱先生平静地对待儿子的死亡,但并不平静地对待历史。首先,他要给儿子空白的前世寻找一个灵魂,他相信儿子是个英雄不是平凡之辈。超凡脱俗之士都会有神物显灵。本朝的岳飞就是一例,还有唐朝的薛仁贵薛平贵。相比之下岳飞更合适。

大宋提倡理学,建朝之初就有端倪,经张横渠二程周敦颐,蔚为大观。理学熏陶出的杰出人物有如众星拱月,布满大宋的天空。岳飞的用兵之道不在韩信曹孟德之下,岳飞没有成为曹操,就在于他是天宫神鸟下凡。这样的人很适合做儿子的前身。

朱先生了却了一桩心愿。

朱先生的笔耕生活很艰难,文字生涩灵感枯竭,老在前人的批注里兜圈子。岳飞的圣灵并不能使儿子安息。直到他在恍惚中抓住儿媳的玉手时,他才幡然醒悟:青蛇显灵那夜正值儿子新婚,洞房的长明灯不灭,青蛇便潜入为父的梦里,那天夜里儿子就死定了。老太医说儿子有三处塌陷,指的就是青蛇离开了儿子。

青蛇就是儿子的无私奉献。

朱先生看着新娘弯弯的青眉发呆。新娘风情万种,眼神透着疑问。朱先生轻声说:"众里寻她千百度,原来在此啊。"

新娘说:"老爷有心于我比公子更早吗?"

"不,不,青蛇显灵应该在你夫身上,阴差阳错碰上我了。"

"我是蛇?不怕要了你的命啊。"

"那只是命符,谁能当真。"

"老爷不愧为道学家,想吃我还要打幌子。跟狼一样。"

朱先生僵硬在那里:"我真是狼吗?"

"男人都是狼,女人天生就是喂狼的,女人喜欢叫狼吃掉,不吃肉的男人不是好男人。公子啃不动我,老天爷就把他打发走了。"

朱先生在激情澎湃中扪心自问,这是不是篡位?儿子不是皇帝睡儿媳妇跟忠于皇上不矛盾,老头子便心安理得地睡上了。

朱先生还没来得及回味成功的喜悦,恼人的事发生了,新娘生下一子,府中上下大吃一惊。新娘寡居的这些年一直精心侍奉他,书写成了,新娘的肚子也大了。朱先生愁眉苦脸,夫人明日回府责问他何言以对?

新娘的肚子又圆又大像扣个西瓜,他怎么也弄不明白,他何以能把儿媳的肚子弄大?这三年里他的心血全用在著书立说上了。

"怎么,你想耍赖?"

"不不不,我怎么没印象呢?"

"你写的字跟你发的邪劲一样多。"

谁也解不开朱先生的困惑。著书立说需要灵感,灵感出自本能,本能藏在下意识里,儿媳进门那天下意识就跟他作怪了。他一直寻找写作的突破口,他没想到突破口在儿媳身上,他的创造力被儿媳唤醒,又负着丧子的悲痛和越俎代庖的负罪心理,写出一系列鸿篇巨制。

夫人进来时朱先生吓傻了。夫人说:"虎毒不食子,你要不起邪念,儿子何以丧生。"

"夫人,青蛇显灵乃上天所差,老夫无能为力啊。"

"日有所思夜有所梦,孩儿结婚前你就茶饭不思,唉声叹气。那时我就知道你有心纳妾,你纳七房八房随你的便,谁想你虚情假意张口写书闭口写书,写到自家儿子身上。"

朱先生无法反驳,夫人骂他是禽兽不如的东西。朱先生说:"我六根未净,欲念害了我。"朱先生等于承认了夫人的责骂。

我们今天看到的朱氏著作是先生痛定思痛后改写的版本。儿子和儿媳的阴影笼罩着他,改写的过程不啻一次自戕。先生的学说全部归于清除欲念方面,即存天理灭人欲。欲火可以烧毁一切,欲火一旦燃起就会变成凶狠的猛兽。欲念杀死了先生的爱子,毁灭了先生在夫人心中的至尊地位,为后人攻评他提供了突破口。至此,先生幡然醒悟,世界上没有十全十美的学问,学问都有漏洞,他的著作把漏洞掩饰得美观大方天衣无缝。

先生的学问有两处漏洞,一处是天理一处是人欲。这两处均由儿子与儿媳所为，也就是致儿子于死地的委顿。道学的精髓就在于自行委顿。先生所有的笔墨无不含有爱子的秉性，爱子知行合一，自觉地完成了这个萎缩的过程。这个过程应该通过一个博大精深的体系来进行。爱子自行萎缩绝不是唯一一个，后人应该前仆后继发扬光大。

完成如此宏大的巨著绝非易事，爱子已超越自身成为一个象征。数百年后在南欧意大利半岛，诗人但丁为他的情人贝雅德丽采写了《新生》和《神曲》，诗人给少女赋以神的光辉。《神曲》虽以古罗马诗人维吉尔作他的引路人，但诗人奔向天堂的原动力却是少女贝雅德丽采。朱先生的原动力是新娘，朱先生写的是哲学论文不是诗歌，不能赤裸裸地表达对新娘的缠绵悱恻，采用的是读书人传统的求爱法：正话反说。朱先生在新娘雪白芳香的肉体上体味到了人性的暧昧，快乐与罪孽并存。朱先生洞察了人性的弱点，尽兴之后便朝自己抹一刀，绝了后人贪恋肉欲的念头。

新娘是中国最后一个幸福的女人。自大宋以后，男人委顿了，女人被铐起来了。

今天，我们翻阅朱氏浩繁的著作，不能不为他的学问所折服。周长元熟读经史，书页中看到一个黑洞，所有的字绕着这个洞旋转，就像太阳黑子。朱先生把所有的汉字都砌上去，在黑洞的四周盖起幽美的学堂，士子们一代一代潮涌而入，从这黑洞里升入天堂去晋见皇上。

1988年周长元在南京考察有名的江南贡院，无意中瞥见了紫金山天文台的天文望远镜，周长元几乎喊起来：这贡院不就是中国最早的天文台吗？宋元明清的读书人就是趴在这里窥探皇上，钻研万民之上的太阳，钻研太阳运行的规律。

08

这个发现并不稀奇,关中才子姜天正在明朝天启年间就发现了。姜天正趴在黑洞口欣喜若狂,心儿怦怦跳:找到了找到了。

侍童跑进来:"老爷怎么啦?"

"你看你看,青蛇显灵啦。"

书童略通文墨,看半天看不出名堂。巡按大人说:"你还小,不懂文字的奥妙。庄子说得意忘言,字在书里并不重要,重要的是文气。你看,这书中之气团团如龙腾虎跃,与我幼年时所见青蛇一模一样。"

巡按大人伏在书页上看得津津有味。

母亲改嫁所引起的忧悒一扫而光。书页上的字像解冻的冰河哗哗流动起来,巡按大人实在记不清他把朱熹的书读了多少遍,他是一目十行地读啊。这种良好的习惯早年深受老师的赞誉和同窗们的钦佩。一目十行是才子的标志,尤其是读大家之作。只有那些二三流作品他才逐字逐句地细读,这些书语言生涩,气韵微弱,读得人气喘如牛。读朱熹的著作如临劲风,他能飞起来。他读出了理学的神韵。

他五岁那年就矢志飞黄腾达,要做一个卓尔不群的贵人。圣贤的经传便是阶梯。十多年的苦读使他体会到,那台阶太慢了,你得一步一步地往上爬,你最多一步跨两阶,腿的长度有限,阶梯的角度有限。而朱熹的书则不同,有一个神秘的黑洞,你可以从洞中飞上天空,省去许多麻烦。

巡按大人是何等的聪慧,他知道朱熹曾备受欲火煎熬,弄大了儿媳的肚子。这种尴尬的境况对别人是绝望,对朱先生却是一个机会,朱先生背水一战写出理学的顶峰之作,后人只能把那桩乱伦之事当做名士的一段风流韵事。人的一生横祸迭起,就看你的处境了。罪恶都是给凡夫俗子准备的。巡按大人挥笔批注,记下这些重大的发现,秘不示人。从此,经他旁批的书成了珍品,一概不对外。

他唤侍童进来。这娃娃十四五岁,聪明伶俐,是北原老家带来的。巡按大人问他:"老夫人改嫁,官衙里有没有人议论?"

"没有,大家都笑。"

"你知道他们为什么笑吗?"

"看老爷的笑话么,这些王八蛋。"

"不许这样说话,他们都是朝廷命官,是你骂的?"

"屁,他们哪能跟老爷你比,老爷你是贵人下凡,你小时候显灵吓破了骚和尚的胆,他们都是土坯子。"

巡按大人靠在椅背上,脸色红润:"外边的百姓怎么说?"

"百姓们说,老夫人还能养一个进士。好事成双,咱们北原有袁天罡就有李淳风。咱北原的人都这么说,西安府的人也知道了。听我爸讲,你在渭阳洞念书时他给你送过野鸡野兔。"

"你爸是做啥的?"

"我爸打猎,我来侍奉老爷,我爸高兴死了。堡子里的人都记得他们当年咋样子帮你,他们说这事的时候跟过年吃肉一样舒服死了。他们送我到老爷府上,要我侍候好老爷,老爷是原上的贵人,百年不遇,百姓们都说你是神仙。"

数月前巡按大人离开北原时,沿途村庄的百姓设满香案,摆出自制的食物。他喝一碗豆腐脑,主人呜呜哭起来。人群黑压压,渐渐显露出清晰的面孔,那些眼睛湿漉漉的,他施礼上轿。西安府的百姓稍有不同,他们见惯了朝廷大员,对他的上任至多谈论两天。

第二天,朝廷圣旨到,宣姜天正听旨。朝廷对他及时处理灾情予以嘉奖,提升他为陕西布政使。府台大人及同僚们完全折服了。

吃饭时,侍童说:"官衙里的人也知道你是贵人下凡,他们问我,我说老爷是薛平贵转世,青蛇盘颈,有封侯的鸿运,他们点头称是,腰都这样子弯,看,就这样子弯。我说我是奴才,别给我弯腰,我受用不起。"

布政使哈哈大笑,拍打侍童的大脑壳。布政使至此完全脱掉了俗根。士大夫的认同是一种标志,他要的就是同僚们出自内心的认可。

布政使修书一封,差人连夜回北原接夫人来西安。初上任时,带家眷容易被同僚议论,现在不同了。夫人一行快到那天,布政使又差人备好银两前往北原曹家沟看望母亲。这一行人马浩浩荡荡,十分气派,从正门沿咸阳古道向西而去。天黑时,接夫人的轿子从侧门进府。

夫人去曹家沟看过母亲,母亲捎来的吃食都是布政使幼时贪恋之物,布政使有点感动:"吃食容易坏,你吃就行了,何必攒起来。"

"刚做的新鲜哩。母亲说你要升官了,你升了官就会来接我,叫我顺便带上。"

"母亲咋知道我要升官?我自己都不知道。"

"你是母亲带大的,你的什么她能不知道?"

布政使拿一块柿饼咬一口:"母亲的手艺别人没法比,西安的柿饼好看不好吃。"

"母亲说你还要往上升,说你是做官的料子。"

夫人避而不谈婆婆的改嫁,布政使也防着这一点。夫妻俩配合默契,谈东谈西,无尽的话题把这令人不快的点圈起来,这个点就有了形状。它圆溜溜的又黑又深。布政使和夫人像两条鱼贴着黑洞旋转,他们竭力不往那地方看,但谁都知道那里有个黑洞,又黑又深。

月上中天,清辉破窗而入,馨香满屋,布政使心旌摇荡,夫人颤声说道:"半年不见竟跟新婚之夜一样。"高潮时,布政使腹内窜出一股凉气,布政使结结巴巴叫起来:"蛇……蛇……"声音在他的喉咙里,夫人听不见。夫人已经习惯了夫妻房事,看着丈夫僵硬发直的牛眼睛,知道他的狠劲上来了。但丈夫没上来,夫人大吃一惊。夫人刚才是朝丈夫扑过去的,夫人扑了空,腰快闪折了,夫人强忍着睁开杏眼,丈夫的脸在痛苦与酸楚、羞辱与愤恨、沮丧与尴尬中抽搐。

"老爷你怎么啦?"

"黑洞,顺着黑洞跑了。"布政使终于点破了那个黑洞,"青蛇是我的命根子,我看得清清楚楚,它从我身上爬出来了,它在我身上只爬过一次,我五岁那年它出来一次救了我的命,这次它顺着黑洞跑了。"

"我们不该谈你母亲,我们总想绕过她改嫁的事,其实绕不过去,反而弄出个黑洞洞。"

布政使的激情流向无名的空白,夫人一场空欢喜。夫人说:"你三十不到就干了,以后怎么办?我们还没有娃娃。"

一连好几天,布政使竭尽全力也挤不出一点精液。布政使慌了手脚:"以前只射一点点,那天我记得清清楚楚,粗粗一大股连根拔掉了,全流进黑洞里了。"

夫人说:"那个洞是我们的感觉,不在我身上总在你身上吧,床上干干净净,你说,你的宝贝流哪儿去了。"

布政使手脚乱抖。

夫人带着哭腔捶他:"你真没用,我比当寡妇还难受,你怎么能干了呢?"

小两口抬头看空荡荡的夜空,夜空呈现出他们的处境:干涸的河床上白鱼们在跳,跳不动的白鱼嘴张得大大的。夫人就像干渴的白鱼。

布政使说:"黑洞在书上。"

布政使开始给夫人讲朱熹先生的故事,同时取出秘不示人的批注。

夫人说:"朱公子是委顿,你没有委顿啊,你的个儿挺大的,只是没有河水。"

布政使语塞。

夫人说:"朱公子的前世是空的,青蛇没有给他显灵。你五岁时青蛇就显灵了,你的前世灵魂是薛平贵,薛平贵勇冠三军何等英武,你怎么就不行呢。"

布政使说:"被青蛇盘颈的贵人多了,不止薛平贵一个,谁能肯定他是我的前世?"

"你母亲说的,你母亲说她怀你的时候梦见过薛平贵。你没见过继父,继父虽是庄户人,却长得相貌堂堂、龙眉虎须,跟戏文中的薛平贵一模一样。你别忘了,薛平贵是扛大活的,自古豪杰出贫寒,那天,在曹家沟我都吃了一惊。"

布政使忽站起来:"你别说了,寡妇改嫁为人不齿,你倒津津乐道,看我们家笑话不成?"

"老爷说哪去了,婆婆改嫁我是儿媳,我好受吗?既然改嫁了,毕竟是长辈,我们只能尽晚辈的礼数。母亲有她的难处。"

"我的前世不能由她说了算。"

"生身母亲说得不对?"

"血肉之躯是父母的,灵魂是自己的。母亲平生念念不忘那薛平贵,薛平贵固然是贵人,但毕竟是一介武夫。我姜某饱读经书,习圣贤之礼,他怎能与我相比。我的前世在宋不在唐。"

布政使敲敲大卷经典:"母亲行违礼之事,我苦不堪言夜不能寐,我是在朱熹的大典里找回我的灵魂。给你说吧,那个黑洞在《四书集注》里边。"

夫人把书翻得哗哗响,夫人乃户部尚书千金,自幼熟读经典:"我咋看不出有黑洞?朱熹的书我早翻烂啦。"

"读圣贤经典,有了修行才成。我十多年前就读熟了,直到前天晚上才看出它的真谛。要看书后面的东西。那天晚上我一下子看到朱熹的心里去了,老先生当年遇到的难堪超我百倍,不也过去了吗?圣贤之所以成为圣贤,总有绝妙的地方。母亲说得不错,我还会升官的。但她绝不会想到我自己找到了自己的前身,我找的不是她所想的那种灵魂。"

09

布政使潜心细读朱熹的传世之作,夫人时而沏茶时而送点心。丈夫读得津津有味,舞之蹈之,露出年轻人的狂放。布政使毕竟才二十出头。布政使得意忘形,夫人戏谑道:"你也是个须眉男子,功夫全用进了黑洞洞里。"

布政使神色黯然,夫人年方十七岁,布政使能体谅出夫人的隐痛。这种病不宜张扬。

夫人私下差人从终南山里弄来壮阳的珍品,那是群山深处的野物,牝鹿野狗牛羊应有尽有。半年后,布政使如降甘霖似的吐出几滴液体。夫人大喜,喜之余耳语布政使。布政使叫起来:"怪不得浑身轻轻的。"

夫人说:"都在每餐菜中。"

吃饭时布政使不敢下筷。夫人说:"呆子,放胆吃吧,你吃半年了,何止今日。"

夫人把鹿鞭狗鞭羊鞭这些野物跟燕窝海参炖在一起,丈夫不细心,看不出来。夜间行乐,夫人乐不可支。

三四天后,布政使处理完积压的公文,重新坐在书房里翻读朱熹的经典。布政使再也看不到圆圆的黑洞洞了。他读那些字,字像生铁,发出挫钝的响声。文字失去了神韵,字里行间一片荒凉。布政使一下子苍老了,不思茶饭,连连嗟叹。夫人弄来的野物发馊发臭,夫人差人扔进护城河里。

布政使说:"那些野物把兽气灌入我的体内,好不容易体味到的经学精髓全跑光了。"

夫人说:"难道圣贤不吃饭了?"

"那是什么饭? 壮人淫心。朱先生当年六根除净才写出传世佳作。"

"朱先生丧子,你也要断香火吗?"

"妇道人家知道什么,我发现黑洞不足一月,就被兽气冲散了。等我潜心体味,得心应手后干什么都成。经学的秘密就在这。经学理学道学,融会贯通,就能超越常人。孔子所谓刑不上大夫,言外之意,大夫以上什么都不上。"

夫人大惑不解。

布政使说:"你听不懂了吧,汉高祖刘邦若不为帝,当年他斩一万条白蛇也没用。刘邦之所以是刘邦就在于他能把握自己,能把白蛇显示的灵气修炼到极致。夫人,你就忍一忍吧。"

布政使对自己已经有了相当的把握,有些话他只能秘而不宣。

母亲改嫁的那天夜里,他就死了。布政使摆脱不掉母亲改嫁的阴影。这种感觉超越了死亡,所以他才能在经典里洞察朱熹先生的隐衷。

黑夜犹如长袍被太阳烧开一个破洞,布政使看到了翘首以待的黑洞,他看到了那张年轻的面孔,那是朱熹的爱子。宋史上记载:朱公子去世时年仅二十岁。正是他这个年龄。布政使不也是在这个年龄经历了惨痛的死亡吗? 母亲不守妇道,与朱熹先生染指儿媳妇有异曲同工之妙。布政使简直是朱公子亡灵的再现。

这年冬天,布政使骑着大青骡子在寒风中踏上北原。布政使终于摆脱了母亲施于他的耻辱,就像朱熹先生在伟大的经典中消除乱伦的罪孽一样,布政使超凡脱俗,完成了贵人投胎转世的壮举。

最早出现的是麻雀,绵密不绝,噪音铺天盖地,从土原的角落里陡然升起。槐树、椿树、梧桐树、白杨树消失在灰黄的鸟群里。鸟群贴着大青骡子,忽前忽后,布政使向母亲身边行进。

进入河沟,这是他幼年求学的地方。高大的毛白杨布满河道,树丫的细网中透出清清的河水和河两岸嫩绿的菜畦。土原遮挡了凌厉的北风,阳光浓郁轻盈,一群群灰鸽子在蓬草中出没,蓬草的秆茎鲜红似血;草木厚厚的叶片腐烂了,裸露出潮湿的泥土。冬天的气息在河沟地带很淡薄。

这里的水土是渭北旱原最好的,这里的树木高大挺拔超过其他地方,他就在这里长大。

大青骡子把布政使驮上青石桥,布政使勒紧缰绳伫立桥头,凤鸣河灰莹莹的流水扑闪着翅膀朝他飞来。他听见凤鸟的鸣叫。相传周朝的祖先古公亶父,率部族翻越岐山进入周原,百鸟之精灵从天而降,在河沟里落身,是谓凤鸣岐山。只有贵人才能听到凤鸟的鸣叫。布政使幼年听过二胡曲子《百鸟朝凤》,以后他虽然摆脱了贫困的乡野成为朝廷命官,聆听过京都的王乐,但他难以忘怀《百鸟朝凤》这支民间乐曲。

那时,他刚入渭阳洞私塾求学。放学路上,村巷里兀自飘出群群飞鸟,破旧的土房子悄然隐去,河水萦绕的高高的村堡里只剩下几家富丽堂皇的大户人家的宅子。鸟群潮润的翅膀亮闪闪像夏天傍晚的雨点,石头狮子生气勃勃,黄铜门环叮当响亮。他站在远处,忘记了寒窑里的母亲,忘记了田野上的季节,他沐浴在鸟群纷纷扬扬的歌声里。

那一刻,他最不愿意看见那些寒碜的土房子和村民。谁也没想到,就在他呆若木鸡浮想联翩的地方,十多年后便崛起了他的新屋。新宅子是北原最漂亮的建筑,买卖人运来秦岭山中最好的木料石料,木匠石匠泥瓦匠献出最好的手艺。谁也没想到,那时,他站在寒风里,胳肢窝里夹着借人家的书本。鸟群扑棱棱拥到他身上。他用书本抵挡,书页翻飞,黑黑的字撒落地上,他读熟了它们,群鸟归巢,它们遨游天地后又飞回他身边。他知道他日后会飞起来,飞得更高更远,跨长风破万里浪。……破旧的土房子从空白里钻出来,墙脚下靠着唉声叹气的不幸的村民,但那撩人心弦的乐曲不绝于耳。

他朝员外家的大门走去,他想在那里听得更清晰一些,他就是奔石头狮子而来的,这气宇轩昂的狮子才配有如此美妙的音乐。他总以为凤鸟在员外的宅子里,二胡曲也在里边……那天,他失望了。员外的大宅子里传出恶狗的叫声,二胡曲仍在继续。大黑狗冲到大门口,石头狮子也张牙舞爪朝他发狠劲儿。员外的小公子大叫:"虎子上,咬这穷小子的屄,把屄给我叼来。"

他惊恐万状,喊不出声。土房子悄然隐退,腾出空地任他飞跑。麻雀黄鹂野鸽子在他前后飞蹿,他触摸到鸟儿小小的心脏,他不再感到孤单。恶狗撕碎麻雀撕碎黄鹂撕碎野鸽子,鸟儿碎裂时用尖厉的叫声提醒他把鸡鸡捂紧。那年,他的小鸡鸡刚好跟鸟儿的脑袋那么大。虎子噙住他的小腿,轻轻一抖,他就颠倒了,头磕在地上,麻雀在叫黄鹂在叫野鸽子在叫,他的小手紧紧地捂着裤裆。他被虎子咬得遍体鳞伤,手背被揭去了皮肉,露出白茬茬的骨头,但他的小鸡鸡在手里咕咕叫,毫无惧色。他听着野鸟的叫声就打算哭,在虎子翻个儿咬他的过程中,他一直在听野鸟的欢叫,他一声不吭。直到母亲撕心裂肺地哭号。

村民们撵走虎子,员外派管家送来四两银子。刚从北山砍柴回来的村民,用山里的马皮泡给他捂伤口,他问母亲:"狗要叼我的鸡鸡,你看在不在?"

大家都笑:"在哩,没鸡鸡就娶不成媳妇当不成儿子娃。"

"没鸡鸡就考不成状元。"

"日后考上了状元,把员外的脑瓜扒下当尿罐。"

他不能把员外的脑瓜当尿罐。

他透过林梢看见高高的村堡,那里一字排开十多家巍峨的深宅大院,门楼华丽气象万千。他的新屋跟员外家挨在一起。他一直恨不起员外,那尊石头狮子最早唤起他的雄心,他想起三齐王韩信受胯下之辱的故事。他的仇恨在渭阳洞,而且出自天性。村民们大惑不解,骚和尚该杀,董员外也不能例外。那天,当兵丁们驱上土原靠近村堡时,村民们爬上墙头等着看董员外的热闹。弓箭手绕过员外的宅子,巡抚大人的马队从石头狮子前走过去,把渭阳洞团团围住。火光冲天而起,麻雀黄鹂野鸽子潮水般涌入大火,与和尚们一起化为粉末。那天,人们没有闻到血腥和恶臭,空气里飘浮着甜丝丝的鸟儿的肉香。人们说鸟儿之所以投入火中,是因为大火呈现出凤鸟的影子。往甘肃驮盐的商人们,在山那边看见长约丈余的火红的凤鸟降落古原。村堡里的人看不清,他们是后来听说的。凤鸣岐山是百年不遇的奇闻。那天,人们只看到凤鸟的影子,听不到凤鸟鸣叫。凤鸣河的流水发不出声音,河里泡满了碎裂的和尚和小鸟,河水稠嘟嘟在与渭河交汇处发出沉闷的咕咚声,嗡声扩散到北原就感觉不到了。

老人们说,洪武皇帝北伐元兵的时候,凤鸟在河道里叫了三天三夜。洪武皇帝便驻军三天,亲临岐山周公庙祭奠周公亡灵,祈求龙凤呈祥。皇帝为了表其诚意,从卫队里拨五千名凤阳子弟兵屯田西岐,永为皇民。

那天,布政使杀气太盛,连凤鸟的影子也没看到。这些都是侍童告诉他的,侍童把他当成真正下凡的贵人。他和将士们都沉醉在疯狂的砍杀中,谁也没理会舒展于云天的大火。侍童告诉他这一切时,他频频颔首,侍童知道这是大官的气度。但布政使的心是苦的。布政使知道龙凤呈祥,凤鸣岐山以及百鸟朝凤之类的传说。布政使怀疑这是一场阴谋,事情一开始他就掉进去了。黑洞完全笼罩了他,黑洞里根本就没有青蛇,黑洞仅仅是青蛇萎缩后的痕迹。他的一切在朱公子那里就已经萎缩了,他在朱熹先生的预料之中。他注定要错过这次神灵显形的机会。那天,若不发兵血洗渭阳洞,他会跟北原的百姓一起目睹凤鸟的神采。凤鸟显形是冲贵人来的,贵人一时迷惑,便为平头百姓提供了机会。

布政使跟他的大青骡子一起"噢"了一声,此声可谓长矣。蓬草中的野兔噌噌蹿上陡崖,在枯黄的麦田里跑成一团火。布政使在这一声"噢"里,发现了与他命运作梗的东西。这一细微的感悟改变了他为官的初衷,不久他就体会到:做官与为民势如水火。对家乡百姓的亲情之感一瞬间转化为彻骨的仇恨。这一瞬间里,数百里苍茫的渭北古原,谁也没有察觉到布政使的心理变化,但这一瞬间却练就了布政使的铁石心肠。二十年后,关中大旱,李自成兵围开封,关中百姓的命运操于布政使之手,顷刻间,几十万百姓饿毙荒野。老鸦乌云般落下来,遮掩了厚厚的黄土,野狗飞蹿奔突,布政使也跟今天一样,向曹家沟行进。青青的炊烟从山坳里升起来,母亲和继父健在,并且无视天灾人祸的侵袭。

这一天,布政使在河道的密林里逗留了好长时间,《百鸟朝凤》的曲子时断时续。布政使问侍童:"你听过这曲子吗?"

"这是《百鸟朝凤》。"

"谁拉的?"

"堡子里会拉的有好几十个,拉最好的是渭阳洞的和尚。"

"渭阳洞的和尚?"

"老爷,现在咱们听到的曲子就是和尚拉的,别人拉不出这么好听的二胡。"

"和尚不是死光了吗?"

"拉二胡的没死,跑掉了。他身上有音乐,鸟儿挡住了箭,他就脱身了。"

布政使沉默不语。

侍童说:"老爷,到家了。"

布政使没有听见,一直往前走,二胡曲是顺河水流下来的。堡子快过去了,侍童说:"老爷,到家了。"

布政使和大青骡子绕过渭阳洞,跃上大路向北山走去。侍童紧紧跟上。

翻上河沟,田野灰黄,树木稀少,又干又冷,枯枝败叶填满凹地,路面亮铮铮,铁蹄落处冒起细小的烟尘,大路像着火的湿木头。二胡曲被风撕成碎片,散落在旷野上,布政使沉默不语。几条大沟从山里奔出来吞没了平原,田野上的台阶越来越多。临近山脚,坡地上出现了弯曲多结的核桃树和柿子树。转入山坳,风一下子被陡崖撑开了,风在遥远的天顶嘶叫。山坳里静悄悄,河道里卧着又白又大的石头,水从石缝里渗出来,青莹莹像石头的筋嗡嗡铮铮。空气潮润,麦地里铺着黑黑的粪,气味呛人。二胡曲子猛然抖起,仿佛跌自头顶青青的山峰。

侍童说:"老爷,这是天柱山。"

天柱山顶着天,山脚的大沟里全是肥沃的良田。布政使双腿一夹,把随从们撂到后边。

布政使仿佛又回到好多年以前,土房子和沟崖悄然隐去,大地平坦坦的任他奔跑。麻雀从土坷垃里飞出来,灰鸽子从干草窠里飞出来,黄鹂从白杨林子里飞出来,千年梧桐静悄悄。山吐着青青的流水,水浪鸟儿般沿河沟飞翔,蹿入蓝天。

布政使站在凤鸣河的源头了,凤鸟是从山里飞出来的。

布政使走进村子。拉二胡的人在大槐树下的院子里。布政使走到门前，竟是继父的家。门口虽然没有石头狮子，但在这条沟里算是个殷实的人家。布政使随家人进院子，厅堂的坐椅上那个拉二胡的壮年人相貌堂堂气宇不凡，随手把二胡挂在墙上躬身走出来。这就是继父。布政使愣在那里。倒是继父很随和，吩咐家人打尖热水，安顿随从。院子里顿时忙乱起来，几个长工把马和骡子牵到后院牲口棚里，随从们在客房里洗脸喝茶。布政使和继父在客厅里坐定，继父说：你妈身体不便，在里屋炕上。继父指指门，布政使走进去。

布政使万万没想到母亲要临产了。母亲静静地看着他，说不出话。布政使坐一会儿，走出来。菜很丰盛，布政使没有胃口，早早安歇。临行前，夫人面有为难之色，他闹不清自己发什么邪，跑来凑这个热闹。而且还得住一夜。

天快黑时，接生婆被女人们陪着走进母亲房里。继父的二胡声吱吱呜呜飘过屋顶向群山飞去，屋后的山峰在黑暗中喘气儿，接着扑棱扑棱扇动起翅膀；谁也不相信山会飞起来，可谁也会在这高下翻飞的二胡曲中默不作声，融化在夜色里。布政使是第一次面对乐手谛听如泣如诉的乐曲。好多年前，他曾误认为这音乐是从大户人家的宅子里飘出来的，董员外的恶狗几乎叼走他的鸡巴。现在他沐浴在真切的乐曲声里，漫长而寂静的时光在黑暗中流动着，他的弟弟就这样在母腹里一天一天长大，随即降临人世，夜一点也不空虚。

他匆匆赶来就是为了目睹这个小生命的诞生，二胡曲子《百鸟朝凤》，也是为了这个孩子而响起来。

布政使感到他的耳朵特别大，像河边的牛蒡草叶子。河水在耳膜里咕嘟响，一直响到天亮。布政使不知道随从们是如何跟他离开曹家沟的。母亲最后的影子就这样消失了。

继父没有送他，继父蹲在小板凳上，二胡像把钢锯在他浑圆的躯体里狂啸。鸟儿从山里飞出来，连山鸡都来了。布政使踏上归途。母亲在《百鸟朝凤》中生下跟他一模一样的小弟弟。

布政使想起隐藏在河边草丛里的小路,那条小路是和尚踩出来会他母亲的,从而孕育了他的弟弟。布政使恍然大悟,这就是他血洗渭阳洞的缘由。原来他是个失败者,他一开始就败了,他不可能战胜这个和尚。和尚夺去了他最珍贵的东西。他在经典中寻找黑洞是为了藏身,这不是开玩笑吗？大明朝的四品官无处安身？布政使的心在狂啸。那一千多名兵丁的箭镞赶走的不是和尚而是他自己,他自己把自己赶进黑洞。

布政使和大青骡子停在渭阳洞的对岸,二百只金碧辉煌的禅窟灰飞烟灭,陡崖上是二百只空荡荡的黑洞。和尚没了,他住进去了,打他在这上学那天起,他就想赶走和尚自己住进去。

布政使的目光静静地落在烟火熏烤过的黑洞里,像困倦的飞鸟找到了巢;布政使的目光静静地落在融化了上千名和尚的河水中,目光随河水幽幽颤动,颤成青青的蛇,那是他蜿蜒曲折的灵魂。他的灵魂扭曲得厉害,他一直以为自己的灵魂直挺挺的像宝剑。布政使闭息凝思,大青骡子开始走动了,他以为是在洞里行走,其实是天黑了。

他很少去书房,他怕看那些圣贤的经典,他命中的洞何止二百个？他上任第一天就用箭镞和大火给自己凿好了。有一天夜里,他跟夫人柔情正浓,他说:"我要在你身上打个洞,让他钻出来？"

"我的身子怎么能钻别人？老爷你疯了？"

"那个人是我的转世,我是他的前世,就这么一直转下去,谁知以后能转成什么样子。"

布政使快要窒息了,圆浑浑的房柱子就像那个身材高大硕壮如牛的继父。这家伙硬生生在母亲身上打个洞,投进去再钻出来,出来的娃娃便是和尚的化身而不是自己的生父。布政使的生父死得很早,他在母亲肚子里的时候生父就去世了。生父去世后,母亲应该关闭大门,这样他才能长大。他长大了,母亲又把门打开,猛然放进另一个男人,母亲就有了两个洞,生命的唯一性就这样被打破了,生命就有了可能以及或许这些字眼。

布政使无声地哭起来，悲凄万状，像在黑夜里寻找妈妈的孤儿，哭号着奔跑着从原顶从河道从草窠从群山从深深的大沟里，布政使上气不接下气，泪水滂沱。夫人吓傻了。

所有的官员站在布政使的门口，官衙外是全城的百姓，夫人脸色煞白，颤抖着走上台阶。夫人张张嘴吐出一口浊气，丈夫的哭号戛然而止。人群静了片刻，官员们说："姜大人真乃下凡的仙人，吾辈总以为《百鸟朝凤》是传说中的子虚乌有，今天大开眼界啊。"

门外的百姓更是欢欣异常："老爷是仙人下凡仙人下凡呐。"

后来据侍童说，昨夜四更，全城人被凤鸟的鸣叫声惊醒，城郊的百姓也听见了。历史上曾有凤鸣岐山，东府西安虽是帝京但从无此殊荣。周文王时凤鸣岐山，武王伐纣便有了周朝八百年江山。唐肃宗乾元元年，凤鸟再鸣岐山，肃宗屯兵凤翔府，剿灭安禄山，唐室中兴。这一夜，凤鸣东府西安，百姓们无不欣喜若狂。到天明，始知布政使姜大人乃西岐周人之后，刚从凤鸣河边探母归来。布政使忧郁如常，甚至备感滑稽。

夫人说："这世界浑浑噩噩，越想越糊涂。"

10

圣人之所以为圣,就在于他能自行感悟生命的处境及应变之策。

孔子十五岁那年,一下子感觉到了前所未有的孤寂,他再也无心跟同龄人去撒野了。他喜欢一个人待着,待在僻静的角落里。冥冥之中他听见细微的声音,周围的房屋和人影消失殆尽,天地闭息,他听见自己的心在喁喁私语。地上只有他的倒影,如果这倒影也算一个人,那么心灵所发出的声音就有听众了。孔子任凭自己的心灵如泣如诉。有些话令他吃惊,有些话他听不明白,以后会明白的。他再次看见别人,就感到他们是多余的。

他混进祭神的庙堂,这是大人们聚会的地方。这一套礼仪他早已烂熟于胸。等人去房空时,孔子拿出自己带来的祭器,方方的俎圆圆的豆,都是木头做的。摆好之后,他跪下去。

多少年来,他一直在野外演习这一套。那时他没有正儿八经的祭器,他用泥巴捏制俎豆,晒干,藏在墙洞里。常常被老鼠毁坏,或被雨水淋湿,再重新制作。有时,顽皮的村童一脚踩烂泥塑的祭器,开心得哈哈大笑,他们笑他是小老头,小狗站在粪堆顶上装大狗。他并不想学大人,他只是感觉到大人们祭神的仪式很合他的胃口。

五岁那年,他可以走出院子到村街上去玩,母亲颜氏不再阻拦他。那天,是他第一次出远门,他顺着墙角走,路上的大人们都看这个陌生而老成的孩子。他对街上的鸡鸭小狗没有兴趣,对狂奔乱叫的娃娃们熟视无睹。直觉告诉他,前边有他要去的地方。他径直走进高高的庙宇,挤在人群后边,从空隙里窥探庄严的祭神大典。他从头到尾记住了,连祭器的样子他也记得一清二楚。

村里的野孩子撒尿抟泥,捏鸡喔喔玩,甩得嘭嘭响。路边的渠沟里有泥巴,几只小猪喝里边的积水,他不想挖这里的泥巴。他走到河边,用青青的河泥捏做方方的俎和圆圆的豆,用手摸得光光的,放在大石头上晒。晒干后,他带上祭器,在旷野找一块干净平整的空地,摆好祭器,双膝跪地。圆圆的天方方的地霎时静下来,天地的形状全在俎豆间。听见母亲的呼唤,他忙跑回家。他的手上沾了泥巴,母亲给他洗手,叮嘱他别跑远了。母亲没有理睬他手上和衣服上的泥点,他兴奋得满脸通红像打鸣的小公鸡。母亲知道他玩得开心,母亲也很高兴,但母亲不知道儿子开心之所在。

十五岁那年,他从人们的闲谈中知道,自己的生父名叫叔梁纥,是贵族的后代。

生父六十岁那年心血来潮,带年方十六岁的妻子去祷告山神。生父不顾年老体衰,要造出一个老儿子来。

按预定计划,叔梁纥打算祷告礼仪完毕后游玩一番,回家休息休息再行房事。

原野上草木葱郁,盎然的生机使叔梁纥不能自持。老头把爱妻颜氏唤出庙堂,野外秋虫嘤嘤,流水淙淙,田禾拔节的嘎叭声唤起人的冲动。叔梁纥在庄稼地里与年轻貌美的妻子天地同春,完成了创造生命的壮举。

孔子五岁那年涉足野外,他第一个感觉就是泥土的气息如同母亲颜氏的呼吸,他用泥巴捏制祭器仿佛在触摸一个人的肌肤。他知道自己的父亲很早就埋进黄土了。既然黄土融化了父亲的肌体,他喜欢泥土便是天经地义的了。

有一天,唤他吃饭的母亲在庄稼地里找到他。当时他跪在一块平整的石板前,石板上摆着土制的俎豆,祭器里装着一小块腊肉和两张薄薄的煎饼,煎饼里夹着生葱,两根点燃的干草绳冒着青烟。

母亲悄悄走开。母亲想起十多年前,丈夫带她祭祷神灵的情景,那片庄稼地她记得清清楚楚。那时她十六岁。叔梁纥娶她为妻就是为要一个儿子;她人生的第一次竟然不在新房,在野地里,跟那些偷情取乐的乡野村妇一样。以后每次同房,她都有一种复杂的感觉,虽然她明媒正娶是跟名分上的丈夫作乐。现在,儿子凭着生命的直觉感应到了自己的来历,儿子对礼仪的狂迷不正是对父母违礼的无声责难吗?

颜氏十七岁守寡,娘家曾劝她改嫁,她也曾动过嫁人的念头,但儿子身上所焕发的那种魔力挫去了她的杂念。儿子神情昂藏,自小就有非凡的力量,儿子要改变人的一切。以后,颜氏做饭总是多做一份,儿子把最好的食物留下,带到野外去。

有一天,她对儿子说:"男儿十二养父母,你十五岁了,你有资格参加祭祀大典。"儿子静静地看着她,儿子的眼睛熠熠闪亮。颜氏从中看出了儿子对她的崇敬和感激,颜氏甚至感觉到,儿子是在经历了痛苦的磨难之后,重新对她产生崇敬之情的。颜氏真想大哭一场。她在儿子的心目中之所以能重新恢复尊严,都是儿子天性的聪颖和对礼仪的向往使然。

儿子十五岁了,孔氏家族的人开始注意她。当她把儿子带入庙堂祭祖时,人们非但不干预而且发出一片赞誉声。人们很快感觉到,这个气宇不凡的少年对礼仪的虔诚和娴熟远在众人之上,这个少年在孔氏庙堂里祭奠的不仅仅是孔氏的远祖,而且远远超越家族的局限。少年感觉到了众人的迷惑,从容说道:"周礼才是天下的至礼,我们应该颂祷武王的高德。"

少年孔子恢复周礼,是为了在乱世中恢复人的尊严。在人们的议论声中,少年退后躬身施礼。

时值乱世,孔子的学说很难推广,但母亲颜氏是第一个崇拜者。关于孔子带三千门徒周游列国的故事,古书记载得很多。自己的出生不合礼仪一直是他的心病。新学派建立了,心头的阴影随之扩大。他原以为野合而生的来历,会在完整的礼仪与学说中消化掉。

苦恼与日俱增,他终于发现了自身更大的缺陷,他在铜镜中看到了自己硕大的脑袋。人们说他的面孔像先帝尧,但尧帝的头顶是饱满的,而他的头顶是凹陷的,谓之"圩顶"。

他是塌陷之人,他的生命不完整。

在周游列国的行程中,他见识了天下形形色色的人,他的学说是在万里行程中趋于完美的,与此同时,他对人的见识更加精纯。田野上铜亮的汉子和大道上纵马飞驰的武士,他一点好感也没有。这些强力之士败他的胃口。樊迟这小子竟跟农夫泡在一起,在庄稼地里展示自己一身的腱子肉。他当时气得大骂樊迟是小人。先生常以谦谦君子来教导学生,先生的失态把学生们惊得目瞪口呆。他对自己的失态懊悔了好几天。

现在,他在镜中端详自己的"圩顶",感慨万千。父亲养他时已年过六十。六十岁的老头子精气不足,血脉不旺,跟年方二八的少艾妻子无法抗衡。虽然这血脉流自高贵的远祖,但躯体之首却显示出父亲的衰败。以母亲的沃美之躯,应该配之以精壮的汉子才成。

孔先生绝望地看着自己的生命。他虽然身长九尺二寸,被人誉为"长人",但他的天顶鼓不起来,底气不足,怎么能担当起这门崭新学说的大任?

他的一生注定是压抑的,在苦行中才能磨炼意志。他的生命中缺少自然本真的意志力。这必将导致他的学说缺少生命意志,他的门徒以至后世万代的门徒缺少生命意志。这种生命的强力他无法注入,无法弥补。

但补救措施还是有的。先生是理性中人,一旦察觉,随即付诸行动。

听说子南夫人风流于世,先生不禁向往之至。这时,子南夫人的请帖到了,先生修饰一新,整装前往。他不能再耽搁了,他已经四十五岁了,正值人生的盛年,子南夫人的出现可以使他避免父亲的悲剧。

先生终于看见了子南夫人的月容花貌,这是先生平生首次欣赏女性的魅力。先生虽然有妻小,但先生醉心学问无心房事,何况那仅仅是延续香火,与生命意识无涉。

子南夫人在帘子里边,先生在醉人的芳香中扑倒在地。子南夫人同样也是平生第一次与文质彬彬的君子相会。她生性风流,整日泡在市井阿哥的怀抱里,那些人粗俗不堪,牙齿黑黄,臭屁不断,行乐时又抓又啃,好像她是美味佳肴。眼前这位儒学大师施礼后,平静地看着她,那目光柔情似水在她身上流盼不已,洗去了她身上的风尘痕迹。就在她难以自持的时候,先生俯身在地,叩头问好。夫人何时受过如此大礼,她只听人讲过奉行礼仪之学的孔先生,她觉得好玩才约他来会,无意中的一个念头竟给她打开了新世界的大门。

先生与子南夫人待了很久,那是两人一生最幸福的时刻。

傍晚时,城里的百姓看见先生驾着马车,子南夫人端坐在车上,一路春风向城外驶去。车声辚辚,夫人光彩照人,夫人仪容的美妙达到至极。

事后夫人对人说:"这是我唯一的一次风流韵事。"夫人生活中所有的男女之事顿时黯然失色,消失在岁月滚滚的烟尘中。夫人对这生命中唯一的一次心满意足。

子路大放厥词,先生说这并不违背儒学的精神,我见子南夫人是受施行礼教的影响。但先生内心的隐忧谁也不知道。

那时,母亲颜氏已去世多年。令先生更为伤心的是,他生父叔梁纥的墓地是个谜,母亲也不知道父亲墓地的所在。先生凭着年幼时对自身生命的怀疑,在祭祀神灵的庙堂前找到了一座低矮的土丘。他想,父亲给我起名为丘,他的墓在丘下无疑。于是先生迁母坟于丘。年老的族长也来证实,此处是叔梁纥的葬身之地。

先生没有吭声。先生好多年前就知道,自己是父母在土丘下的庄稼地里创造出来的。先生五岁那年抟泥巴制作俎豆,十五岁那年远行于丘下;他默然伫立,这段隐衷只有先生自己知道。

这是人类追寻自身生命本源最早最深刻的一次行动。

11

布政使正是在这种心境中领悟素王孔子的隐衷。这全仗他那双睿智的眼睛,他的目光看什么都有洞。有些东西在这目光中死去了,而有些则复活。

夫人说:"你不要看书了,你一看书就想心事,书会毁了你。"

布政使说:"人是自己毁了的,人担心自己毁灭才写书。"

夫人说:"《关雎》一诗就是素王写给子南夫人的。"

布政使大吃一惊。

夫人说:"朱熹的《观书有感》诗是写给新娘的。素王闻关雎的鸣叫才得以完善自己的德行,朱熹先生所谓'问渠哪得清如许,为有源头活水来',说的是他的才思是新娘打开的。母亲既已改嫁,就得遵从妇道,生孩子是理所当然的事情,老爷何必耿耿于怀?"

布政使停好半天说:"我想心事的时候你不要放外人进来。"

"你怕什么呀?"

"你能看破我的心思,别人当然也能看破。你不知道看破红尘有多可怕,看啥啥倒霉。"

"我们朝夕相处,我也倒霉吗?"

"你我是夫妻,不至于此。"

"你既然看破红尘,可你把渭阳洞给烧了,你想当和尚也无处可去。"

"唉,给你没法说,眼睛太亮不好。"

下午,皇上降旨宣布政使进京。这年,布政使二十四岁,公公们说,去年的新科进士中皇上念念不忘姜进士。公公们在西安府听说了百鸟朝凤的事,不禁对布政使另眼相看:"凤鸣岐山,百年不遇,圣朝中兴有望喽。"

公公一改平日的骄横,给布政使谈了许多京师里的情况。布政使是外官,对朝中动向一无所知,闲谈中掌握了不少情况。魏阉被诛,天下皆知,布政使竟然不知,公公感到奇怪。布政使苦笑道:"整日沉醉案牍,府衙以外难免孤陋寡闻。"公公肃然起敬,大明朝这样的官太少了。

公公起程回京之前,在西安府专心搜罗古玩。西安乃帝王古都,珍奇玩物不少。幕僚中有人藏有唐王维的字画,便劝布政使以此交好公公。

府台大人私赠公公不少东西,但他阻拦了布政使:"你是皇上点名进京的命官,说不定要留在皇上身边,那时结交公公最好。现在交好反而坏事,这些人不好侍候。"

布政使说:"尽力为皇上还是尽力为公公?"

府台说:"你初入仕途,哪朝哪代不是这样子,你我是同僚说说无妨,到了京师你可千万小心,万勿胡言乱语。"

侍童说:"有尿的还怕没尿的?"

两位老爷哑然失笑。

布政使说:"休得胡言乱语。"

府台说:"娃娃说的对,阉人没那东西。没那东西阳气散尽实不足畏,可物极必反,以柔克刚,天下刚健之士反而为阉人所制,这也在情理之中。"

布政使说:"年兄言之有理。"

府台说:"我常翻阅史书,最留心的就是各朝阉党的作为,大明朝尤烈啊。大明朝坏就坏在这里,前有公公刘瑾,后有魏阉。"

布政使说:"太祖皇帝的遗训里不让公公干政,有这一条,要禁其作乱也不难。"

府台说:"那只是扬水止沸,不是关键,历代君王对公公的处置想尽了办法,那些办法都不是关键。关键在五千言老子中,男为阳女为阴,公公天性为阳,阉斩后为阴,属于不阴不阳之人,在八卦里居其中。阴柔克刚即阴柔克阳,皇上是乾阳之首,克的何止我等百官啊。唯一的办法就是还其阳气,人有了阳气才懂良知礼仪。可有阳气之人久呆宫里,对后宫的三千粉黛是个威胁。凤清纯则龙气足啊。"

布政使闻凤变色,口中讷讷不语。府台大人正想大谈凤鸣东府的奇观,见布政使吞了砒霜一般,便匆匆告辞。

夫君赴京师何时归来,一时难定,夫人待在西安府孤苦伶仃,要回西岐。布政使正沉浸在府台大人的宏论中不能自拔,又闻夫人欲回西岐,布政使惊得目瞪口呆。

夫人说:"老爷你生气了?你要是生气我就不回去了。"

布政使说:"凤鸟鸣叫是吉祥的征兆,我何以闻此声心悸不安呢?"

夫人说:"你又听见凤鸟叫了?"

布政使点头。

夫人说:"老爷,你母子二人历尽千辛万苦熬出了头,如此母子之情非常人所及。你闻凤鸣之时,一定是母亲在思念你。在北原的新宅时,我听村人讲,你幼年求学时,只要你出现在村巷里,人们就会听见《百鸟朝凤》的曲子。那二胡声压住了村中其他人的演奏。夜里你朗读诗书的声音一起,人们又会听到那支二胡曲子。你在渭阳洞发奋的十多年里,村民们就是在这支曲子里度过的。母亲改嫁到河上游后,他们再也听不到《百鸟朝凤》了,而山那边的人却能听到这曲子。"

布政使沉默不语,他已经看到曹家沟的房子了,母亲生下的娃娃快过三岁了,那娃娃将在继父的二胡声中长大。长到三岁,母亲便教他《三字经》《千字文》《百家姓》,长到五岁,母亲送他到私塾里苦读经典。布政使一直想下去,想得很远很远。

布政使说:"你想住在北原新府?"

夫人说:"我喜欢那里。"

布政使说:"那里离曹家沟不远,你想去看母亲是不是?"

夫人哭了:"我喜欢你母亲,我把我妈都快忘了。"

布政使擤鼻子,夫人毫不理会:"这次你去京师,按理说我与你同去可以回娘家聚聚,可我总想听《百鸟朝凤》。我第一次踏上北原就被这曲子吸引住了。我在京师长大,听过不少名师演奏,他们的乐曲跟这支二胡曲子不可同日而语。我听着这曲子就想生孩子。"

夫人有了身孕。夫人说:"这都是终南山野物的功劳。"

夫人的话把布政使弄得很尴尬,布政使好几个月没有与夫人同房了。

夫人说:"凤鸟的鸣叫对娃娃有好处。"

布政使说:"就为这个?"

夫人说:"女人嫁夫就是生娃娃么。"

在这一点上,夫人与母亲一样执拗。

布政使快要做爸爸了,娃娃将在《百鸟朝凤》中出生。女人何以对这曲子如此着迷?他甚至怀疑自己,年幼时也曾迷恋这支民间乐曲。

那时,他吃糠咽菜,读圣贤之书,隐隐中他感觉到圣贤的经典才是最好的粮食,而咽入腹内的食物全是尘世的苦难。圣贤的经典可以使他一步一步离开荒凉贫困的村堡,离开这民间音乐。历史上的豪杰都是这样从大野里崛起,他们成长的过程也是脱离荒野的过程,上升为人杰,居于万民之上。这是一种自然的回归,投胎与下凡紧密相连。那时他就感觉到渭阳洞是他暂居之地,他不会久居人下的,圣贤的经典总有一天会给他插上翅膀,他一跃而起,飞离这沉闷空旷的土原。

《百鸟朝凤》是土原与他最后的一丝联系。那曲子里有母亲全部的温情,他难以割舍,他放不开手脚。他已经看清了自己的未来,当母亲和这乐曲从生命中消失的时候,他就会成功,成为合乎经典的真正的贵人。

王朝和天道的核心就在于此,经典的价值就在于此。不断地从民间征集对王朝有用的人,用经典进行加工整理,同时从这些人的生命中剔除掉父母的因素,代之以经典永恒的神韵。只有少数人才能经受经典的洗礼而不被淘汰。王朝可以覆灭,而经典永存。新王朝是旧王朝的延伸,前朝的亡灵投胎转世,在新世界寻找自己的位置。

布政使已经弄清楚,他的前世在宋朝。他的娃娃开始在夫人的腹内成形,原始状态的生命有必要到民间去培育成长。布政使深知民间沃土的美妙。人的灵魂不但从前世转,而且自身的成长也是灵魂不断转换的过程。夫人回北原后肯定要去曹家沟,凤鸣河及它的曲子对他没用了,但对母腹里的娃娃有好处。

公元1630年春天,陕西布政使姜天正奉诏进京,拜见皇上。这次传见,只是依照惯例,与文武大员一起入朝。皇上问几句陕西的情况就退朝了。中午,公公单独宣布政使进宫。

魏阉被除,但阉党的根爪在朝野扎得太深太密了,禁宫的砖瓦仿佛都笼罩在阉党的阴影里。皇上如在冰天雪地里一般,兢兢业业处理朝政。这些都在布政使眼中。

年轻的皇帝对年轻的臣子关怀备至,客套话后,皇帝说:"西岐是周朝龙兴之地,听说凤鸟百年一鸣,凤鸣则龙兴。那里是你的故乡,朕要问你，凤鸣之事可当真？"

布政使说："确有此事。那里有一条凤鸣河，源自岐山，山之阳便是周的宗庙所在。凤鸟鸣叫三日，说明圣朝中兴有望。"

皇帝说："中兴的话勿要多谈，臣子们谈得太多了，我听了就头疼。现在女真兴起于白山黑水之间，凤鸣则龙兴，龙兴于何处呢？"

布政使出一头冷汗。

皇帝说："大明的臣子纸上谈兵头头是道，临阵效力束手无策。"

布政使稍稍冷静，给皇上谈起理学中的黑洞，布政使说："臣就是从黑洞里钻出来的。臣幼时苦读经典，有一天窥见和尚与妇人做违礼之事，马上有青蛇穿耳盘颈。臣亲眼看见青蛇从洞中出又从洞中去，臣苦思冥想多年，终于在朱熹的著作中找到洞口。青蛇乃前世贵人投胎转世的魂灵，朱熹把转世投胎的洞口隐于书中，人的一切便可归于天道和理学。理学成为显学关键就在于此。所以太祖皇帝在圣朝初年就规定，仕子为官首先要精通朱熹的理学。至于大臣们无实际本领，罪不在于经典而在于自身。圣贤的经典如同良田中的沟渠，天长日久，淤泥积多，便会阻塞流水，良田与污泥无涉，关键是清理淤泥。"

聪明的皇帝听出了弦外之音，皇帝说："要是没有鞑子扰边，朕早把这些无用的臣子翦除掉了。"

皇上的眉毛竖起来，像扬蹄凌空的快马。皇上显露杀气的刚毅，跟布政使剿灭渭阳洞何其相似。那次大开杀戒，下属对他多存警惧之心。侍童说：身边的属僚们被老爷的面容吓呆了，老爷的眉毛直直竖起来，目光如同凌厉的剑光，笼罩了渭阳洞，兵丁们的刀剑和利箭随老爷的目光而移动。年轻的皇上跟他当时的心境完全一样。圣朝二百多年的积弊同时显露出来，皇上束手无策。

崇祯是个聪明有为的君主："难得有你这样直率的臣子，朕方能说些人话。六部及各省大员如同鬼魅，与他们谈论朝政，他们一张嘴朕就讨厌。他们嘴里说的全是前朝人的警策之语,他们把朕当做北宋的道君皇帝唐朝的李隆基。朕没有昏了头,朕真想杀了这帮东西。他们嘴里念念有词,脸上毫无动静,朕如同跟死人说话。"

布政使说:"书会把人变呆的,呆气淤结于心,就会昏迷七窍。"

皇上说:"朕不明白,理学大典在圣朝初年总能招揽天下俊才,过十几代为何招揽的全是庸才呢?"

布政使给皇上讲黑洞,讲到铁木真成吉思汗时,皇上挺直了腰杆……

12

铁木真刚成为部落首领,便碰上了苍天赐予的一场灾难。蔑里乞人打败他并掳走他的爱妻。铁木真积蓄力量,以图东山再起。攻伐开始前,他要求部下杀尽蔑里乞所有的男人。大家迷惑不解,按惯例:征服一个部落不仅仅是为了复仇,还可以获取财货妇女和兵员。

铁木真说:"大地上只有一颗太阳,我要砍净蔑里乞人的头颅,灭他们的阳气。"

马队向前冲,这是草原上百年罕见的成吉思汗万人队。铁木真一马当先,身后是两员副将,按官阶大小依次成扇形展开,铁木真在万人队的顶尖位置。

铁木真与蔑里乞人的首领交手,他的后翼毫不理会对手的冲击,从容而冷静地包抄收缩,把蔑里乞人紧紧围住。铁木真从中间突进去,蔑里乞的骑手不知道铁木真的长矛是何物所铸,锋刃所指,人马即为两半。长矛震骇了蔑里乞骑手的魂魄,稍一愣神即被对方挑于马下。

蔑里乞的勇士摆满了草原,无一漏网。尸体在阳光下肿胀起来,像鼓圆的帆向地府漂游。

铁木真甩下马队,单独寻找他的妻子。越过血腥的战场,爱妻从河边茂密的草丛里向铁木真跑来,边跑边呼叫铁木真的名字。妻子获救了。

铁木真的马队横扫蒙古高原,兵锋指向哈里发帝国。波斯学者在《世界征服史》中这样描写铁木真的大军:他们来了,他们杀人,他们放火,骑手的尸体变成沙粒浩瀚无垠;他们来了,大地空了,生命像撒马尔罕的玫瑰花纷纷谢落。兵锋指向伏尔加河,俄罗斯大军全军覆灭,马队一直攻到维也纳城下,饮马地中海。

大汗安排好王子王孙们继续西征,大汗本人挥师中原。

大汗已经感悟到草原需要中原那一套礼仪。

大汗问手下爱将:"朕的大军何以能所向无敌?"

众将纷纷称赞大汗英明。

大汗说:"大军之所以强健,得之于草原的骏马,而骏马靠的是笼头。朕现在还缺一副更好的笼头。"

大汗站起来,马鞭指向南方:"我们的骏马有笼头,我们的骑手还没有,到中原去,到中原去找笼头。"

大汗没有亲自到中原,在征服西夏的时候,死于贺兰山下。

远在铁木真崛起之前,契丹和女真的铁蹄就震裂了大宋朝的江山。赵构皇帝南渡后,有识之士已经意识到亡国只是时间问题。大宋的学者们苦心孤诣,日夜兼程,要赶在异族入主中原之前完成经典的编写大任。

这是一个底气不足的王朝,太祖皇帝从孤儿寡母手里夺的江山,总放心不下,几代君王都是在疑神疑鬼中治理天下的。大臣们也以阴鸷著称。

鞑子的铁骑终于攻过黄河攻进汴梁,饮马长江。赵构皇帝身边的宫娥被北兵掳掠一空。岳飞韩世忠在前方抵抗。君臣稍稍安稳,便要恢复皇朝的威仪。首先要有妃子,新君临位,听不到凤鸟鸣叫:

苦不堪言。太监们四下征寻,几个月过去,皇上仅靠身边的老宫娥度日,连连降旨,没有动静,皇上大怒,责问内务太监总管。

总管说:"江左比不得中原,美女虽然不少,但需严格挑选。"

皇上已经听到内宫深处少艾女子的莺语娇笑。

总管面有难色:"禁宫是龙居所在,比不得寻常人家。奴才们正在按祖法挑选。"

看皇上猴急的样子,总管忙抽身出来。太监们围在一口大缸跟前,两个老宫娥扶起缸底。正在验身的妙龄女子,令其闭目,用马鬃挠女子的鼻孔,女子忍不住打起喷嚏,老宫娥探身入缸,缸底的糯米细面被冲出一个小坑。

老宫娥说:"都是破了身的。"

总管沉默不语。下一个女子打过喷嚏后,缸底的糯米面冲起细细的白雾。众人眼睛一亮,宫娥说:"这女子刚刚破身,破得不太厉害。"

总管吩咐给这个女子整装,总管忙进宫禀报皇上。

未来的皇后被送入内室,皇帝赵构在此等候,太监拉上门,宫中静如三更。皇上登基以来,首次与妙龄女子同房,不禁喜出望外。皇上旷得太久了,视此女为甘霖,云雨中对女子说:"朕要立你为后。"女子抽抽泣泣哭了,皇上以为女子惊喜过度,便百般爱抚。

女子说:"奴家不能做皇后。"

皇上不语,只是喜滋滋地抚摸其背。

女子说:"奴家已被北兵破身。"

皇上猛吸一口冷气,脸色铁青,离开内室。

皇上再也没有找到黄花闺女。北兵破的岂止是江山社稷,国无处女啊。皇上忍气吞声,没有声张,立此女为皇后。总算给皇上找到媳妇了,举国欢庆。

当是时也,国无处女,万民百姓娶嫁的全是失去贞操的女子,咽到肚里的全是被人嚼过的馍馍;纯净的生命之河兑入了混浊的杂物,至尊的天朝自盘古开天辟地以来,第一次品尝到了被征服的滋味。人们终于看清了,征服中原的不仅仅是弓箭和铁骑,还有骑手们裤裆里的玩艺儿。

公元1127年,大宋的国土上静悄悄的,皇上娶了媳妇,万万人娶了媳妇,媳妇们静静地躺在炕上,男人们蹲在炕头上,男人们冰凉冰凉,全身上下包括老大老二都成了冰坨子,包括至尊的皇上。皇上的笑容是虚的,皇上的媳妇是虚的,眼睛尖的大臣可以从皇上的笑容里看出无可奈何的苦相。

一年后,皇后生下一子。小皇子身材高大,但天顶是凹陷的,皇上和皇后都明白这是怎么回事。皇后肥沃的肚皮曾被鞑子的铁骑翻犁过,皇上是在别人犁开的地里撒种。这种地,底墒不足,种籽没有爆发力。小皇子聪明伶俐,但那弥补不了生命本能的原始缺陷。高宗皇帝猛然一惊,这种结局从太祖皇帝就开始了,圣朝的江山是后周柴荣的,赵家是在别人翻开的地里瞎折腾。太祖传位给其弟而不传其子,是亡羊补牢之举。

高宗皇帝振兴大宋的雄心陡然跌落。

忠义仁人志士前仆后继,抗击金兵,高宗赵构对此漠然处之。皇子底气不足,这种状况没法改变,除非让位于他人。赵家的江山宁可徒守江左,也不会出此下策。

岳飞屡屡上奏,要直捣黄龙迎回徽钦二帝,高宗对此感到可笑。岳飞精神可嘉,但皇上的隐衷只有皇上自己知道。皇上心头的阴云谁也摘不掉。那阴云起先在皇后失去贞操的肚皮上,后来移到皇子身上。皇子一天天长大,皇子像疯长的树,把树干上的斧痕扩至无限。皇子酷似他,但皇子的血液是混浊的,这种血液永远在阴影里流淌,掀不起巨浪,永远疲软。

那阴云一直跟着皇上。皇上离开禁宫,到野外游玩。阳光把云涂成白色,飘在皇上的头顶,皇上内心的耻辱公开于蓝天之下。皇上惊恐万状,身边的臣子都是上知天文下通地理的读书人,他们中有人会发现皇上的隐衷。皇上匆匆回宫。皇后几年前就已郁郁而终,新皇后也是破身之女,但不如她的前任。前任知道皇上的隐衷,新皇后对此没有一点警觉,皇上内心的隐秘就永远关闭了。

皇上万万没有想到,心中的阴云会飘上天空,细细一想,自己贵为天子,天子的头上才会有云彩。不久,皇上听到大臣们纷纷议论朱熹先生的著作,并亲自阅览此书,喜出望外,圣朝需要的正是这种浩繁而又系统的理学大典。皇上不理朝政、沉迷在书页里。书页远在十万里江山之上。

朱熹先生在书中说:灭人欲是为了在内心存人欲。人的内心保持完整,人的一切也就是完整的。

皇上掩卷沉思,浮想联翩。当年北兵攻过黄河,国无处女,几代男儿不能娶黄花闺女为妻。现在,朱熹先生用哲学开出了医治万民心灵创伤的药方,皇上龙心大悦,传旨嘉奖。

朱先生冷静异常,毫无惊喜之色。

君臣彼此都明白,书中的黑洞既是朱公子的墓坑也是大宋朝的墓坑。聊以自慰的是朱先生终于赶在忽必烈的马队之前,完成了这部巨著。大宋的学者在王朝灭亡之前,发奋著书,用文化来保存民族复兴的火种。

公元1207年,鞑子攻过长江,兵逼临安,大臣们封锁消息。宁宗皇帝正跟爱妃干好事,一惊之下,皇帝阳痿了。

13

崇祯皇帝说:"元顺帝离开大都时连马鞍都跨不上,为何娇弱成这样子?"

布政使说:"理学大典既是笼头也是坑,可以把野马调教成坐骑,也可以把坐骑驱入陷阱马毁人亡。成吉思汗叫他的后人入主中原,学中原的礼仪文化,并没有叫他们学中原的声色犬马。酒色是杀伐生命的利刃,不出几代,蒙古人就消散了草原铁骑的劲风。"

皇上说:"成吉思汗没有亲临中原实乃万幸。他若来中原一定会发现朱先生书中的黑洞。爱卿说这洞是坑,爱卿瞒了一个字,那是埋人的墓坑。"

布政使愣住了,他没料到皇上的目光如此锋利。

皇上说:"朱先生的乱伦行为老百姓叫扒灰,灰乃草木燃尽之物,人死即为灰。朱先生感觉到大宋气数已尽。写此书在死境中以求安详。朕不是赵构,朕讨厌虚言欺上。"

布政使听出了弦外之音。

布政使说:"臣幼年曾听过灵魂转世的传说。"

"灵魂转世?"皇帝眼睛一亮。

布政使说:"虽然是民间传说,臣觉得确有道理。"

布政使讲薛平贵岳飞汉高祖刘邦下凡人间的故事,皇上听得津津有味,而且在龙案上支起下巴。

布政使说:"人都有自己的前世,前世灵魂转世投胎,就会显灵。"

皇上说:"人可以在来世投胎?"

布政使说:"投胎转世万民皆有,而下凡转世只能是贵人。臣幼时曾被青蛇缠身,家母说这是显示唐将薛平贵的灵魂,如此臣方能进士及第得以效命于皇上。"

皇上说:"朕总以为你是朱熹转世,既然是薛平贵转世,大明中兴有望喽。"

出宫时,小太监说:"皇上好久没这么高兴了。"

布政使见岳父时,没敢透露与皇上谈话的内容。岳父说:"大明朝一言难尽啊。"布政使想起皇上削瘦的面容,心如刀绞。岳父说:"皇上每夜加班,日夜操劳,大明朝近百年来很少有如此勤勉的皇帝。"翁婿二人唏嘘不能言语。

布政使相信他没有欺骗皇上。十多年后,皇上降旨杀他,他毫无怨言。他知道皇上信他的话。后来,皇上勇敢地登上煤山,把脖子伸进绳套,成为历代亡国君主中最有骨气最有血性的一个。崇祯皇帝坚信他的灵魂不会消散,他从绳套的黑洞里钻进去,是在寻找生命的秘密——即为自己找一个合适的下凡显灵的躯壳。

只有他们君臣二人知道这个秘密。崇祯杀布政使是灭口保密。但崇祯有更深远的考虑,他希望死后能自己选择下凡显灵的地点和人选。这已经与皇位的继承没有关系了,纯属个人生命的延续。他要保留生命最后的一点自由,使灵魂很正常地降临来世。所以,他很不情愿做李自成的俘虏。后人说崇祯担心自己会成为李自成手中的汉献帝,李自成可以挟天子以令诸侯;其实,崇祯担心李自成杀他之后取他的灵魂。崇祯贵为天子,熟识史册。在王朝的最后几年里,他下意识地翻阅史书,特别留心末代君主的传记。晋灭蜀吴,蜀吴君主自缚献位,宋灭南唐,李后主也是自缚献位;司马炎和赵匡胤在天子气象转于自身后,才杀掉俘虏。崇祯不想被迫交出天子的亡灵,更不想转世于李自成,这无异于强奸。女人献身若出于自愿,便能感受到生命的愉悦和幸福,否则强迫只能伤害她;所以脱裤子有天壤之别。

1644年的崇祯皇帝像个妙龄少女,面对黑毛满胸强悍无比的李自成和关外的鞑子,紧捂腰带不知所措。1644年的崇祯皇帝,面临人类死亡中最难以预料的死亡;崇祯死得提心吊胆。崇祯死不瞑目不是出于愤怒,而是出于对来世的不可把握。1644年,崇祯皇帝用这种奇特的死来证明:结束生命并不能使自己死亡,那仅仅是生命高潮后的空白;由谁来填补这个空白,这才是生命的关键。

1644年,崇祯皇帝面对西北狼和东北虎,纵身一跳,跃入黑黑的绳套。

他不仅接受了转世显灵的黑洞理论,而且领悟到黑洞是结束生命的最佳途径。黑洞就这样定型为绞绳。

崇祯对人生是很严肃的。

1644年,李自成兵临城下。崇祯皇帝开始洗宫,用宝剑斩杀所有皇室成员。皇帝比他的臣子姜天正高明,姜天正一把大火烧光了渭阳洞,却让洞里的关键人物跑掉了。

皇帝没有放火,皇帝看破了李自成的心思,这些造反者是奔金光灿灿的皇宫来的。皇帝不烧房子。御林军在宫外拼死抵抗。皇帝在清理房子,皇帝把房内的皇家气象一扫而光,给李自成留下一堆废墟。独具慧眼的人才能看出,这是一片废墟。

皇帝带着小太监离开皇宫,奔上煤山。小太监提醒皇上:是否留下遗嘱,皇位不能空着,江南还有半壁江山。

皇帝说:不用了。皇帝熟练地在树脖上打结,鸟儿出笼一般钻入绳套。

李自成和他的将军们冲进皇宫,高兴坏了。皇宫里干干净净,皇室成员差不多被皇上砍光了。他们没有想到皇上对他们这么好,欢迎他们屋里坐,金银珍宝完好无缺,美貌的宫娥匍匐在地,玉玺用黄绸包着搁在龙案上,皇位金光闪闪,李自成拍拍手上的尘土就坐上了,将军们依次也坐上了。

谁也没想到煤山顶上的皇上。皇上已经发凉,笔直地挂在树脖上,风吹动着皇上左右摇晃像钟摆,敲响了一个新时代。

谁也没听见这钟声。

将军们拷问文武百官找金子找银子,士兵们大碗喝酒大块吃肉天天像过年。他们穿开裆裤时就梦想着,天天过年,吃肉吃白馍馍。大顺皇帝把梦变成现实,把将士们领进童话世界。他们不相信自己的眼睛和耳朵,但他们相信杯中酒碗中肉,他们相信自己的嘴巴。这是另外一个世界,他们转战黄土高原潜伏商洛山地会战中原挺进北京,就是为了跟黄土高坡拜拜,就是为了冲进皇宫过神仙般的日子。于是大家都成了神仙,都觉得自己是神仙下凡,是薛平贵再世。大顺皇帝李自成把马鞭子往北京一指:"那里有好日子过,弟兄们冲呀!"大家便涌进皇城。

皇城就这样热闹起来了。

大顺皇帝一个人走进内宫,解开黄绸带子,大顺皇帝看到了传国玉玺。多年征杀要的就是这印把子。大顺皇帝端坐在皇位上,怀抱玉玺,总感到自己不像个皇上。大顺皇帝过去是凡人,现在不是,从起兵造反那天起他就不是凡人了。不做凡人首先要自己相信自己不是凡人,然后证明自己不是凡人,让大家承认。这种被承认的过程很痛苦很艰难,大顺皇帝对此深有体会。

皇宫里非常冷落,将士们吵吵嚷嚷反而把这种冷落感夸大了。他占领了皇宫,但这里什么都没有,连玉玺也是空的,他和他的将士们压根就没有冲进来。皇宫没有显示天子的气象。大顺皇帝很不高兴,军师宋献策看出来了:"万岁,臣有一言相告。"

"不必客气,快讲。"

"万岁可听过贵人投胎转世的传说?"

大顺皇帝直起身。

宋献策说:"崇祯帝气绝身亡,天子的英灵该有个托身显灵的地方。臣仔细琢磨,显灵处是在万岁身上,不过还有一人也有显灵的可能。"

大顺皇帝连气都不敢出了。

宋献策说:"大明气数早已散尽,十八子坐天下已成定局,除万岁外还有一人也是十八子李。此人文武兼备,素有雄心壮志。"

大顺皇帝知道此人是手下大将李岩,大顺帝斩杀李岩,但还是感到自己不像皇上。

崇祯帝躺在煤山顶上冰凉似铁,但却不腐烂,太监们暗暗吃惊。大顺帝也弄不明白,李岩已死,崇祯的亡灵早该在他身上显了。宋献策心中已明白七八分,悄然隐退。大顺帝愈发惊慌。

满洲铁骑和吴三桂合兵夹击,皇城像积木垒的房子从大地上消失了。大顺帝和数十万部下站在燕山脚下悲痛万分,他们在神仙世界里好吃好喝好玩了四十来天又出来了,他们又回到黄土高坡上,他们做了一场神仙梦。满洲兵在大地上疾驰如风,风把他们吹到无人理睬的角落里,他们由主角变成了观众。

大顺皇帝和他的数十万大军又回到土原上,躺在河沟里听委婉动人的二胡曲子《百鸟朝凤》。当年,他们就是听见凤鸟鸣叫起兵造反的。那时,大江南北都听见凤鸟在西岐的土原上鸣叫,凤鸣岐山必有王者兴,他们就反了。

其实,凤鸟在姜天正剿灭渭阳洞时只叫了一个时辰,然后凤与成群的野鸟一起毁于大火。人们听到的是渭阳洞幸存的和尚,用二胡拉的《百鸟朝凤》。

那天,和尚知道情人怀孕了,快做爸爸的和尚拿着二胡坐在沟河的树林里,呜呜咽咽拉起来。情人告诉他,好多年前她就是在《百鸟朝凤》的曲子中怀孕的。那时她想和尚,和尚的脚步声在土原上响起来,她便听见柔肠寸断的二胡独奏,她跟和尚欢喜一团时,二胡声更响更快了,完全是夜空里的天籁之音。她想给和尚生个儿子,她这么想时,和尚的激情就淤留在她腹中渐渐成形。这是她第一个孩子。

和尚以前拉二胡是解闷,从此以后,是为情人拉为情人肚子里的娃娃拉。娃娃长大了,上学了,二胡声天天陪着娃娃,娃娃上京赶考时,二胡声响了一夜。

刚送走一个娃娃,情人的肚子又大了,和尚想他的命真好。和尚命中本来没娃娃,上天却偏让他有。这就跟洪武皇帝一样,洪武帝是和尚,佛门弟子不涉尘世,上天偏让洪武做皇帝。

和尚睡不着觉,抱着二胡到老地方跟情人欢喜去了,一直欢喜到天亮。和尚往回赶,走到沟河边他挑水的地方。那里有他踏出的细白的路,像根扁担,弯弯的,一头是渭阳洞一头是情人的窝。和尚坐在那里,河水汩噜噜流着,一会儿黑一会儿白。和尚胳膊一抖,凤鸣河随二胡飞起来了,和尚沉醉在情人粉粉的肉香里,和尚沉醉在粉粉的水雾里,和尚沉醉在粉粉的黄尘里;凤鸟从天空落下来,红红的凤鸟在大火中飞出飞进。

和尚大吃一惊,二百口大窑喷着火焰,野鸟黑压压从天空旋落下来,扑进火中噼啪作响。凤鸟带着火焰朝他飞来,凤鸟找到和尚后就不叫了。箭镞还在飞着,射落奔逃的和尚和飞蹿的野鸟。

……和尚的二胡曲子又在河上游响起来,人们知道和尚又有娃娃了。二胡曲子日夜响着,那娃娃一天天长大,长到十八岁状元及第。和尚老了,弓法不老,还是那曲《百鸟朝凤》。李自成的败兵从黄河东边退下来,败兵不吃不喝,呆坐着听这曲子。这支军队都是陕西兵,乡党见乡党,两眼泪汪汪。村堡里的百姓跟当年迎闯王一样,端出好酒好肉,兵们不吃。他们说在北京就吃饱了,吃的是神仙饭,吃过神仙饭他们不吃百姓饭,他们从北京跑过黄河没吃过饭,凭着肚子里的存货他们要回到原来的地方去。

他们说:"四十天呀乡党,咱把今辈子的饭吃光了,不吃啦足啦。"

他们要听这曲子。他们进北京前要是听听这曲子就败不了。北京是皇上住的地方,进去前要听听龙吟凤鸣,洗洗耳朵,进了北京才像个坐天下的样儿。

兵们说:"咱败了,也看亮清了,要过神仙日子先要把架势扎绑起来,把叫花子样儿扔阳沟里。"

兵们虽然败了,毕竟见了世面,他们说听听《百鸟朝凤》,过上一百年再造反坐天下,大爷死不了大爷歇息去呀。

大顺皇帝和他的部下躲进黄土屋里;凤鸟百年一叫,他们耐下性子等着。

满洲兵和吴三桂进北京,吴三桂不敢久留去追李自成,一直追到云南回不来了。满洲的王爷们遵从汉礼厚葬前朝皇帝。

太监们守着煤山那棵树,太监们说皇上的灵气还未消散,三天后再装棺材。皇上已停尸四十六天了,一般人停尸三天灵魂就可以离开躯体,皇上贵为人主,要七七四十九天。满洲的王爷们弄不明白,大明的太监死守着崇祯的尸体,不让任何人靠近,包括大明的官员。

这时,太监总管说要见满洲王。当是时也,皇太极已死,福临年幼,孝庄文皇太后辅佐幼主,多尔衮亲王秉政。太监总管不愿见多尔衮,王爷们面面相觑。

总管说:"幼主再小也是主,我要见幼主。"

得到准许,总管进宫拜见幼主福临,福临还是个娃娃。总管施礼后说:"天子的灵魂三天后将要离开躯体。"福临奇怪地看着这个汉人,眨巴着黑豆似的小眼睛。孝庄文皇太后在帘子里说:"依大明的规矩,三天后举行大葬。"

总管说:"天子的亡灵离开躯体后,要有个落脚显灵的地方,奴才们都是阉人,没资格做天子高贵的替身,更不能做天子再世。"

总管大声咆哮起来。

殿下的王爷们恍然大悟。他们就是奔中原的文明礼仪来的,太祖努尔哈赤当年流落关里,对汉文化非常羡慕,带回《三国志》让人译成满文,以此来训练八旗将士。三代后,八旗兵就越过山海关。他们来自白山黑水,中原是梦幻般的世界,他们进了北京,皇城的富丽繁华惊得他们目瞪口呆,一切依从前朝旧制。他们刚刚摆脱林海雪原,一时难以适应皇城的环境,他们对总管的话大惑不解。等总管起身大声嚷嚷时,他们怎么也想不到,大明朝的天子竟也灵魂转世。

他们的祖先信奉萨满教,人死后萨满念咒跳舞,处于狂迷状态,死人在狂迷的歌曲中离开躯体,去找他的后世。他们这才明白,中原人的灵魂也有前世和后世。他们来中原,就是为了让大明的亡灵在自己身上显灵,他们为此奋战了几个世纪。大宋朝时,他们的祖先拼出老劲儿过了黄河,过不了长江;后来忽必烈汗成了大宋的替身,他们的祖先就躲进林海雪原耐下性子等待。现在他们来了,说穿了他们最终找的还是崇祯皇帝,他们坐天下只要皇帝一个人的亡灵就够了。

他们感激地看着这个太监总管,要不是总管大人提醒,他们将会失去进入历史的机会,他们会成为李自成第二。李自成带走了皇城的金库和玉玺,却忽略了煤山顶上这具僵硬的尸体。

一个多月前,李自成进京的消息传到关外,千里沃野,一片沉寂,他们都绝望了,他们和吴三桂在绝望中冲进北京。他们并不知道自己为什么绝望,吴三桂也不知道,这位武艺高强的大明总兵急匆匆杀李自成报仇去了。谁也意识不到煤山那棵树上吊着沉重而苦难的历史,历史的舞台就那么大,吊在一根绳子上,三天后将被装进棺材埋入黄土。而天子的灵魂就会飞渡江南,在中原显灵。那时,他们只能回到关外藏起来,眼睁睁旁观历史的演化。李自成已经藏起来了。所以他们对总管的大声嚷嚷很宽容很大度。

孝庄文皇太后说:"这三天由幼主来守灵。"

众人刚松一口气,就听见外边禀告,多尔衮从前线回来了。摄政王多尔衮跨入大殿。摄政王的幕僚中有不少汉人,摄政王已经知道这三天的重要性了。没等他开口,孝庄文皇太后说:"有事改日再说,这三天幼主要为大明天子守灵。"

摄政王说:"大清的皇帝岂能为前朝皇帝守灵?这不是笑话吗?魏文帝封汉献帝山羊公,宋太祖封李后主违命侯,我们厚葬大明皇帝就行了。按汉人的礼仪守灵也轮不到我们。"

孝庄文皇太后说:"我们不给天子守灵,就应该回关外去,当初就不要来中原,对不对?"

摄政王语塞。

孝庄文皇太后说:"大明天子应该由其子来守灵,大明气数已尽,大明的气数落于何人呢?应该落于幼主身上。上天赐予我主年幼的躯体,正好显示天子的灵气。"

多尔衮出殿时步子有些散乱。人们说:多尔衮进殿时一身龙气,出殿时成了一匹骡子。

14

皇帝老梦见黑洞,负责天象的大臣说这是太阳黑子。皇上贵为天子,梦见太阳黑子理所当然。皇上把它仅仅当做一个梦,并未多想。

布政使说理学大典里有黑洞,皇上这才明白,梦不是空的,比他本人还要真实。布政使说理学大师朱熹就是从黑洞里爬出来的,布政使本人也是从黑洞里爬出来的,布政使没有说朱先生与儿媳私通给儿子留下的心灵创伤。那伤痕就是黑洞。朱先生为了洗刷自己的罪孽用文字把黑洞砌成永久性的建筑,供后人超度。

君臣二人饶有兴味地谈着他们的伟大发现,下意识里一点也没有感觉到这是他们将来的结局。人的结局出现得很早,你不要为它的出现感到突然。如果感到突然的话,那是你选错了投胎下凡的地方。

崇祯皇帝没有想到,黑洞会在煤山的树上把自己吊起来,更没想到自己在黑洞里吊那么长时间,脖颈弯曲了,脚尖也是直的。1644年的崇祯帝成了大写的"?",把冲进宫里的李自成弄迷糊了,把吴三桂和多尔衮弄迷糊了,谁也不知道天子将在何处下凡,谁也猜不出天子呈现于天空的象形文字是何含义。连天朝的饱学之士都迷糊了。

当是时也,知道这个秘密的只有宫里的太监。太监是历史上最懂皇帝心思的人,他们比皇上本人还要了解皇上,他们往往能看出文字背后隐藏的现实。上天把灵魂转世的秘密交给没有生殖能力的太监,这是上天对人类的考验,让没有生命能力的人掌握生命的密码。

当君臣二人的思维快接近生命密码的时候,两人几乎同时觉察到王朝的气数已尽。最先看出这个秘密的人肯定要倒霉。他俩是大明朝最早考虑投胎转世的人。

布政使不知如何尽臣子的本分来安慰皇上,那些内心感受彼此知道,但不能说出口。布政使抬起头看皇上。臣子是不能直视皇上的,布政使管不了这么多了,有关皇上如何勤政的事他听了许多,皇上年仅三十,脸色苍白双腮下陷。布政使忍不住匍匐在地:"皇上永远是皇上,万世万代永远是皇上。"

皇上不可能消失。

1924年。国民军鹿钟麟将军冲进故宫驱赶宣统溥仪,宣统皇帝说:"我不是皇帝,赶我没用,皇帝早走了。"

鹿将军吩咐部下快去追赶。

宣统说:"你追不上,你有几个兵?"

鹿将军大惑不解。

宣统说:"我给你说过了么,我叫溥仪不叫宣统,我早不叫宣统了。1911年孙中山不让叫了么,我在北京等他来他不来,他要让贤,禅让给袁世凯,我顶讨厌这个河南瘸子。没办法么,他要当皇帝叫他当去,当皇帝又不是什么好差使。你还不明白,我告诉你吧。鹿将军,你见过袁世凯的尸体没有?"

鹿将军的头像拨浪鼓摇得邦邦响。

袁世凯的尸体是个谜。他确实是中国最后一个皇帝。

袁世凯登基以前,想法子压大清的孤儿寡母。宣统那时才四岁,帝王之气刚刚显灵,根子不稳,经不住老袁的一软一硬,皇帝的魂灵就落在老袁身上了。

老袁很高兴。对孙中山怎么办?二十世纪了,世界潮流变了,老袁首先要做个现代人。当时外国使节这样记载这一伟大的时刻:海军首领蔡将军用剪刀咔嚓剪掉袁世凯的辫子,袁世凯就跨入了二十世纪,成为中华民国的大总统。

孙中山黄兴们高兴坏了,他们站在江南遥望北京,眼睁睁看着老袁从董卓变成了拿破仑华盛顿。

孙中山蹲下身看地上的辫子,鼻子一酸哭了。他和他的同志为剪掉这根辫子奋战了一生,烈士们的鲜血染红了大江南北。当时谁也没理会剪落于地的辫子,孙中山理了,孙中山说:"这是小龙。真龙天子在中国的上空盘旋了三千年,退化成小龙子,终于褪掉了。"

孙中山说:"真龙附在天子身上统照大地,后来龙体退化,飞不起来了。"

孙中山不知道龙退化的具体年代。

龙就是在大宋朝退化的。大唐四百年是龙气最足的时代。大宋朝就不行了,大宋的皇上整天提心吊胆,体力不支,好几代皇上都是阳痿。大宋朝女人不能专权就是因为男人没性欲不猴急,女人失去了要挟的利器。不像大唐皇帝,动辄给女人下跪,弄出个母鸡打鸣的武则天和小妖精杨玉环。大宋朝想出李隆基这样的现世宝还当真出不了。

大宋朝的精英们很早就觉察到龙体的变化,到了朱熹则露出端倪。首先是先生的爱子从黑洞里消失,接着是高宗皇帝,忽必烈汗的后代们也抵不住龙体的退缩,元顺帝被人抬着也骑不上马背,最后骑着大青骡子回到草原。元顺帝最深刻的体会是龙椅上有个黑洞洞。

从此,蒙古人对中原沃土再也不感兴趣了。

元顺帝走后，大江南北的父母们都在自己娃娃身上寻找胎记。胎记都在后背上，都没有显灵的迹象。中原的父母们秋水望穿，巴望着真龙天子在自己孩子身上显灵。小娃娃出生的那一刻，全家都盯着母亲创造生命的地方，胎儿的头先出来，大家多少有些失望。大家期待的是双脚先出来，胎儿离开母腹时双脚踏地昂首天外者，十有八九是真龙天子，如果此时天空雷声大作，那十拿十稳就是贵人下凡了。

双腿叉开，撑起一颗脑袋，这就是人。

双腿把人撑离母腹撑离大地撑上天空，人的世界在天上。

当儿子从黑洞里消失的时候，朱先生知道儿子到天上去了。

朱先生开始写书，结论是现成的，但证明过程艰难曲折。攀登高峰很不容易，朱先生不知道自己怎样爬上理性王国的顶峰，他确实是爬上去了。

朱先生完成理学大典时，发现自己竟坐在儿媳妇高耸的乳峰上。先生压根没想到建立这样庞大的理性体系需要激情需要创造力需要生命，而府里最有创造力最有生命激情的只有儿媳妇。夫人年老色衰，侍女层次太低，此大任非新娘莫属。当是时也，朱先生坐在新娘高耸的乳峰上，如同攀上了世界屋脊珠穆朗玛峰。孔子何以能登泰山而小天下一览众山小，因为先生有过子南夫人的高峰体验。大伟人朱熹在美人的酥胸上狠狠吸几口贝多芬式的英雄气息，时值民族危难存亡之际，朱先生临危不惧，给苦难的众生找到了升入天堂的路径。

在此之前，人们脱离大地成龙升天的意识相当模糊，只有少数人知道，朱先生把它写进书里，公诸于世。

公元1352年，大江南北没有一丝真龙天子显灵的迹象，大地已失去了昔日旺盛的生命力，快板结了，蒙古人的马队耕了几天弄不出好收成，回老家去了。天子的龙气只好落在尚有底墒的佛门寺庙，落在小和尚朱元璋身上。洪武皇帝登基伊始,搬出朱熹先生的大典,要治理这块衰败的土地,朱洪武使出老劲儿挣得两眼充血几乎脱肛,仅仅是一腔热尿湿了裤裆。满洲人攻入中原时,龙体早已残缺不齐,飞到空中直往下坠,鞑子们就在后脑勺拖一根长辫作龙尾巴,凑合着在天空飞一阵。

大清十几代皇帝,到宣统时龙气从五脏六腑退缩到后脑勺上,龙体成了猪尾巴。皇室的男性都死光了,东宫太后一个女流,不知这是何征兆。小宣统的辫梢乌油油发亮,亮光里显出道道花纹,还有舌信子,这不是蛇吗?

起先大家以为宣统年幼,蛇是小龙,待小龙长大,理所当然就是真龙了。太监马上发现了新情况,小宣统手脚发抖,大腿根不停地抽筋。太监们给皇上按摩,皇上的身体里胀鼓鼓窜过一股子气,从下而上涌进后脑勺涌进辫梢,辫梢闪射出青蛇的鳞光,太监们吓得四下逃散。

太医诊断后说:"皇上肾气不足。"皇家有的是一流的医疗技术和补肾食品,老太后不甚担忧。

太医单独对太后说出皇上的隐患:"皇上的病很怪,龙体之所以成为龙体,凝聚的是天地的真气。历代皇上鲜有肾亏者,仅宋而已,尤其是南宋,一连几代皇上都是阳痿。后宫荒芜,妃子们的体香袅袅升起,这是天下大乱的征兆。后妃是女中尤物,龙气不能充盈其间,尤物们的灵魂就会离开皇宫流落民间,勾起野民们的反心。"

东宫太后至此才理解了老冤家西太后的残忍行径。西太后最烦皇上的妃子,皇上喜欢的珍妃丽妃不是投井就是吞金子。西太后知道妃子们身上早就没有女儿家的灵气了,倒不是说她们失去了贞操,而是她们的灵魂已寄托于崇山峻岭某个神秘的地方。

东宫太后说:"以先生之见,什么地方龙气最足?"

"西岐岐山。那里处山南水北,聚岐山渭水的阳气,有黄帝轩辕氏西周姬氏宗庙,历经周秦汉唐,大唐李淳风袁天罡就出于西岐。那里有一条凤鸣河,河里流的全是天下丽人的灵气,天下父母莫不望子成龙望女成凤,这凤鸣河虽是西岐土原的一条小河,但那是凤鸟栖身之处。凤鸟百年一鸣,凤鸣岐山,便是真命天子龙兴之时。龙兴于野,宫中龙体就会萎缩。"

"以你的说法,大清的气数已尽了。"

老太医匍匐于地,老泪纵横:"奴才在宫中五十年,侍奉了五代天子哇。想想当年康熙爷乾隆爷,七旬八旬都是高寿,临朝五六十年,那才是大清龙气旺盛的时候啊。哪像现在,天子活不到四十岁。"

东宫太后大恸。

老太医说:"龙气消散将尽,龙体的毒气就会发散,皇上的命要紧呐。"

太后说:"先生有无良策?"

太医说:"我们满洲的长辫子乃上天赐予的吉祥之物,以往改朝换代,皇室皆遭大难。我朝君临中原二百余年,待万民仁厚超过以前各朝,上天不会亏待大清皇上的。现在,龙气退入辫梢,那辫梢便是龙体的替身。龙体的毒气全都聚于辫中。这就是民间说的青蛇出七窍。袁世凯觊觎皇位已久,何不顺势给他一条青蛇的命?"

"蛇不是小龙吗?"

"那不一样,真龙坐天下,小龙只是将相的命。相传薛平贵落难时曾被青蛇盘颈,薛平贵以后成为唐天子的一员虎将,东征西伐,为天子立下汗马功劳,那是为人臣的本分。天下父母望子成龙,不是望子当皇上,皇上乃上天所遣,父母只希望贵人的亡魂在儿女身上显灵。咱们给老袁一个将相的气数,让他跟天命争斗去。"

太后频频点头。

太医说:"袁世凯的爪牙遍布朝野,奴才进宫,必不为老贼所容,奴才回去后不会久留于世,奴才有一言相告。"

"先生直说无妨。"

"皇上退位后,只可颐养天年不可东山再起,龙气已散,争也无用。"

太后默不作声,看着老太医退下。这个秘密太后一直没有对小宣统说。

母亲都相信自己的娃娃是真龙天子,母亲都相信自己的娃娃将在万人之上,母亲都相信自己的娃娃跟别人的娃娃不一样。别人的娃娃是人养的,而自己的娃娃是神仙显灵是上天派遣下来的,上天仅仅借她的身体把他养出来。

1912年的皇太后跟中国所有的母亲一样,不相信老太医的话,她生养的是宝贝不是凡夫俗子。所以她至死没有给小宣统说破。

小宣统一直生活在梦幻里。龙气消散以后,宣统感觉不出有什么异样,府中人还叫他皇上。袁世凯身败名裂,国民军赶他出宫,那些日子他真以为自己是人了。他惊恐万状。小宣统跟我们所有的人一样,都相信自己之所以活着就因为将来某日会出人头地,居万人之上,进入一种神秘状态。

那些日子,小宣统想得最多的是卧薪尝胆的越王勾践。越王从王降为人,日日品尝苦涩的胆汁,拼老命也要挤出人群挤出"人"这个讨厌的范畴。小宣统相信他的寂寞是暂时的。日本人邀请他回东北时,他浑身燥热,扒掉身上的棉袍子,穿着短裤在屋里走动,走了两小时。他太激动了。

侍卫在窗外目瞪口呆,以为皇上犯精神病。心腹大臣罗振玉郑孝胥说:"这有什么奇怪的,天子龙气焕发。"

众人啧啧之余,再看光身子的宣统,一米八九的大个头,双乳肿胀发亮。侍从中有不少人逛过窑子,窑姐儿的乳房就这样子。他们的皇上是怎么了?

宣统溥仪穿着棉袍回东北盛京。

令宣统清醒的有两件事。

一件是日本关东军的军刀。日本人见他时总带着刀子,却不准他带。他抗议,日本人就笑,日本人一笑就说过激的话:"中国的花姑娘大大的好,中国的男人也是大大的好哇!"

溥仪皇帝的脸刷一下黄了,再也没有红润起来。

另一件是他的爱妃不喜欢他。爱妃跟卫士行乐时被他看见了。这一打击非同小可。他贵为天子,龙气所聚,一口气睡她三千粉黛不在话下,难道连一个妃子都守不住?

爱妃在侍卫的身下发出美妙的声音,他溥仪从未听闻过,这难道就是传说中的凤鸟啼鸣吗?1938年冬天的溥仪,站在盛京长春的后宫里,听着爱妃和侍卫一起演奏辉煌的生命乐章。这些东西他溥仪一点也没有。他回忆自己的性史,他睡过不少女人,那些女人都闭着眼睛咬着牙,好像在忍受人类空前的苦难。后来他明白了,他的性交没有给任何女人以快感,女人陪他睡觉如受炮烙之刑。

1938年冬天,禁卫军小军官把皇上的老婆淋漓尽致地睡了一通,跨窗而出。

爱妃还没有来得及回味床笫之欢,就发现了门口阴森森的男人的目光。溥仪慢慢走进来。先发火的不是溥仪是爱妃。爱妃跳起来尖叫:"滚!滚!滚出去!你这个下流坯,你竟敢偷看?你竟敢偷看?"

爱妃光着身子像乳燕,在宽敞的房子里飞蹿,爱妃把西班牙吉他一甩八瓣:"我不如吉他,吉他有她的歌手。"

爱妃砸钢琴:"我不如琴,琴有钢琴师弹奏。"

溥仪汪一声也火了:"我是皇上我是皇上,我是真命天子啊。"

爱妃说:"可你不是人。人能干的你都不会。"

溥仪愣住了,没有对妃子动家法。

后来,溥仪在抚顺战犯管理所改造时,读了不少书,其中有德国作家黑塞的作品。黑塞说:"女人是一把琴,希望男人弹奏出最美妙的乐曲。"

他摧残了多少精美的琴。

他想起战国时的诗人宋玉与楚王的对话,宋玉说:"大王之风乃雄风也。"雄风浩荡,沐浴十万里江山,方能在后宫三千佳丽身上奏出凤鸟之鸣,是谓龙凤呈祥。日本人知道他身上龙气已尽,才敢勾引他到长春,关东军才敢在他身上放肆,把他当尿壶。

宣统溥仪永远也忘不了袁大头最后一次进宫的情景。袁大头口口声声说是为天下社稷,而言外之意全是皇上身上那股子龙气。孙中山剪的是万民百姓的辫子,袁大头剪的是皇上的辫子。

袁大头跪在地上不起身。东宫太后说:"爱卿平身,爱卿平身。"袁大头就是不平身。东宫太后掩面大哭,宣统的鼻子也酸了。袁大头的脑袋战鼓一般在地上磕得咚咚响。

东宫太后说:"当年孝庄文皇太后和福临皇帝孤儿寡母进北京,多尔衮觊觎皇位,皇上命硬,守住了龙气。今天,大清就剩我们孤儿寡母了。"

宣统的龙气一下子就散了。宣统母子在悲戚中未曾察觉,太监们觉察到了。小宣统长长出一口气,辫梢黯然失色,而袁大头的辫子发出道道蓝光,蓝光里有龙斑。

太监们阴告太后,太后说:"天子气数已尽,散失的是龙体的毒气。"

"天子真气到何处去了?"

"散入民间了。"

袁大头也风闻此事。幕僚中不少人精通易经,占卜的结果,龙蛇一体。蛇气即龙气,薛平贵做元帅,但薛平贵的后代做了小国之君,说明龙蛇相通。再说宣统乃童子之身,根本没有邪气。暗探也查明,小宣统好几个晚上尿铺,还尿出血水。

老袁大喜:"肾气都散了,遑论龙气?"

幕僚说:"百姓有琴瑟之乐。天子之乐乃龙吟凤鸣,我主该选妃立后了。"

老袁听出了弦外之音,真龙已经在他身上显灵,他要试一试。

是夜,臣子们送来一女,年方二八,银盆大脸,一副贵妃娘娘相。老袁激动之下,聊发少年狂。狂毕轻声问道:"爱妃,感觉如何?"

女子说:"我真的成妃子了?"

爱妃喜中喷泪,泪中有声,如泣如诉,婉约凄迷,有如柔肠寸断。

老袁感慨万千。老袁年过五旬,儿女成行,睡过的女人不计其数,激情中的女人更是司空见惯。像今天这样把女人睡得引吭高歌,绝无仅有。老袁心里清楚,这都是真龙显灵之故,而今天身下压的亦不是昔日优伶了,而是后妃之凤也。

天下美女都想进宫,进了宫就想有所幸,天子幸而不足还要日日夜夜幸,幸而幸之还要选为妃立为后,如此才龙凤配对天地同春。这其中的层次差别太大了。

第二天,北京城里百姓们纷纷议论凤鸣之事。元明清诸朝先后在此建都,但凤鸣之事从未有过。凤鸣北京,此地可与西岐媲美,成为真正的龙兴之地。陕西马上传来消息,西岐北原的凤鸣河上凤鸟盘绕,凤鸣之声日夜不息。

老袁再也坐不住了,他不做什么民国大总统,他要做中华帝国的皇帝,让附体的真龙重显神威。部将们心怀不满,老袁知道他们犯的什么病。现在他无所顾忌了。他身上龙气足着呢。

1916年的袁世凯,确有一股子龙气。冯国璋段祺瑞们知道老袁身上有宝。蔡锷起兵,老袁气绝身亡。国人都以为皇帝真死了。老冯老段们与老袁交往数十年,知道这是怎么回事。他们日夜兼程赶回北京,赶到袁府。老袁的儿女们并不理解老子的死意味着什么,眼睁睁看着将军们拥进宫里,团团围住老子的死尸。

那年,老袁的龙体裂为碎片,被将军们每人一片全带走了,说是留作纪念。将军们出了皇城向四面八方走去。

那正是黎明时分,太阳在故宫顶上亮起来,万道金光随着将军们向四周辐射。那一天,中国非常平静,人们相信皇帝不会再来了,皇帝消失了,天下是公的了。孙中山说天下为公,天下就是公的了。老袁要当总统,孙中山说那你就当吧,你当总统我给你修铁路。老袁把孙中山看半天,就像看傻子。孙中山就跋山涉水勘察地形,写《建国大纲》去了。

孙中山也有点太那个了,老革命老资格了,说退就退啊。可孙中山在银行没存美元没存欧元没送子女去国外观光留学,大概是真的。

15

在周原流传了几十年的传言不再是捕风捉影的事情,必须让当事人交代清楚。姜永年老师就走上前台,成为审查对象。

姜永年老师大包大揽一副敢作敢为的架势,反倒让人们吃了一惊,其中就有几个本家侄子,包括后来那个成为这部小说主人公的学生娃姜发梁,初中生姜发梁十四五岁个碎娃么。姜永年老师回归故土十几年沉默寡言,面对人们的询问都是投以冷冰冰的目光,谁也弄不清真假。老家伙勾子松啦,竹筒倒豆子哗啦啦尽。姜永年老师就比较明智,没难为人家,不到一个上午就交代得清清楚楚。

铁路刚刚从西安那边开工,整个关中平原就热闹起来了,西安以西未来的铁路沿线房子让人租的租买的买,连地皮都买,可以自己盖房子嘛,铁路带动经济带来繁荣什么时候都是硬道理。这种提前到来的商业热潮很容易蔓延到古老的周原,更令人兴奋的喜讯:铁路总工程师就是咱原上人,周原人。高兴的都是外地来的奸商和企业家,立马让当地的乡绅们警觉起来。我们可以想象姜永年家的宅子有多么热闹,围在姜老爷子身边的都是周原几个县有头有脸的人呐,都是前清时有过功名的进士举人。也有新式学堂出身的富商,他们在外地赚钱,却希望故乡永远是桃花源,他们常年住西安汉口北平上海,年底才回故乡祭祖看父母,他们享受着现代文明的成果,嘴里说的全是对城市的批判,对乡土的无限眷恋,他们很容易跟前清遗老遗少尿在一个壶里,他们给姜老太爷出谋划策就有针对性就有可操作性。十二道金牌发出后,姜永年总工程师很快就回来了。府上安安静静,老太爷一个人对付儿子绰绰有余,众人的智慧全都综合到老爷子一个人的脑袋里,老爷子可是光绪年间的老进士,当过一任知县的,辛亥还没革命,老爷子就归隐了,比陶渊明还干脆。老爷子先不说铁路,老爷子历数郭坚党玉琨麻振五这些民国军人如何祸害西府周原。北伐战争前夕,陕西有一支反北洋军阀的民军,陕西民军,一边拥护孙中山,一边欺压百姓。有几个民军营长支队司令驻扎西府周原期间,欺男霸女,搜刮民财无恶不作,大规模地挖古墓贩卖文物就是从那时开始的,用来维持军费开支,西府女子都不敢出门。西府女人用锅墨搽脸,千方百计丑化自己也是从那时开始的,都是一些名正言顺的土匪。后来宋哲元数万大军围攻五千民军,一年八个月久攻不下,西北军的主力轮番上阵,费尽九牛二虎之力才勉强取胜,威震四方的西北军丢了面子了,总指挥宋哲元下令将俘获的五千民军全部砍杀,塞满了渭北高原的十几眼深井。除过少数悍匪,大多数民军士兵都是被强征的当地农民,惨案轰动全国,这也是抗日名将宋哲元将军的一个污点。兵匪不分的民军盗墓挖宝的地段大都在宝鸡凤翔凤鸣河以西,大多也是秦墓,凤鸣河以东岐山扶风交界的周原核心地带,也就是历史上有名的岐邑以及周人宗庙所在地还保存完好。这个前清老进士思维之敏捷,逻辑之严密一点也不亚于这个喝过洋墨水学理工科的铁路总工程师。老爷子话锋轻轻一转转到了铁路:"铁路铺到原上,娃呀,那就等于我娃给原上请了十万个麻振五党玉琨郭坚。"老爷子的龙头拐杖在青砖地面顿了三下。当是时也,毛公鼎大盂鼎、小盂鼎已经出土了,铭文清清楚楚地写着:子子孙孙永宝用。当年西周灭亡之际,周人宗庙与岐邑所在地的王公贵族匆忙逃命,离开故土前,匆匆掩埋这些珍贵的青铜礼器,都埋在宅院附近,都垫了厚厚的草木灰和炕灰,都埋得很浅,他们相信他们还会回来的,找起来方便。他们再也回不来了。几千年过去了,这些青铜器一直躺在周原的土地上。大地上的生命换了一茬又一茬,留下来的周人迁来的外来者都成了周的子民。据说青铜器出土时会发出北极光一样的光芒,人们看见光,就知道下面有宝。数不尽的宝埋在周原大地,一代代周原人生活在祖先伟大而仁慈的光芒里。当时,西方人命名的"丝绸之路"这个光辉灿烂的概念已经传到中国,读书人都知道伟大的丝绸之路,旧文人对这些新名词不感兴趣,可这个前清老进士知道张骞通西域,知道那条历史上繁忙的古老商道从长安开始,穿越古老的周原到甘肃到西域,老爷子还知道从中原运出去的都是丝绸瓷器和药材,那些粟特人波斯人阿拉伯人运到中原的都是奇珍异宝,他们不盗宝反而给古老商道沿线的大小城镇留下了数不尽的珍宝。铁路铺过来就不一样了。老爷子和儿子的目光撞在一起,父子俩也仅仅看了对方一眼;陕西男人话很少,父子之间更少,几乎无话可谈,看一眼,咳嗽一声,该干吗干吗,总工程师只说了一句:"爸,我知道了,我走呀。"老爷子的目光飘到屋外,儿子就走了。母亲撵到院子里:"狗娃,你吃了饭再走。"她的乖狗娃已经走了。母亲抱怨老爷子,老爷子就说:"事情弄不好,他好意思吃周文王传哈(下)来的臊子面?事情弄不好,他就等着吃我老汉的臊子面!"老爷子的拐杖在院子里顿了三下。火车就轰隆隆从原下跑过去了,宝鸡兴起来了,原上静悄悄的。

"你就这么容易给封建势力低头?你就这么心甘情愿没有一点自己的想法?"

"我耿耿于怀好长时间,都很少回老家,对老父亲是口服心不服,老父亲心里清楚,也不问我,一直到解放后,老人家主动跟我谈了一次。"

对话变成叙述,姜永年老师就打了埋伏,不可能全盘托出嘛。当时的实际情景是这样,姜永年夫妇为照顾老人拒绝了去台湾去海外,放弃了北京上海西安,甚至放弃了一百多里外的宝鸡,就待在只有十几里地的渭北师范学校,就在家门口谋一份职业为父母尽孝道。老爷子话就多了,总是主动跟儿子拉家常。老爷子再次让儿子刮目相看,肯定扯到了铁路,那种方式让儿子吃惊。老爷子对西北军宋哲元杀战俘耿耿于怀,对西北军的军纪还是赞不绝口。冯玉祥的西北军在民国时期大概是军纪最好的一支旧军队,不扰民,还帮助老百姓,修桥补路种树,每天出操的口号就是我们是老百姓的子弟兵,已经接近共产党的军队,西北军就容易赤化,就容易临阵起义投向共产党。老爷子认为这与冯玉祥的兵源有关,冯玉祥军队招兵绝不招收城镇游民,专收偏僻地区的纯朴农民,品质好,就能练出一支劲旅,老百姓拥戴,敌人胆寒。老爷子说:这是曾国藩的办法,曾国藩灭长毛靠的就是湖南山地的纯朴山民,练成湘军成为大清的中流砥柱。老爷子自然而然扯到共产党,红军当年落脚陕北,那地方比咱们周原还偏僻,共产党的根据地都叫边区,陕甘宁边区,晋察冀边区。老爷子解放后开始听收音机看报纸,接受了一些新名词。老爷子还知道井冈山。"井冈山,肯定是个偏僻地方,偏僻地方人老实纯朴善良不油滑。在城市闹革命肯定闹不起来,城里人油嘴滑舌,个个都是游食狗。毛主席办法大,农村包围城市,老实人教育不老实的人,这就叫振朝纲,纲常伦理不能乱嘛。"

审查小组的人都不吭声了,姜永年被下放农村接受贫下中农的监督改造。

事情哪有这么简单。生产队长总是给姜老师派轻松活,比妇女的活还轻松。姜发梁就质问生产队长,生产队长一句话就让发梁下不了台。"一天只挣五分工的半劳有你娃说话的地方吗?"闹得再凶,农民得种地,生产队按每个社员的家庭成分劳动技能给每个人定工分,相当工厂的工资级别,壮劳力十分工,依次往下九分、八分、七分、六分,妇女与学生娃都是半劳五分工,全体社员开大会评定,不是某个人说了算。地方富农家庭的壮劳力技术好也能评个八九分,实际干十分工的活。队长一句半劳,就封上了发梁的嘴。发梁私下向上级反映,上级不能一竿子插到底,反而遭到队长的报复,专门给他分派脏活累活,干八九分工的活拿五分工,大家笑发梁是个大冷怂。发梁不灰心,发梁有远大的目标。发梁他妈就劝发梁:"狗娃,人的眼窝浅得很,你甭再给你永年叔找事啦。人家一门四进士,你永年叔还是洋博士,你是个啥?你才念个初中,你要发市了大家就没啥说的。""要说叫他们说去。"发梁给自己发狠,也给自己发誓一定要发,顿顿吃酵子也要发。

姜永年二老去世,再没亲人,生产队就像对待下队工作组一样给姜永年发个牌牌,凭牌牌到各家各户吃派饭。原上农民厚道,外来人员都当公家人看待,姜永年在外工作,下放回村,村里人把他当乡党又当公家人,理所当然吃派饭。姜发梁都愤怒了,挨家挨户提醒大家,他不是公社大队下队干部。一个本家叔叔,碗往桌上一顿,黑下脸:"死刑犯上法场前要吃臊子面也不敢给人家羊肉泡,你这个有娘生没娘教的东西,你家管不起饭就封门堵烟囱叫别人管饭。"封门堵烟囱就是绝户。

发梁他妈挨家挨户给全村人道歉,连哭带说地道歉。发梁在村里待不下去啦。发梁他舅就出主意让娃去当兵,在部队锻炼上几年,对娃有好处。第二年,发梁十六岁,部队没收这个新兵,公社领导想方设法安插到秦岭深处修铁路去了,运气好的话能吃上公家饭。发梁出发前在县城与一些同学吃饭告别,有点关公败走麦城的凄凉与悲壮。

姜永年教师生涯近二十年,学生遍布关中地区,各个部门都有他的学生,包括农村的基层干部,甚至生产队长、普通工人、农民,上过中小学念过书的都是姜永年夫妇学生的学生。中学毕业生姜发梁大义灭亲给本家叔叔姜永年频频发难时，周长元去看望姜永年，周长元就碰到大队书记带一帮干部到生产队检查工作，大队书记老远从自行车上跳下来，恭恭敬敬地叫周长元老师。周长元教中学五六年了，有点桃李半天下的架势了，农村娃念个中小学当个村干部很不错了。大队书记给周长元敬烟，周长元就说："这是我在渭北师范的老师。"大队书记马上给老师的老师姜永年敬烟，生产队长们都看在眼里记在心里。回乡知青姜发梁的日子就艰难起来。

周长元三代贫农，根红苗正，隔二见三去凤鸣河边吱吱唔唔拉二胡，算是多才多艺。大家就这么看待周长元。爱咋唉的猴女子各种社会活动出尽了风头，十七八岁二十岁了，找对象，大家能躲就躲，小伙子也一样，到处乱窜，烧包得头顶冒烟，有眼力的女子跟他们交往上几次老觉着不踏实。

有人给周长元介绍了一个小学教师。周长元还是老样子，第一次见面就说："我没啥本事，也没啥前途。"小学教师望他半天就说："你想要啥本事？你想要啥前途？"周长元也望了人家女教师半天，人家都脸红了，都咳嗽了，周长元一急就急出一句更老实的大实话："挣一份工资，过个安宁日子，就差不多咧。"女教师微微一笑："这还不算有本事？这还不算有前途？"周长元就黔驴技穷啦，周长元就搓搓手尽量掩饰自己，毕竟是五六年教龄的老教师了，不可能像老实巴交的农民一直把手搓下去，周长元搓了四五下，就掩饰过去了，刚刚搓红搓热的手做出一个得体的动作："喝水请喝水。"在熟人家里见面，熟人倒了两杯茶就出去了，周长元当然得主动把茶递上去，人家女教师得端个架子，嘴上说着客气话谢谢，谢谢，接过热茶，很矜持地放在桌上。陌生男女第一次见面，完全是两国外交人员谈判的架势，恪守礼仪心存戒备，谈得来就谈，谈不来就起身告辞，甚至拂袖而去。最佳的方式也就是眼前这样子，第一句话就吊起胃口，乒乓几个回合，句句出乎意料又在情理之中。女教师就端起茶,端起之前周长元加了点热水,女教师轻轻抿一下,可以继续往前发展,周长元的情感生活开始迈出历史性的一步,数年来,都是第一回合定输赢,没有女人肯跟这个没野心没上进心不思进取的男人见第二次面,扎出这么一副老气横秋的尿样子给谁看嘛?

小学女教师之所以欣赏周长元这副尿样子是有原因的。简单地说是生活教育了她。小学女教师谈过三次恋爱,单凭"恋爱"这个词我们就知道不是介绍的,是你情我愿自由交往彼此心心相印心有灵犀,跟《刘巧儿》里唱的那样:"我自己找婆家呀,我看上一个人呀,他的名字就叫刘少华呀。"刘巧儿找的是积极分子有为青年刘少华,把刘巧儿演活的新凤霞找的是大才子名作家吴祖光,要打通戏和生活的内在关系没有生活的磨练是不行的。小学女教师的初恋二恋三恋都是积极分子,刚开始很受重用,最后都是人家吃肉喝汤自己最多啃个干骨头,即使喝到了汤,荤腥味弥漫天地跟原子弹蘑菇云一样背很大的黑锅。小学女教师刚开始兴奋,接着就紧张就提心吊胆,最后就沮丧尴尬,连女人最看重的一点体面都保不住,小学女教师就向往安宁日子,想找个安分人,稳重老诚成为首选。与周长元见面前,熟人在商店里指着外边街道上缓缓而行的周长元,果然老成稳重,不是以前交往过的急吼吼的男人,女教师跟周长元见面可以说是胸有成竹稳操胜券。交往五六次以后,女教师前男友中的某一个比较冲动,在大街上就把周长元截住了,说出的话句句刺刀见红:"我俩都哪了搂了都好到肉里头啦。"周长元就不软不硬地来一句:"说明她好么,拼上命连争带抢说明她好么。"对方就愣了一下,就短短这么一下,周长元不给对方喘息之机乘胜追击再来一句:"唉,这么好的女人压在我身子底下啦,对不起啦兄弟。"周长元轻轻地在对方肩膀上拍了一下,就走开了,对方就瓷楞楞钉在地上。其实周长元连人家女教师的手都没摸过。女教师就很感动,一年后举行婚礼。

后来，开始大搞农田基本建设，兴修水利，平整土地，埋在地下的西周青铜器被农民挖出来，不再是清朝末年民国时期零零星星地出现，是一大批一大批地冒出来，懂文物懂考古的人就忙起来啦。姜永年老师开始受到重用，年龄大啦，就办短期培训班，周长元成为考古队的骨干。

周长元可以名正言顺地收集文物了。我们知道周长元参加工作挣工资的第二年就买了自行车，当时才十八岁，结婚前的七八年间他基本上是个快乐的单身汉，工作之余除农忙时节回老家帮大哥二哥弟弟们干干农活，大多时间都是独来独往闲云野鹤一样考察周原的角角落落，自行车可真是大显神威。理所当然收集了许多散落民间的文物。碰到学生家长几乎是白送。也有倒霉的时候，被民兵小分队当投机倒把分子抓起来，弄清真实身份又放掉，连帮他的熟人朋友误以为他"投机倒把"捞外快，再具体一点，攒钱娶媳妇呀。人心思定，胆子大的人跟游击队一样神出鬼没做小生意搞长途贩运，本事大的农民跟公家人一样都置办下自行车啦。走村串巷，收废铜烂铁鸡蛋农副产品什么值钱倒腾什么，靠的就是自行车。周长元老师混入其中很难分得清楚。有时他还从人家小贩手里购买文物，小贩误以为他是做大买卖的。周长元进考古队以前，已经积攒了不少文物，有了正式身份后，周长元首先把家里的私藏品全部捐给公家。他的妻子、小学教师毫不犹豫地支持丈夫，公家要给钱，两口子拒绝了，妻子认为丈夫在干"事业"。周长元在考古队威信空前高涨，起步很高，加上技术过硬，很快就成为"骨干"，各种会议都通知他参加，大事要事都要听听他的意见。妻子再苦再累也高兴啊，心劲很大，嫁给这个男人不到一年这个男人就受到重用，亲友们一致认为她有远见，眼睛里有"水"。女人沾上水就充满无限生机，还要把这种生机无限扩大，首先受惠的人肯定是丈夫，接着是孩子。结婚一年后，他们有了儿子，虽说是公家人，双职工，但在古老的周原小县城，人们还是乡村观念，儿子娃是顶门立户的,婆家娘家皆大欢喜。妻子看重丈夫的事业,有了儿子也不劳丈夫大驾,除过力气活,周长元基本不干家务,包括带儿子,妻子大包大揽。我们可以想象周长元这狗日的有多么滋润。

妻子彻底改造了丈夫,衣冠不整的周长元彻底消失了。理发洗澡剪指甲上师范的时候就已经成了习惯,关键是不注意修饰打扮。有了老婆,老婆既是保姆又是化妆师美容师,婚后的周长元旧貌换新颜,年轻了精神了,用同事的话说天天都像新女婿。包括他的自行车。周长元一贯爱护车子,什么时候都是亮铮铮的,婚前妻子就发现了这个亮点,这也是妻子萌发要嫁给他的原因之一。亮铮铮的车子扎上漂亮的彩色塑料绳,车座和扶手都有套子。前后轮的辐条上也有漂亮美观的装饰物,都是彩色塑料绳编织的蝴蝶松鼠兔子鸽子和牡丹芍药菊花,隔三差五地换。周长元再也不会疯疯癫癫"飙车"了,周长元和他的自行车在周原大地就像华美的彩车高贵从容缓缓而行。周长元每次出行总是两套衣服,妻子给他专门制作了工作装,到了工作现场,换上工装,还有专门的布垫子,不管跪趴蹲坐,都有厚实温暖的布垫子垫在身子底下,凭这一套完整的装备,人们可以想象丈夫身后的女人有多么细心,有道是男人的尊严大半来自妻子,人们不由得对周长元肃然起敬。

收集文物的工作首先从废品收购站开始。周长元单身汉那些年见过许多小贩早出晚归,最后都要去废品收购站。周原几个县的废品收购站全跑下来得好几个月。人家总是给一大堆"文物"供周长元来挑选,周长元不定期去巡视一番,失信一次人家就不干了,本来是多余的工作嘛。时间长了,人家都知道考古队有个收破烂的周长元,还不时地捎话来,周长元总是闻讯而至。

最辛苦的是到人家家里去费口舌。既然小贩们能收得到文物,文物工作者吃公家俸禄就应该顺蔓摸瓜摸到文物的源头。追根溯源很辛苦,但收效大,一年后小贩们收不到文物了,只能收到真正的废铜烂铁。也不能一味地责备小贩们,那时候的小贩对文物一窍不通,在他们眼里青铜器就是一块沉甸甸的铜,陶器就是盆盆罐罐的家什,一二块、三四块就能买下来,五六块七八块会让他们心花怒放。那时候一个鸡蛋五分钱,一斤大肉七八毛,一斤羊肉三四角,小贩们很知足。损坏文物都属于无知。周长元常常会想到恩师姜永年,铁路没上原,保持了这方土地的平安。一个大胆的念头冒出来,在各县举办文物展览。

领导也认为这是个好主意,各县都很配合。那是个热火朝天的年代,三天不聚会不锣鼓喧天大家憋得慌,戏班子和电影放映队最受欢迎。连公判大会押犯人游街都是难得的机会。文物展览既新鲜又刺激,可以用人山人海来形容,老辈人口口相传的"宝贝""古董"只是听说很少见过实物,见了以后,大家都啧声不断,不就是废铜烂铁嘛。那些陶器更惨,好多人家都垒猪圈鸡窝或者给家畜当餐具,这些破烂玩艺也能得到奖励?那个年代不讲物质刺激,一张奖状,一朵大红花,照个相,领导握个手拍拍肩膀,广播里提一下名字,大家就很满足了。公家私下里会给出比小贩们买废品略高的价钱,卖给小贩跟卖给公家都是这个价,公家还略高一点,还能受表彰,何乐而不为?农民很实在。

文物展览等于普及文物常识。群众发现"宝"就直接拿到县上找文化馆博物馆考古队,很少有人去废品收购站了。

考古队忙起来了。整个周原地区直到今天,农民干活常常一锄头下去刨出秦砖汉瓦,划宅基地盖新房子,会挖出古墓和大批的窖藏青铜器。后来农村大规模平整土地修水利,许多宝贝就重见天日。那个年代交通通讯不发达,常常会捎来一句话一个条子,考古队的人就赶紧奔赴现场。考古队有点像公安局刑警队,一定要保护现场,保持原状,拍照,考古人员拍照后还要画图,再小心翼翼发掘,一一登记编号。最辛苦的人肯定是周长元,不是所有的公家人都这么死认真,这么肯吃苦。最艰难的一次，周长元接到群众口信，骑车子到山下，车子存农民家里吃了一顿家常便饭，就是西府农村常见的包谷糁子。农民实诚，待公家人呢，破例在包谷糁子里煮了白豆下了麦面面条，整个冬天农民吃麦面机会很少，擀一点点薄面片，跟包谷糁子煮在一起，加一点豆腐红萝卜，稠嘟嘟热腾腾，寒冬腊月吃上两大碗，鼻尖渗出汗。周长元上午十点从农民家里出来，翻山越岭走了四个多小时。那是山区公社的一个大队，坐落在群山中的一个小盆地里，大概是西周时的贵族避暑山庄，才会有这么珍贵的青铜礼器，两个方鼎，上边饰有铭文，有三四十个字，四周的纹饰美观漂亮，制作精美，周长元忍不住给大队干部和在场群众讲解一番，连几十个铭文都破译了，大意是周康王对这家人的表彰和奖赏，绝对是一个重大发现。兴奋中的周长元给大队干部打了条子，可以去县上领奖励和补助费。好几百块钱呢。这么珍贵的宝贝周长元恨不得立马飞回城里，入仓库登记在册才安心。大家都说赶快赶快，宝归公家，入公库最要紧，大家找来一条两米多长的粮食口袋，一头一个青铜器，往肩上一搭，还往周长元手里塞一根枣棍当拐杖，周长元就急匆匆上路。周长元高兴啊，这么大的青铜方鼎他只遇到过三四次，他劲头很大。等他觉得累的时候，肚子早都饿扁啦。他忘了吃中午饭，凭着一股子意气走了大半山路，疲累和饥饿同时发作，顿觉腿脚发软，天黑前走不出山地，就有可能被狼吃掉，手里的枣棍打狗可以，对付一只狼也凑合，荒山野岭都是一群一群的狼，一个人拿着枪都很麻烦别说一根枣棍了。他又不是没进过山，他知道自己正处在前不着村后不着店的荒山野岭中。大概下午四五点的样子，冬天白昼短，山地更短，太阳已经到山顶上了，冷风飕飕，干枯的蒿草刷刷响动，四野一片灰黄，肃杀之气顿起，山坡上一团团旋风夹带灰尘盘旋而上，太阳白煞煞的。周长元摘了几颗玛瑙一样干硬的酸枣，小拇指大小的干枣，只有一层皮，果肉很少，不顶事，肚子咕咕叫，急需食物补充体力。周长元的步子越来越慢。半小时后他看见地头几棵黑黝黝的大枣树,他就加快步伐,枣树叶子早落光了,光秃秃的枣树就像大地伸向天空的铅笔画,只有黑色的树杈,周长元还是抱着一线希望朝大枣树奔去。枣树越来越近,周长元终于看到树顶上几十颗小红灯笼一样的大枣。农民的习惯,秋末收大枣时总要留下一些果子打发鸟儿,大地上的粮食果子原本就有鸟兽一口吃食,另一层意思,留下的果子可以带来明年的丰收,果树永远不断地开花结果,跟猎手打猎不射完最后一颗子弹一样。留下的几十颗大枣给周长元带来了希望。周长元放下口袋,丢下棍子,使劲踢几下高大粗壮的枣树,火红的枣子稍有震动就纷纷落地,树的周围全是干草丛摔破也没关系。周长元小心翼翼地俯地捡起,一口一个,冰冷甘甜,真是少见的美味,鸽子蛋大的红枣几十颗好几斤呢,吃得周长元满嘴喷香,浑身的牛力,口袋往肩上一搭,拎上枣棍,简直成了打虎的武松,大步流星眨眼就出了山。离天黑还有一会儿,在农民家吃了晚饭,骑上车子,连夜到了城里。他没敢给妻子讲他的遇险记,说出去还不把女人吓个半死。他还记得他吃完红枣后朝枣树鞠了三躬,他当时想抱住这棵老树哭一场。

当初周长元据理力争给献宝农民适当报酬,少则几十块,多则几百块。据说清朝乾隆年间陕西巡抚毕沅曾讹过一个西府农民。这个姓任的农民挖土时发现窖藏青铜器,装了满满一车,就到省城西安卖宝。巡抚毕沅是个金石专家文物专家,给陕西各地古迹写过不少碑文,包括周公庙、古公亶父庙、公刘庙等,见到农民发掘的西周珍宝,毕沅大吃一惊,拿出他的全部家产加上陕西全省的银库也买不下这满满一车宝贝,任何一件都价值连城。巡抚大人爱宝心切,就让人放话,诬陷农民为盗皇陵的要犯,农民落荒而逃,巡抚大获全胜,毕竟心中有愧,不久就送给这位老实的农民一大批银两和亲自书写的金书大匾"任百万",这个农民还真成了财主。农家子弟周长元太了解农民生活的艰辛了,几十块钱就能解决一家人的困难,几百块钱农民就能盖房子娶媳妇。周长元为农民争利益就理直气壮,新社会了嘛,难道不如一个封建官吏?周长元为农民争的最大两笔财富是给两个生产队一家一辆手扶拖拉机一家一台黑白电视机,这两个生产队平整土地时挖出了一大窖青铜器,满满装一车,上了中央大报头条要闻。把这个经验介绍到外地时,理所当然遭到抵制,物质刺激嘛,资本主义大尾巴嘛,资产阶级法权嘛,当时正值批林批孔评法批儒,批资产阶级法权,割资本主义尾巴,追查下来,周长元三代贫农,生在新社会长在红旗下,红旗下的红鸡蛋。周长元还是受了影响,本来调县博物馆当馆长,只能当个临时负责人,要变成正式馆长还得继续努力。妻子再次支持他,物质奖励献宝农民没有错,论功行赏天经地义,妻子边说边拍打丈夫的衣服,丈夫很讲卫生,妻子总是下意识地拍打一气,好像丈夫身上落满了滚滚烟尘。其实都是无法名状的辛劳。

周长元一点也意识不到改变他一生的事情马上要发生了。一个戴破草帽的中年农民在县城外边挡住他,说是有宝必须马上去,迟了就不好说了。四下无人,周长元就让农民坐车后座,时间不大到了县城南边十几里的一个村庄。村里的五保户老汉病几个月了,挺不住了,一定要见周长元,周长元在周原农村比县长还有名。捎话的中年农民把周长元引进黑洞洞的破厦厦房间就退出去了。五保户老汉大概是回光返照,脑子很清楚,先告诉周长元他是庙里的和尚,解放后庙没了他还俗务农,接着反问周长元知道不知道明朝末年陕西布政使姜天正截留湖广以及陕甘数省上缴朝廷饷银的事情?周长元说都这么传说还能当真?五保户老汉十分肯定:真的,真真的。五保户老汉递给周长元一个小包包,周长元打开一看,画在锦帛上的藏宝图,就在脚下的周原大地凤鸣河北岸。五保户老汉使劲摁周长元的手:"交给你我老汉就放心啦,你赶紧走,抱上桌子上的罐罐,明后天我就咽气啦,我就酥心啦。"周长元就抱上桌上的青花瓷罐罐,藏宝图折起来还没纸烟盒大,塞兜兜里就行了。给人印象老汉捐献了一只明朝官窑青花瓷罐,那也是相当值钱的宝贝,入库登记在册,第二天给老汉捎去五十块钱,老汉连门都没让他进,钱交给生产队会计,五保户的一切由生产队经管,包括丧葬费用。

最初几天周长元完全按五保户老汉的吩咐,不惊动任何人,也不要拿出藏宝图,半夜三更把图牢牢记心里,天明自己实地走一趟。周长元就按图索骥,北至天柱山,南至凤鸣河,西至八亩沟,东到龙层沟。流传几百年的姜天正私藏金银珠宝大略也是这个方位,但具体位置并没人知道。真真假假几百年越传越神。

相传姜天正先后在富甲天下的湖广当布政使,后又调任陕西布政使。姜天正聪明绝顶,张献忠入湖广,湖广银两入陕西。李自成入陕西,在西安建大顺政权,自立为帝,急需军饷,又扑了空,百万大军穷得叮当响,一支大军追至西岐周原,姜天正已经把大批财宝埋入地下,搬运银两的甘肃麦客一半封死在地洞里,另一半被姜天正的女儿救走。李自成大军追杀到甘肃一直追到河西走廊,抓人就拷问,啥也问不出。没有军饷的大军,只好攻入北京。义军原本是因为饥饿起义,数年来时降时反,就是为了解决肚子问题。在军师的谋略里攻占北京绝不是上上策,朱元璋当年伐元,先是断其羽翼再入元大都北京。无军费的大军跟叫花子无甚区别,攻入北京大肆抢掠,拷打官员,要银子比坐天下更重要。大顺政权的垮台在西安就埋下了,大顺军没得到布政使姜天正的饷银。大顺军原以为张献忠得不到大明朝得不到,他们会有好运气,可以说大顺军是带着沮丧与失望急扑北京的。姜天正也没想到自己养了一位大慈大悲的观世音菩萨,宝贝女儿泄露了父亲的秘密,放走上千甘肃麦客。麦子从陕西开始成熟到甘肃足足得一个多月,甘肃的农民就提一把镰刀来陕西打工挣钱挣口粮,从潼关开始收割,割到甘肃老家,老家麦子也黄了,接着割。都是一些下苦的可怜人,布政使姜天正雇麦客花费少收效大。姜小姐待字闺中很早就信佛,去崛山寺上香归来,看见大群下苦力的甘肃麦客,聪慧的姜小姐洞察到父亲的罪恶,就让丫环给麦客们打招呼,眨眼间上千人就消失在黄土高原的深沟大壑里,比飞禽走兽还快。相传姜小姐没回家,原路返回崛山寺,出家为尼。数年后,大明亡了,大清朝了,天下太平了,甘肃麦客们来陕西报答姜小姐的恩情,完全是下苦人的方式,一路乞讨,捡破砖烂瓦,跟草原人捡石头垒敖包一样,敖包既是路标界桩也是牧人奠拜神灵的所在,麦客们在姜小姐的家乡周原凤鸣河北岸的土崖上用他们捡宝贝一样捡来的破砖烂瓦盖了一座庙,里边供奉一尊陶制的观世音菩萨。麦客们盖庙的时候大家都笑:破砖烂瓦垒鸡窝都玄乎,还想盖庙?有善心的财主愿意出资,购置上好的木料砖瓦,盖就盖一座金碧辉煌的庙嘛。麦客们很硬气,谢谢老爷,还是用我们捡来的破砖烂瓦吧。穷人真有穷法子,这些四野八荒捡来的破烂玩艺儿硬是让这些麦客们连缀得天衣无缝,茬口处白灰勾连跟壁画似的,借着土崖的地势,顺势而上,一座气象不凡的庙宇建起来了,真给陕西人开了眼。竣工那天,陕西人甘肃人一齐放炮,吹鼓手们唢呐齐鸣,肯定是那支古老的《百鸟朝凤》,崛山寺、法门寺的高僧都来了。真正的穷人的寺庙瓦渣庙矗立在周原大地上。以后的岁月里,多少次战乱也伤及不到供奉姜小姐的瓦渣庙。

在人们的传说里,周长元从天柱山下来向南走到凤鸣河就鬼使神差走进瓦渣庙,还上了三根香,用艾蒿拧成的草绳子点着后插进香炉,磕了三个响头。据说周长元在天柱山半坡就看见凤鸣河畔飞起一只金光闪闪的凤凰,在周原上空旋了九圈,落到瓦渣庙顶。瓦渣庙就建在凤鸣河边的陡崖上,寺庙的顶上没有琉璃瓦,是灰扑扑的瓦片,刚刚露出崖畔,整座庙隐蔽在河沟里,从河边起飞的凤凰旋绕周原后又回到凤鸣河畔,只不过落到瓦渣庙罢了。

周长元就很容易把藏宝图与瓦渣庙联系起来,加上百年不遇的神奇的凤凰,周长元就把藏宝图焚烧在瓦渣庙里的观世音菩萨神像跟前。那可是姜小姐的化身。

所有的传说都得到了验证。

周长元甚至打消了去见恩师姜永年的念头。姜天正也好姜小姐也好都是姜永年老师的祖先,姜永年老师看到祖先的藏宝图该怎么办?这个秘密至此为止吧。以周长元的好记性,早就默记于心中,还实地考察了一遍,算是刻骨铭心啦。

五保户老汉死后不久,藏宝图的秘密还是传开了。据说老汉说梦话叫人听见了,大家都知道藏宝图的事情。领导肯定要问一下周长元,周长元去过老汉家里嘛。周长元也就公事公办,翻开登记簿,青花瓷罐有账有实物,再问就不知道了。周长元有发掘珍宝的瘾,又不贪财,怀疑他是没有道理的。反对周长元的人就不这么想了。饷银呐,不同于文物,盗卖文物犯法,文物出手难呀,金银珠宝就不同了,就是古代的货币嘛。周长元肯定隐瞒不报,周长元的临时负责人就很难转正了。

姜永年老师急了,找周长元长谈,周长元没有直接回答老师的问题,周长元讲了流传在周原的老故事,是关于凤凰的故事。

相传凤凰当初并没有那么神奇,羽毛也没那么光彩夺目,很普通的小鸟嘛,只有一个优点就是勤快。别的鸟儿吃饱就玩,凤凰整天忙碌,将别的鸟儿吃剩扔掉的果实捡起来,藏在洞里。其他鸟儿就嘲笑凤凰为大傻瓜。不久遇到荒年,众鸟找不到食物快饿死了,凤凰打开山洞,积攒多年的干果草籽救了大家的命。大家就把凤凰视为神灵,把贮藏粮食的周原当圣地,天地间的宝地啊,从此飞禽走兽们都勤快起来啦,都养成了打洞攒仓的美德。大家为了感恩,就从自己身上拔下最漂亮的羽毛制成金光闪闪的百鸟衣披挂在凤凰身上,推举凤凰为众鸟之王,每逢凤凰生日,鸟儿们都要从四面八方赶来为凤凰庆贺。凤凰的美德也感化启迪了周人。相传周人颠沛流离长途跋涉翻越岐山到达周原时狼狈不堪破破烂烂基本上是一群叫花子,介于人鬼之间,凤鸣河畔的青青梧桐和梧桐上金光闪闪的凤凰让古公亶父和他一万五千多部族安静下来,凤凰的鸣叫如此祥和美妙,沐浴涤荡了周人身上的种种苦难和伤痛,他们有了人的尊严和自信。当地土著的姜氏部落只能接济他们很少的粮食,当地人也不富裕,远古时代人们整天忙碌才能勉强填饱肚子。深受凤凰感化的周人用这些有限的粮食很快做成后来流传三千年不衰的臊子面,大锅里的汤加少许肉和油反复回锅加热,保证每个人都能吃到一份,吃完后再把汤倒进锅里,后边的人继续吃,只吃不喝反复循环,一万五千人,一只大锅从天明吃到天黑,就把大家吃成一家人了,吃成亲兄弟了,有道是一个锅里搅过勺把的,民以食为天,等于同顶一片蓝天呀,吃到最后你推我让,已经不像吃救济饭是在吃宴席,个个都是谦谦君子。当地土著的姜氏姑娘就是被远道逃难而来的陌生人身上的贵气给打动的,两大部落迅速联姻,从酋长到部众,姜氏贡献出更多的美丽女子,成为周人最早的伟大母亲,姜嫄、太姜、太任、太姒、邑姜,她们被周人世代供奉在祠庙里,与周公召公们并列,《诗经》反复出现的淑女、静女、伊人、硕人,宛如清扬,在水一方,巧笑倩兮,美目盼兮,都是以姜氏女子为原型。苦难中显示出的仁慈礼仪真实而感人。他们把他们的新家园称为周,周的本义就是完美安详温暖的意思,也是美好家园的意思,母爱与土地融为一体,由此上升到他们的治国理念,连他们的部落也以周来称呼,他们在东方最早倡导仁爱,四面八方的人民跟百鸟朝凤一样前来投奔,到文王时殷商的天下十有八九归服于周。李自成的大军没有被凤凰感化,就匆匆进了北京,一群乌合之众嘛,怎么进去又怎么出来。安史之乱,唐肃宗在宁夏灵武继位,在周原凤翔反攻,当是时也,凤凰再次现身凤鸣河畔,虎狼之师安禄山被赶出长安洛阳,两都光复,叛军一蹶不振。

周长元竟然对西周灭亡时王公贵族出逃时埋入地下的青铜礼器有了新的理解:"人为财尽,鸟为食亡,大难临头,人就回归本初。"这些亡命公子就跟当初凤凰们没有成为鸟王时深挖洞广积粮一样,他们把最珍贵的礼器献给大地母亲了,国破山河在,王朝可以灭亡,故乡永在心中,许多青铜方鼎上都刻有:子子孙孙永宝用。

师生两人登上了凤鸣河畔的高冈,姜永年不由自主地吟诵《诗经·大雅·卷阿》里的诗句:"凤凰鸣唉,于彼高冈,梧桐生矣,于彼朝阳。"眼前的梧桐树郁郁葱葱。五十年代中苏友好的年代,苏联准备在这里援建一座现代化大工厂,推土机移山填沟,推倒了许多千年古树,包括梧桐和楸树,围墙垒一半,中苏关系破裂,专家撤走,工厂停建荒弃,周公庙和大片的老梧桐幸存了下来。姜永年感慨万千:"这可是孔子高山仰止的地方啊,司马迁当年到曲阜就高山仰止,想见先生其为人也,孔子梦寐以求的是周礼是周公。"那正是评法批儒的时候,姜老师就哈哈一笑:"孔子是大儒,孔子敬仰追慕的周公姬旦又成了法家。"笑完后马上严肃起来:"克己复礼,没有礼不行啊,礼是一种文明,是人类达到美好的必要手段,孔子周游列国,在乱世中讲仁爱,跟佛陀耶稣基督一样为人类寻找福音。希腊希伯来罗马的神话传说是诺亚方舟是鸽子橄榄树金羊毛,我们有这块土地,梧桐树跟橄榄树一样美好,凤凰跟鸽子一样吉祥,这块土地就是我们的诺亚方舟我们的耶路撒冷。"好多年前父亲顿了三下拐杖就让姜永年改变了铁路的走向,好多年以后自己的学生用古老的传说再次打动了他,他没有称赞周长元为好学生,他拍拍周长元的后背叫了声娃呀,你是个好娃娃,往后你的日子很艰难,你要多保重。西北人把自己的孩子叫娃。周长元的眼泪出来了,忍住了,没流下来。

博物馆很快就有了新领导,周长元靠边站,二话不说,没有必要给他周长元解释嘛。周长元倒没有啥,对妻子打击很大。妻子也没跟他闹,望他半天,说了一句"这些年你算是白忙活啦"。妻子就病倒了,躺了一个多月,周长元精心照顾,妻子总算缓过劲。

有一天,周长元陪妻子逛街,小县城都是熟人,大家知道周长元的遭遇,大家都很客气地跟周长元打招呼。总要碰到不对劲的人,妻子以前的男朋友,就是曾经被周长元日撅过的家伙,自己混得不咋样,知道情敌周长元的遭遇就幸灾乐祸,冤家路窄,在街上碰上了,那家伙兴奋得像只打鸣的公鸡,周长元叫妻子先走,自己迎上去会这个恶物。妻子并没走远,在一个瓜摊前边挑西瓜边留心丈夫和前男友斗嘴。前男友对周长元说:"你积善行德忙活了这么多年,我打杂剜烟锅也忙活了这么多年。"周长元就说:"你忙你的,我忙我的,咱不是一路人,忙的不一样。"这个家伙咧大嘴笑:"确实不一样,可结果都一样,白忙活。"狗日的说完这句话不等周长元反击就转身扬长而去。噎得周长元半天喘不过气。妻子手里的西瓜掉地上摔个粉碎,周长元掏钱赔偿,卖瓜的农民坚决不收钱还要白送一个瓜给周长元。周长元大名在外,给农民争利益,用农民的话说是把农民当人的好人,咋能收好人的钱哩?争了半天,扯平,不赔不送。

回到家里妻子又倒下了,也不要丈夫侍候。岳母来侍候,妻子才有了点精神。单位没多少事,重大的发掘活动不再通知周长元。周长元的失落是意料之中的事情。周长元总是提早离开单位,买菜早早回家,就听到岳母与妻子的谈话。妻子哭得那么伤心,岳母也哭了,岳母边哭边抱怨自己女儿命苦,遇上的男人个个都是逛山,陕西人把游手好闲不务正业的人叫逛山,对周长元来说"逛山"这个词太刺耳了,竟然把他跟妻子原来的男友归为一类人?周长元手里的菜差点落地,周长元手快,抓鸟一样抓住了,周长元退出去,转了半天再回来,一家人都很尴尬,一下子生分了。

月底回乡下看父母,父母也是一肚子抱怨。父母指望周长元功成名就当个局长嘛科长,说不上光祖耀宗,至少给自己人帮个忙吧。周长元成为博物馆临时负责人那一天,亲人们就开始对他寄以极大的期待。莫名其妙被晾一边了,家里人能不抱怨吗?归结到最后,竟然还是那句话:白忙活了这么多年。父母说得更直白:"我娃胡逛了这么多年,我娃想开些,胡逛就胡逛,咱权当散心哩。"这么劝人比骂还难受。

周长元被彻底边缘化了,在单位还不如一个临时工。周长元该考虑离开这个单位了,周长元就离开博物馆,干他的老本行,去中学教书。走上讲台一点也不生疏,先教史地,后教语文,学师范的,就该当老师。

16

1975年,从三线学兵连回乡的姜发梁被任命为红光公社东方红大队前进生产队队长,他彻夜难眠,站在凤鸣河畔凝望高高的天柱山,双手卡腰,披着军大衣,九分钱一盒的"羊群"烟一支接一支。周长元走到他跟前,他看见周长元没理周长元。

周长元说:"发梁,你一夜没睡?"

"我,我指点江山哩。"

发梁不理周长元,目光所及,全在村子四百多亩麦田上。那时,生产队长很牛皮,令随口出,几百口人的吃喝拉撒队长说了算。

发梁说:"甭小看了队长这印把子,这是一级政权哩,干大事就得从下往上努力。"

周长元说:"不是努力是往上爬,老百姓叫你土皇帝哩。"

"皇帝有啥不好,以前皇帝是一个,现在人多了,皇帝也多了,做得了小皇帝就能做得了大皇帝。"

"皇帝早没了,辛亥革命就革皇帝的命。"

"书呆子懂个卵子。"

发梁压根看不起周长元。

后来周长元到北京故宫,周长元站在故宫的大门口,周长元就明白了发梁的话,通往金銮殿的台阶越往上越窄,直到天子的龙椅。从龙椅往下一直宽下去宽出紫禁城宽出皇都就是天下了。辛亥革命,皇帝从这里跑出去,跑向四面八方。

后来,每当周长元跟头儿们打交道,抑或头儿们一投足一举手皆关民命时周长元就双腿发麻,感觉到一股凌厉的帝王之气。周长元很理解发梁被任命为生产队长时的激动。大丈夫不可一日无权。

1916年,北平市民们被爆炸声惊呆了,袁府一声巨响升上天空,像原子弹盛开的蘑菇云,洪宪皇帝散入大气层。南方的革命党也大吃一惊,这一声巨响超过了武昌起义的炮声。老人们说,这是天子的龙气。

改革了,红光公社改为凤鸣乡,恢复旧名,发梁被提升为凤鸣乡副乡长,时年二十五岁。

发梁很不以为然:"姜天正二十岁就当八府巡按了。"

发梁蹲在他娘的坟头,抽三毛九一盒的"大雁塔"。姜天正母子的故事北原人人皆知,乡党们还知道发梁的母亲早年守寡,发梁十六岁进学兵连修铁路,母亲一个人在家挣工分。大家都说发梁是当局长厅长的命,姜天正他娘能生养进士状元,发梁他娘就能生养出一个局长厅长。发梁他娘痴呆呆看岐山的最高峰天柱山时,大家仿佛看见天柱山顶上坐着她儿子。

发梁没有被青蛇盘颈。但他是逆生,从娘肚子里出来时双脚先落地,当时电闪雷鸣,山洪暴发,洪水冲进院内。发梁他爸用铁锨铲开后墙,后墙连人陷下去,陷进沟壕,发梁他爸死在里边。那时,发梁刚生了一半,他娘没劲了,小发梁双腿乱蹬,自己挣出娘肚子。事后,发梁他娘描绘这一幕,听得大家吐舌头。

发梁十六岁离家去秦岭腹地阳安线修铁路,十七岁入党,十八岁当班长,十九岁代理排长,他本来可以转为正式排长再升连长营长这么一直升下去。那年,干涸多年的凤鸣河突然有水了,水半夜从山里流下来。人们走出黑黑的屋子,四野宁静,凤鸟一直叫到天亮。发梁他娘猛然想起远方的儿子。儿子离开她快三年了,她只有一个愿望,叫儿子回来,回到自己跟前。

是她自己把儿子送走的。公家不收独子,她守在县政府门口,用一颗诚挚的心打动县上的领导。

她真糊涂,为啥要把儿子送到秦岭山里。儿子出生那天,洪水淹死了丈夫。大家说发梁是岳飞再世。她不识字,村里识字的人给她读《说岳全传》听,原来那场洪水是老天爷有意安排的。发梁长到五岁,找来《说岳全传》连环画,不识字,坐门蹲石上仔细翻看画上的人儿,竟看出了名堂。儿子自小有一种使命感。大家说这娃娃有一副官相,说不定是前朝哪个贵人转世显灵哩。大家自然会谈到姜进士曹状元,还要扯几句袁天罡李淳风。

那年秋天,凤鸣河水刷刷奔流,凤鸟的叫声一阵紧似一阵,发梁他娘再也不能自持了,电报一封接一封,十二封电报如同洲际导弹,从北原射向秦岭山地,把发梁炸毁在代理排长的位置上。大家说这是发梁他娘的十二道金牌,岳飞当年就是被十二道金牌唤回来的。发梁下火车换汽车爬土原过凤鸣河,看见扶在门框上的老娘时,脸蛋儿气成了青茄子。儿子愤怒至极,不亚于当年撤出朱仙镇的岳家军。

儿子恶狠狠地走向年迈的母亲,母亲的心碎为粉末。

17

1626年,布政使奉旨出山海关,慰问宁远前线的将士,见到了被誉为塞外长城的宁远总兵袁崇焕。

布政使返回途中,遭后金埋伏。所随士卒全部战死,布政使等几个文官束手就擒,被押进努尔哈赤的大帐。努尔哈赤很客气:"先生府上西岐是不是?"

布政使吃一惊。

努尔哈赤笑:"西岐乃龙兴之地,我的探马早去过那里,还给周公上了香,许了愿。据探马说,先生回北原探母时在凤鸣河上徘徊良久。这么说,闻凤鸣者仅你我二人。"

布政使说:"西岐百姓都听到了凤鸟鸣叫,何止你我?"

"先生此言差矣,贵人闻与凡人闻不同啊。宋玉说过有小人之徐风亦有大王之雄风么。"

"大王意欲何为?"

"什么,你叫我大王,哈哈,你应该叫我皇上。先生是西岐贵人,应该正眼看我两眼才对。天启帝不是召见过你么,你把他跟我比较比较,谁是真龙天子?"

布政使说:"大明的天下是铁打的,西岐凤鸣鸣的是我主中兴,与你何干？你还不是大明的臣子吗？如此犯上作乱也称得上龙兴？汝辈实为盗矣。"

"先生不愧周人之后，有文天祥之骨气。我没别的意思，只是请先生在此逗留几日，尝尝我们东北的狍子肉。"

努尔哈赤吩咐部下："好生伺候这几位先生。"

后金兵服侍大明的官员用膳歇息，招待得很周到。布政使沉默不语，后金主的神态使他难以平静，那张脸骨高肉满，所散发的清辉如同林子里亮晃晃的河水。

布政使一下子听到了河的流动。他离开屋子走向野外，他看到了白桦红松橡树榆树椴树，它们高大而清秀。小河亮闪闪，布政使朝河奔去，奔上土桥，他听到了凤鸟的叫声。

这是一条大沟，村堡在沟崖上，河水绕村而过。对岸有几十座寺庙，香烟缭绕，木鱼邦邦有声。布政使暗暗吃惊，此地竟与渭阳洞和凤鸣河一般无二，河水奔流之势犹如凤鸟飞翔。火红的凤鸟在林子里叫起来。

一个八旗贝勒跟上来，胡子拉碴、高大淳朴，视布政使为贵人。

贝勒说："这是刚攻占的地方，我主说这里是凤鸣之地，不让外人进来。"

"我不是外人吗？"

"我主专门等先生来这里。我主说大明有个姜进士是前世贵人显灵再世，身上有西岐周地的灵气。西岐凤鸣河是龙凤呈祥的本源，我们这里是唐将薛平贵带来的支流，薛平贵征高丽在这里屯兵扎寨，他的灵气留在关外。他曾被青蛇盘颈，我们女真借他的灵气夺了大宋半壁江山。我们的黑龙江就是青蛇变来的。中原有黄龙江南有白龙我们东北有黑龙，我们女真有资格入主中原。大明气数已尽，天助我主送来姜先生。姜先生是薛平贵转世，五岁时青蛇出七窍，青蛇的魂在你姜先生身上呢。先生不来，我们的黑龙就飞不起来，我们的大江小河就不会有凤鸟鸣叫。"

布政使说:"金主真是用心良苦啊,想掏我的魂魄,干脆杀了我么。"

贝勒说:"先生是贵人,我主不会与贵人为难。"

布政使说:"我的真气在我胸中,我是大明的臣子,金主枉费心机。"

贝勒说:"先生你可听见了什么?"

布政使听见凤鸟在叫。

贝勒说:"我是旗人中最幸运的人。"

贝勒流下眼泪:"凤鸟叫了,我听到了,我主也听到了。"

河那边一顶红帐,里边坐着努尔哈赤和皇后。

贝勒说:"这凤鸣声是先生带来的,先生的到来唤醒了河的精魂,河就飞起来了。河是看见先生才飞起来的,听见凤鸣的人只能是我主。"

金主身边全是妃子,没有男人。

贝勒说:"我受主子之命来陪伴先生,我把河的秘密告诉先生,先生的魂魄就流进河里了。我完成此任马上要被杀掉。我身上沾有凤鸟的灵气,我被宰杀献于祖宗的神庙里,萨满为我跳舞唱歌,萨满会接通天地接通祖宗的神灵和我主的神灵。为我们女真的兴盛,我把死当做生,我无所畏惧。"

布政使说:"该怎么杀我呢?"

贝勒说:"你是贵人不杀你。"

布政使说:"我也听到了凤鸟鸣叫啊。"

贝勒说:"先生在此逗留以后,就不是原来的先生了。我主处心积虑,就是要掏你的真气,你已不是尘世中人了,你已经空了。"

布政使目瞪口呆,他看见河两岸的萨满了。萨满身上挂着金属碎片,全身抖动,像抽羊角风,布政使听不清他们在喊什么。

贝勒说:"他们在唤你的灵魂,他们在给你的灵魂寻找主人。我主骑着黄骠马躲起来了,我主混在野猪黑瞎子的洞中,装扮成一个山神,先生的灵魂就会飞起来,落在山神身上。"

贝勒说:"大宋朝的秦桧就是这样离开关东的。秦桧的灵魂留在这里,回去的是个空心人。空心人回去斩了岳飞,为女真的祖先出了一口气。先生回去会替我主办一件大事情。至于什么事,先生办完后就会明白。"

布政使仿佛听痴人说梦。

贝勒马上要离开人世,人之将死其言也善,贝勒说:"人生在世就是痴人说梦,先生乃饱学之士,比我体会更深。"

死的恐怖已经笼罩了贝勒。

布政使说:"你是冲锋陷阵的战将,何惧之有?"

贝勒说:"先生是读书人没上过阵,壮士临阵才能唤起勇气,无所畏惧。平心静气等待死亡,人人都怕,不仅仅是我。"

一队武士在远处站住,里边有一个萨满,贝勒朝他们走去。

布政使突然想起秦桧。秦桧出关时是徽宗钦宗,回去时大宋皇帝已经是高宗了。后来他果然步了秦桧的后尘,他回到北京时天启帝驾崩,皇上成了崇祯。他虽是天启年间的进士,却与崇祯帝极为投缘。犹如秦桧与宋高宗赵构。

他跟所有的帝王都有缘分。

他被领进金主的大帐,努尔哈赤说:"我后金的领地如何?"

他说:"那是大明的地盘,你不也是大明皇帝封的官吗?"

"问得好!先生是周人之后,武王伐纣的历史先生不会不知道,凤鸣岐山必有王者兴。黄龙白龙气数已尽,只有黑龙可以兴天下。我说得不错的话,先生是小龙再世,中原黄龙缩为青蛇,大明的气数还有几天呢?先生来到我们白山黑水间,不也是大明皇帝所派吗?大明皇帝送来的是一股龙气啊。后金的疆土被先生点化成仙境了,先生不来,江河上的凤鸟只飞不鸣啊。"

努尔哈赤把盏敬酒,筵席很丰盛,满桌的鲤鱼海参熊掌狍子肉。饭后,努尔哈赤说:"先生不要看不起我们化外之民,我年轻时常去中原,我入主中原就是要中原的礼仪。中原沃土已经贫瘠不堪,我们关东是油汪汪的黑土,先生领略一下我们关东大地的劲风吧。"

数千铁骑紧随身后,金主努尔哈赤带布政使进入辽阔无垠的松嫩大平原,圆浑浑的松花江在黑土中闪闪发亮,空气湿漉漉喷散出浓浓的松香。努尔哈赤一马当先,仿佛骑在一股劲风上。

努尔哈赤说:"这是旷野。"

努尔哈赤胯下的黄骠马打个旋子,大片的草甸子和庄稼地就飞过去了。

马队飞越大兴安岭,骑手们像在大气中奔驰。听不到马蹄声,马蹄踏起火星,树叶红亮如宝石,骑手们飘逸如神灵……群山消失了,他们进入草原。草叶颤如火焰,马蹄在绿莹莹的火焰上飞跑,火焰刷着马肚子,马的内脏轰轰响着。

布政使绷在马的龙骨上,像一支箭随时会射入苍穹。他的腰板从没有这样硬过。他看这些金兵。这些骑手脚踏铜蹬,屁股不挨马背,马背上的龙骨上下起伏,而骑手们一动不动;动的是胯下马,是马肚下绿草的火焰是整个大地,大山和草原就这样从胯下过去了。

素王孔子当年在黄河边感叹岁月之匆匆:逝者如斯夫不舍昼夜。素王没有见识过广袤的大山和草原,如此飞快地从骑手们的胯下流逝,林海和草原的生命如此苍劲有力……布政使就这样跟过去告别了,他躯体中的底气就这样消失了,像骑手胯下的大地,他们骑在群山和草原上,他们在时间之外。

布政使看呆了。大明皇帝的铁甲御林军在皇城很威风,到了旷野就不会有这种威势。大明皇帝从不检阅自己的军队。御林军驻扎在皇宫周围,御林军的眼睛一年四季在京都美貌的妇人身上流盼,在窑姐和麻将阵里训练作战本领,他们站在皇城的城垛上威风凛凛。这种威风是洪武皇帝时的事情了,后来就不真实了。布政使终于明白了御林军与后金兵的区别。

布政使一抬头,看见努尔哈赤停在地平线上,骑手成雁阵分列两旁。骑手们站住以后,跟高高的牧草融为一色,旷野明亮的阳光里只有金主努尔哈赤,岁月之河只显露出金主努尔哈赤。布政使催马上前,努尔哈赤说:"群山和草原你都看见了。"

"看见了,很了不起。"

"我也看见了。"

"大王,这是你的领地,你每天都在看。"

"那种看不叫看。对一个没有眼光的人来说,十万里江山是空的。这许多年来,我日夜在关东的原野上逡巡,黑龙江在我的脚下流逝了,松花江嫩江在我的脚下流逝了,还有这些群山和草原。当人具有某种眼光以后,群山旷野和河流才能朝你奔流。我早年在中原弄到一本书叫《三国志》,这本书告诉我什么是英雄什么是凡人。人生在世就应该成为英雄,成为曹操刘备孙权那样的英雄。大地上没有几个人,英雄才是真正的人。"

"万民百姓呢?"

"他们跟森林牧草庄稼一样,是大地吐出来的食物,被大地咀嚼过了,他们不能进入历史。人到了一定时期,要具备那种特异的目光,重新看待天地。我在中原流浪的时候读通了《三国志》,我让人把它译成满文,让我的部将人手一册,我要带他们到中原去。"

努尔哈赤的声音忽然变轻变柔了,他的嘴不动了,声音从空气里流出来:"我们的祖先几百年前就梦想着进入中原,蒙古人后来者居上,我们女真隐入山林,我们在黑夜里,我们头顶的太阳是个幻觉。当年,周武王伐纣大会诸侯,我们的祖先就去过西岐了,那时,我们女真叫肃慎。肃慎忘不了周天子的威仪礼乐和龙兴之地的气象,肃慎从此倾心中原。蒙古人给我们开了先例:真龙天子也可以在化外之民身上显灵。蒙古人去过了,该我们女真了。"

努尔哈赤的面容从空气里浮现出来:"先生你看见什么了?"

布政使说:"我相信你是贵人,你刚刚消失,现在又回来了。"

"这就是我的梦想,隐身于阳光隐身于大气。真龙天子进入历史,而有才德的人辅佐天子也是一条飞黄腾达之路。唐诗里怎么说?"

"男儿何不带吴钩,收取关山五十州。请君暂上凌烟阁,若个书生万户侯。"

"对,对,是凌烟阁。我本来要把先生留在我身边,但先生还是回大明朝好些。"

"你把我弄糊涂了。"

"哈……不是弄糊涂,而是从你身上弄了些东西,很宝贵的东西。先生你可曾想到,你的到来使我的领地一下子变成了龙兴之地。"

"真龙天子是自行显灵,岂能让他人相助。"

"我的贝勒刚才告诉你了,凤鸟已经出现在松花江上,但凤鸟不叫。相传薛仁贵征高丽时,把魂留在江边的山坳里,薛仁贵曾被青蛇盘颈,中原肯定有人显示他的灵魂。若真有此人,我的天象就是完整的,我就能攒足龙气,入主中原。先生五岁那年,在渭阳洞看了一场床上戏,被青蛇缠住,十多年后又血洗渭阳洞。朱洪武就是从庙里出来的,先生这把火烧得干净利落,大明朝就是那些大火后的黑洞。我们女真的萨满,是在黑洞里接通天地和祖先的神灵,我在黑洞里睡了三天三夜,先生把我烧醒了,神灵附体很难清醒的。我当是梦哩,梦中人就在我跟前,这是我努尔哈赤的福气。"

布政使满脸呆气,他分不清梦与现实了。

努尔哈赤说:"这里是你前世灵魂的故地,青蛇当年把魂留在这里了,你跟你的前世会会神吧。"

身边早已站满身挂银片手持鼓的萨满,萨满们开始狂跳。布政使没见过如此狂癫的场面。

努尔哈赤说:"天子显示天地的灵魂,你们汉人显得太多,我们女真是第一次,所以萨满很狂热。"

布政使受不了这种昏天昏地喧响无比的场面,布政使说:"这些萨满是不是妖怪,我感到不对劲。"

努尔哈赤说:"萨满都是些患绝症而不死的人,他们没有阴界阳界的限制;萨满都是带胎胞出生的人,他们能回到娘肠子里去。我叫他们给你助兴,你已经见到你的前世了。"

布政使微微发抖。

努尔哈赤说:"你的前世才是真实的,让前世回到你的身上对你有好处,把你现在的身壳扔掉吧,你五岁显灵二十岁中进士,就是为了扔掉泥土胎子,成为人臣之极,让你的灵魂飞起来。"

布政使身轻如燕,他知道自己是从黑洞里飘出来的,他说:"朱熹的书你读过?那书里就有黑洞。"

"我们大兴安岭也有黑洞,那里卧野猪和熊瞎子,卧百年千年它们就成为山神,我们女真人断文识字前先要钻黑洞会山神,获取群山的神力。我们的黑洞比你们汉人的黑洞有力量,但我们的黑洞太粗糙了。我们要是入主中原,得到你所说的朱熹大典,我们会干得比你们汉人更好,我们的王朝将会超过大明与汉唐同辉。"

布政使一下子空了,他回忆不起来自己是怎样空的。他忽然想起秦桧,秦桧就是变成空心人后回中原去干坏事的。来时是壮士,回时成秦桧,这角色太恶心了。布政使对自己说:我不是秦桧,我没做什么。他猛回身看身后的关东沃野,从那里他看到一股野性的力量,这种力量进入中原后果是不可想象的。

大明的官员在门外迎候布政使。他们说布政使是不辱使命的蔺相如,在鞑子面前不亢不卑。他又成蔺相如了,布政使笑笑不吭声。

从小他的意识里就没有自己,他总是依附着别人的灵魂,有薛平贵薛仁贵的有朱熹之子朱公子的,总之,真正的他是在另外一个地方,他没在自己身上。如果他真的成了秦桧,那也是暂时,谁也不会老呆在他身上。他灵魂深处还是想做好人。

布政使要干一件比蔺相如更出色的事情,他喜欢别人用历史上的名人来比喻他。布政使向金人讨要文房四宝,一名牛录送来笔墨纸砚,都是中原所产。

布政使到松花江边,问身边的牛录:"这里是黄龙府?"

"离这不远。"

"你知道岳飞吗?"

"岳飞是中原的大英雄,差一点灭了我们女真。"

"岳飞真要直捣黄龙,你怕不怕?"

"只要萨满在,萨满会把我们从地下叫出来。"

布政使来了情绪,在岸边的石壁上龙飞凤舞书写岳飞的大作《满江红》:怒发冲冠,凭栏处,潇潇雨歇。抬望眼,仰天长啸,壮怀激烈。三十功名尘与土,八千里路云和月。莫等闲,白了少年头,空悲切。靖康耻,犹未雪。臣子恨,何时灭。驾长车,踏破贺兰山缺。壮志饥餐胡虏肉,笑谈渴饮匈奴血。待从头,收拾旧山河,朝天阙。

牛录不识汉字,却能感悟出字的气韵:"先生的字比刀子还快。"

布政使说:"这是岳飞的《满江红》。"

话音刚落,黄骠马从清纯的大气里奔出来,后金主努尔哈赤在马背上沉吟良久,说:"我们不要岳飞的马蹄,我们要他的《满江红》。岳武穆的词写在松花江上才能显出真气。"

松花江漫江红透,太阳像红帆船在江面滑行。

努尔哈赤说:"岳飞过长江没有声音,岳飞过黄河没有声音,他在中原是个孤独的人,他的魂在松花江上。先生大笔一挥,不但了却了岳飞的宏愿,而且是画龙点睛啊。松花江经先生的点化飞起来了。"

大江哗然离地而起,向蓝天奔流。

努尔哈赤说:"英雄就要有这样的气势,拔地而起,呼啸于天地间。"

黄骠马纵身一跳跃入江中,马的脑袋高高昂起,后金主的胯下是一条滔滔的大江。牛录和布政使看呆了。

水声浩荡,传来努尔哈赤的声音:"黑龙飞起来喽,先生真神人也,先生点化了两条大江。"

牛录说:"我主这些天烦躁不安,先生化解了他的心腹之患。"

布政使吃一惊。

牛录说:"蒙古老汗王与我主以兄弟相称,相约同入中原。老汗王不想去中原,老汗王的祖先去过中原,说中原是伤脾胃毁筋骨的地方,把蒙古骑手变成了臭皮囊。老汗王不相信黑龙能飞起来,我主苦无良策,先生从天而降,几下子就解了我主之忧。"

黑涛滚滚的大江把努尔哈赤驮向远方,驮到宁远城下,被袁崇焕的红夷大炮轰成粉末,融入空气,空气湿漉漉喷散着浓郁的松香。

18

布政使题《满江红》于松花江畔,立即轰动朝野,人们把他当做不辱使命的蔺相如和牧羊北海的苏武。他在辽东羁留两年之久,出关时是天启皇帝,归来时已经是崇祯皇帝了。

一日早朝,首辅大人刚说两句,崇祯就不耐烦了:"我是大明皇帝,我不是宋高宗赵构,听见了没有?"文武百官大惊失色。

布政使与新皇上的缘分就是这时候开始的。下午,布政使进宫与皇上单独相见。他看着前边引路的小太监,心想:皇上怎么成了宋高宗,难道朝中真有秦桧?布政使首先肯定自己不是秦桧,自己在金主面前保全了为臣的名节,众人皆知啊。

宫墙那边传来汩汩的流水声,天启皇帝在位时他曾数次进宫,没有听过这种声音。这种既像流水又如鸟鸣的声音,使他想起凤鸣河和关外的松花江,那两处都是隐藏他灵魂的地方,他对流水与鸟鸣最敏感。

小太监说:"那里边是后宫,是娘娘们住的地方。"

布政使满脸臊红:"我听的是流水和鸟鸣。"

小太监笑:"先生何出此言,后宫有水不错,水浮荷花,哪来的流水声?至于鸟鸣就更听不到了,鸟儿都在笼子里,挂在走廊上,听不见。"

"你听,你听,多大的声音。"

小太监望着墙头,说布政使开玩笑过分了。

小太监说与皇上,皇上笑:"布政使的耳朵里还是松花江滔滔的水声,后宫哪来的流水鸟鸣。以前父皇在时有妃子们的嬉笑声,朕烦这种声音,后宫就静下来了。"

布政使目瞪口呆,他的耳朵里还是汩汩的流水声和啾啾的鸟鸣。他忽然想明白了,那啾啾声拖着长长的尾音,那是凤鸟的叫声,天上龙地上凤,凤不是嫔妃娘娘吗?嫔妃之鸣只有皇上才能谛听,他怎么能听见?布政使瞪着皇上,听不见凤鸣的天子是假的,天子什么时候被掏空了,跟他一样成了空心人?天子龙气已尽而后宫依然是凤鸣的世界。

布政使壮壮胆子说:"凤鸣岐山已好多年了,这是我大明中兴的吉兆,后金努尔哈赤也听到了。"

崇祯说:"努尔哈赤以为凤鸣岐山他就可以做真龙天子了,是不是?"

"他有这种打算,不过凤鸣之地在岐山不在关外,他本人也被袁崇焕的大炮轰死了。"

"所以朕担心的不是后金是李自成,你的老乡李自成。李贼是陕西人,桥山有黄帝陵岐山有周公庙凤鸣河,李贼才是朕的心腹大患。"

"努尔哈赤虽然死了,他的龙气还在。"

"他真有龙气?"

"臣亲眼目睹他跨着大江呼啸关东沃野。"

"他有什么过人之处?"

"他早年流落中原,倾心圣朝礼仪,一本《三国志》他就如获至宝,如若见了孔孟二程张载朱熹的大典还不知怎样呢?"

崇祯说:"幸亏他死了。"

布政使说:"他的儿子皇太极不是等闲之辈。"

崇祯没听他的话,喃喃自语:"关东是我大明的版图,这个鞑子竟把滔滔的江水跨于身下。"

小太监示意布政使退下。布政使站在红墙下,里边鸾凤唧唧,皇帝听不见,文武百官听不见,万民百姓听不见。此时,关外的皇太极和陕北的李自成在侧耳倾听。他们能听得见禁宫凤鸣之声,是因为他们摆脱了大明朝的羁网,他们在为自己打天下。他姜天正毫无背叛朝廷之心,他听这种声音意味着什么?多少年后,他回到北原,渭阳洞的二百口大窑里装满了截留的饷银,他才发现了自己的世界。

那天,他看见天上的破洞,太阳在破洞里,他看见了太阳白花花的骨头,然后太阳就黑了。太阳烧焦后,其残骸就是银子。他找到了自己的东西。

皇帝知道他的心思,改任他为湖北布政使。他愣愣地退出大殿,门口的小太监说:"大人,这是个肥缺啊。"

一听"肥"字,他的骨头就轻轻地飞起来,太监大叫:"蛇,蛇。"

一尺多长的小青蛇蜿蜒而上,飘入圆圆的太阳,天空的破洞给堵上了。欲壑难填是找错了地方,一条小青蛇就能满足布政使的心愿。

布政使说:"黑洞不见了,好险哪。"

太监说:"先生真神人也,怪不得皇上对你另眼相待。"

布政使说:"黑洞不见了,黑洞叫青蛇吃了。"

太监说:"哪来的黑洞?青蛇上太阳了,太阳是皇上啊,皇上看中谁,谁的银子就流成河。"

青蛇最后一次给他显灵,显的竟是银子。

布政使赴武昌上任,搞银子如同少女怀春,无师自通。湖广自古富甲天下,主管大员任职数年就可以积一座银山。

当银子和元宝堆满卧室的柜子时,布政使再也看不见天空的破洞了,他这个人是很容易满足的。朱熹的大典他依然喜欢,有时他想,书中的黑洞是不是字体模糊所致?这样想时,黑洞就消失了,从天空从书本从自己的内心深处。

布政使常常品茶到三更,品着铁观音的苦味和清香。十年苦读的真正归宿是现在,他打开所有的柜子,月光微微颤动像一条银花大蟒,整块的金银元宝在月亮河里游动起来,像骚动的鱼群。这时,布政使就会看见黑暗中奔腾呼啸的江水,后金主努尔哈赤之所以跃马江中,就因为大江如龙,而他姜天正的金银元宝在月光下也缀成了一条龙。五岁那年,青蛇在他身上显灵,二十多年后,青蛇从小龙变成大龙,皇上顺应天意,派他来武昌,这是他成龙的好机会。

以后的十多年里,布政使换了不少柜子。最后一组柜子是楠木做的,蜿蜒曲折盘满厢房,是一条真正的蛟龙,龙眼珠是商人从印度弄来的夜明珠。布政使的胯下全是人世的奇珍异宝。

华中地区军政大员的官衙都设在武昌,久而久之,大家都知道布政使是个敛财能手,窝藏银两富可敌国。有人上奏折揭露布政使徇私舞弊,奏折送入京城便泥牛入海。皇上对布政使的信任是绝对的。宫中的太监也向着布政使。布政使官至二品,离内阁大学士只一步之差。他不想坐那个火山口,他呆在武昌,岁月流逝,财源滚滚,总要在他的肚皮下积一层油脂。

19

赵构当皇帝时,大宋确实有过一段中兴的景象,文有李纲朱熹武有岳飞韩世忠刘琦张浚。北兵的铁骑摧毁了汴梁的宫殿酒肆和窑子,王公贵族化为泥土,市井无赖饿毙荒野,勇武的壮士在战火中脱颖而出。

赵构南渡数年后,江南大地又恢复了昔日中原的繁华景象。万民百姓们医好了伤口,新的一代成长起来了。太监们忘不了南渡之初的奇耻大辱,那时,国无处女,皇上仅靠几个老妃子凑合,皇后也是被北兵蹂掠的女子。

这天,太监们自作主张,从民间征来水嫩鲜美的江南少女,她们都是货真价实的处女。皇上用膳时,内务总管耳语几句,皇上一惊,惊愕中,少女们已在殿下翩翩起舞。这些少女年仅十四五岁,刚刚离开乡野,身上尚有田园水乡的清爽气息。高宗埋头喝汤,只吃青菜不吃肉。高宗是第一次闻到少女温馨的体香,喜不自胜,当场点了其中最俏丽最可心的一位,吩咐其他人退下。

少女娇嫩似水,皇上小心翼翼生怕弄疼了她。温顺的少女在羞怯中猛然骚动起来,像一匹小马,有一股冲劲。皇上正当壮年,起初还在兴头上,后来皇上喘起来。净身时,皇上暗吃一惊,小龙是瘪的,跟娃娃的小鸡鸡一般大小。皇上双手捧着鸡巴,皇上绝望了,这就是驾驭万民的真龙吗?

皇上回忆自己的性史,以前从来没有这种现象,很快乐的。因为以前跟他同床的妃子都不是处女,都是北兵蹂躏过的,他很省劲。以前,他品尝少女的愿望极为强烈,那毕竟是男性的原始欲望。他现在是怎么啦?

皇上的绝望是空前的,他的龙气没有冲进妃子的身体,他的龙体被妃子打败了。

这一天,皇上想了许多,想得很远,一直想到王朝的初年。大宋的江山不是一刀一枪拼杀来的,是从周世宗的孤儿寡母手里夺来的。太祖赵匡胤的盘龙棍,在十万里江山没留下战争的痕迹,没有给万民百姓的记忆中留下征服的马蹄。先皇底气不足,祸及后代。龙飞凤舞,才能使国家呈现康泰景象,龙不飞凤不鸣,这是亡国的征兆。

高宗一连数日不出朝。皇帝的悲哀是空前的,不是作为天子而是作为一个男人的悲哀。这些天,皇上根本没想到他是上天之子,他只想他是一个失败的男人,对后宫如花似玉的妃子无能为力。

这是高宗皇帝最黑暗的日子。这些日子里,太医们倾举国壮阳之药医治皇上。猎手们日夜在山林里奔跑,抓牝鹿抓黄羊抓野马。御厨房里热闹非凡,加工这些野物的阴茎,饮食文化大放异彩,厨师们化腐朽为神奇,把骚物加工成可口的珍馐。数月后,皇上的腰杆挺了,小腿肚子圆了。皇上在书房看一阵书后,唤两个弄臣到御花园去散步,弄臣的相声笑话终于使皇上露出笑容。皇上龙心大悦,乘着喜兴服一帖春药,快步入房。皇上这回龙气很足,御床的白纱濡染出朵朵殷红的梅花,皇上终于把他的妃子从少女变成了女人。

皇上踌躇满志,田野上耕作的农夫们,似乎感应了天子的喜悦,不约而同地停下活计,静静望着丰饶的泥土。皇上的种籽,终于撒进了娘娘的身体。那是个丰年,那年的稻粒特别大,像石榴籽儿。

要维持这种大好局面,就需要大量优质的鹿鞭马鞭牛鞭羊鞭,这些野物以北方产的为上品。当是时也,黄河一带全为金兵所占,皇上所需野物只能重金购买。久而久之,金人觉察到了宋主阳气衰败,金国四太子兀术便亲率大军猛攻大宋。

1141年,宋金绍兴议和,金国使臣给高宗皇帝的厚礼中有数条马鹿和羚羊的阳物。皇上尴尬至极,沉吟良久,进内室不再出来。

皇上为了夫妻性生活和谐,付出的代价太大了。皇上的龙涎不是出自天然,而是马鹿牛羊的阳物所变。嫔妃们熟知礼仪性情温婉,对此毫不介意。可皇上就不同了,皇上竭尽全力仅仅是做一个完整的男人,而人的生活对天子来说是难以忍受的。天子绝不允许自己降为庶民,士大夫尚以降为庶民为耻,何况真龙天子。

皇上与妃子们同房时再也感受不到快乐了,妃子们胆战心惊。不久,皇上借故杀掉太监总管。

一天,皇上散步至宫门,两个虎背熊腰的御林军卫士在皇上绿莹莹的目光注视下发出一声怪叫,刀枪落地,剽悍的汉子手捂裤裆缩成一团。他们从皇上的目光中看到了惊恐的场面,皇上此时正好萌发了这个念头。行刑的兵丁用刑具拔掉这两个壮汉的阳物,小太监用盘子盛着它们端到皇上跟前。皇上迷惑了,这些兵丁来自乡野,他们的阳物竟比皇上的强壮好几倍;浑圆坚挺像一条真正的蛟龙。

皇上甚至想,让这些身强力壮的御林军将士与妃子们同房,一定会达到人生快乐的顶峰。那种高峰体验才是生命最真实的状态,贵为天子的他只能想象却很难做到,而做的条件只有他一人具备。天下最丰沃最美丽的女子在他的后宫里,常人得不到的房中术秘本和辅助性药品他应有尽有,但这些都不能使他达到生命的高峰体验。

皇上内心的沮丧无以复加,朱熹的理学已不能医治他的痛苦。皇上知道,他的病超越了哲学,而哲学是一切学问的顶峰。皇上迷茫凄惶。

皇上动辄大怒,给几个犯颜直谏的官员动以宫刑。当这些割了鸡巴的大臣被抬出宫殿时,皇上内心的喜悦溢于言表。汉武帝当年给太史公司马迁施以宫刑,就因为太史公太硬气了。高宗皇帝恨所有刚正的官员,对那些关公脸卧蚕眉的武将更是恨之入骨。

高宗喜欢文弱苍白不长胡须的大臣,这些大臣说话的声音轻柔细小,跟他们打交道皇上才感觉自己是个皇上。有时,皇上的目光会落在官员们的裤裆里,那里瘪瘪的甚至凹陷着,他们的夫人都病恹恹。皇上可以想象这些官员与夫人同房时的尴尬与无可奈何。

退朝后,皇上就跟太监们玩。太监是没有阳气的人。放掉他们的阳气,不仅是为了后宫的安全,重要的是满足皇上的心理。在一群没有阳刚之气的男人中间,皇上是唯一健全的男人,如此才能显出天无二日的威严。

真正懂得晋升之道的官员,会自觉地向太监看齐。孔子说:见贤思齐见不贤自省焉。聪明的官员对此心领神会。

高宗不只一次对皇太子谈这些经验,皇太子面露难色。皇上想想算了,你小子当了皇帝就会知道为父的良苦用心。

当是时也,徽宗钦宗及皇室宗亲朝廷大臣两千多人囚居塞北,苦不堪言。举国上下,北伐迎二帝的呼声一日高似一日,"中兴四将"中岳飞韩世忠尤为激烈。

高宗苦无良策,太监说:靖康时的状元秦桧夫妇刚被金国放还,并带有徽钦二帝的信件。高宗马上宣旨召见。秦桧匍匐在地,不敢抬头,连称自己有罪。

皇上说:"爱卿一介书生,为金人所俘实出无奈,何罪之有?快快平身。"

秦桧起身,递上徽钦二帝的亲笔信,皇上看后双眉紧锁:"皇父皇兄身体怎么样?"

"塞北酷寒,刚去时难以忍受。一年之后,二帝不仅康复如初,还能跨马飞驰。"

高宗心头一惊,伸长了脖子。

秦桧说:"金人以奶酪肉食为生,这类食物味不入口食之却长人体力。塞北一年中十有八九劲风怒号,久而久之,大漠的刚劲之气就会沁入肌骨。臣曾弯弓射杀奔跑的黄羊,驸马也从北兵那里学了几套拳脚,可以独身外出。"

皇上说:"怪不得北兵强悍无比。"

皇上细看殿下的秦桧,这白面书生的嘴唇上竟也长出几绺黄毛,虽是书生模样,身骨之硬朗,远在朝中文臣之上。

皇上闭上眼睛可以想象出徽钦二帝的模样,二帝纤细白软的手指大概长出了茧子,甚至挎宝剑弯弓射雁,活脱脱刘邦刘秀李世民再世。

秦桧说:"初到北国时,穷冬烈风之下,许多大臣倒毙荒野。熬过冬天的人都活下来了。"

高宗说:"父皇体弱竟也能熬过来?"

"北兵当初把二帝置于地窖,想借寒冬置二帝于死地。二帝吞棉絮抓老鼠以充饥,开春后,钦宗背着徽帝皇帝从地窖里爬出来,金主吓一跳,连连惊叹说,天子之命不该绝。金主便让二帝住在帐篷里,给三百只羊由臣子们看管,供二帝之用。"

高宗沉默不语。

秦桧说:"徽帝的书法多日不练,臣回来时,金主求字,徽帝挥笔写了诸葛亮的《出师表》,笔力遒劲,气势雄浑,一改昔日的纤细精瘦。金主连声称赞,说徽帝把北国的劲风融进笔端了。"

父皇的书画堪称一绝,听秦桧如此说,高宗细看龙案上父皇的字迹,正如秦桧所言,笔画间透出刀剑般的寒气,有一股越王勾践似的狠劲。高宗不由得咬紧了牙关,挥手让秦桧退下。

徽宗皇帝当初打算让驸马回南朝传信。金主准许可以回去一名臣子。大臣们个个望眼欲穿,变条狗爬到江南也是幸福的。

那是一个很关键的日子,金主并没有感觉到这个时刻的重要性。被俘人员除二帝外,谁回南朝都一样,由宋帝自己决定。

这天,金国四太子兀术纵马松花江边。金兀术勇冠三军凶悍无比,盘弓一响,猎犬很快衔回猎物。空中的大雁被他射光了。只有一只凶猛的海东青在盘旋。海东青的凶猛远在兀鹰之上。四太子回马一箭,天空仅落下几根羽毛,海东青迎面扑来,坐骑一惊,差点把四太子颠入江中。四太子失神落魄,眼睁睁看着海东青飞进群山。

四太子曾听被俘的宋军官兵讲过,大宋朝的元帅岳飞是天帝宫中的大鹏鸟,投胎下凡为宋将。与岳飞几次交手,四太子对此话深信不疑,从此见了飞行之物便油然而生怯意。

沉思间,坐骑驮着兀术到江边关押宋俘的营寨。恰好秦桧的夫人王氏从江边走入野花碧草中,王氏虽衣衫褴褛,却掩不住江南美女的天姿国色。兀术在马上询问王氏,王氏低眉答话,说是新科状元秦桧之妇。兀术平生敬慕中原文化,对新科状元这样的文化人更是另眼相看。

四太子伸手一揽把王氏挟于马背,马蹄飞扬,四下空寂无人,天幕苍青,马蹄踏起道道火光。王氏刚嫁秦桧就遭逢靖康之难,到了北国,食不果腹,男女欢娱之事抛在九霄云外。被兀术带入军帐后,饮食起居,有人伺候,她又恢复了状元夫人的优雅角色。四太子身材高大,剽悍勇武非中原男子所及,更远在文弱书生秦桧之上。王氏在军帐中度过了女人一生中最为销魂的日子。

四太子压根也没有想到,他与王氏同房的深远影响,他的数十万大军在岳家军跟前溃不成军,他对此一筹莫展。他跟王氏交欢完全是为美色所动,但这不经意的一动却在历史上大放异彩;岳飞魂断风波亭,王氏起了很大的作用。王氏气质高雅,这是兀术所幸女人中最令他动心的一个,北国没有这样的女子。

四太子并不知道,他在王氏的心中打败了大宋的新科状元秦桧。这是一次真正的征服。当四太子的生命进入王氏的身体时,王氏惊骇万状,她的如意郎君顷刻间碎为粉末。四太子的雄风把她吹胀了,像松花江上的白帆,一日千里地飞驰。四太子高耸在桅杆顶上。那天,王氏吃水很深。犹如一叶扁舟,被四太子驶向汹涌的波涛。王氏感觉到一只鹞鹰在冲击她,她被撑展在青苍苍的天幕上。她看见了海东青,四太子盘弓射箭,海东青向四太子猛扑……王氏就这样感应了海东青的呼唤,开始奋飞,飞得很高,一直飞上天顶。天黑下来的时候,她发现她在四太子浓密的胡须里,她是一只小蜜蜂,四太子说她是小蜜蜂很会螫人。

秦桧没想到返回南朝的美差会落在他头上。徽宗的人选是驸马。金主点名要秦桧。

秦桧夫妇进帐听令。金主旁边站着四太子兀术,王氏低眉垂眼,但那内心的喜悦之情犹如春泉在她姣好的眉宇间汩汩流窜。四太子的目光虚虚的。

金主说:"我儿兀术看重你的文才,不想叫你夫妻二人再受塞外之苦,早归南朝。"

秦桧赶忙施礼:"谢四太子。"

金朝文武大员放声大笑,笑得秦桧莫名其妙。

后来回到江南,秦桧与王氏同房时才体会到这种笑的含义。当时,秦桧在王氏的身体里不知所措,弄得王氏怨气冲天,秦桧越动越小,越小越惊恐,秦桧叫起来:"黑洞,黑洞,我掉洞里啦。"秦桧从此就没再出来。

王氏悲戚万分,她的如意郎君在四太子踏开的豁口里顶多是一只小螳螂,四太子纵马飞驰,踏出的原野无边无际,小螳螂八辈子也爬不到头。更可怕的是四太子的音容笑貌梦回魂绕铭刻于她的心底。王氏沐浴在四太子浩荡的雄风里,螳螂似的丈夫被吹得渺无踪影。

秦桧对王氏的惊惧心理几乎出自天性,秦桧的一生都在那个可怕的黑洞里。那个黑洞是雄性十足的四太子挖掘的,秦桧无法逾越。

秦桧是第一个走进王氏灵魂的男人,可他的生命还是被四太子碾为粉末,连根拔起,他无所归依,他被埋没在四太子与王氏创造的无比丰厚的幸福里。王氏临终前瞳光闪烁,连声呼喊:"马,马,松花江,马……"秦桧那时才从黑洞里露出来,他听见自己的心灵在马蹄下嘶叫,一直在嘶叫。从妻子丧失贞操那天起,他就沉落在无底的黑洞,一生都在惊恐与战栗中。

秦桧永远也忘不了离开金国那一天。与徽钦二帝告别后,四太子兀术送来盘缠和坐骑。金兀术纵马松花江边,侍卫环绕,手下一人牵来大青骡子,吩咐秦桧骑上。

夫人骑什么? 秦桧正在犹豫,金兀术翻身下马,在圆圆的马臀上抽一鞭子,那马飞至王氏跟前,腾空一跃,双蹄在空中抓几下,轰然平卧地上。王氏神思恍惚爬上马背,那马轻轻一跃,驮着王氏飞跑起来。马蹄细碎,马背平稳,王氏在神骏的龙骨上颤如火焰。

这匹宝马是四太子的宠物,来自呼伦贝尔草原,它驮着四太子,久经战阵立下汗马功劳。

江南美女秦王氏那时年方十九岁,身披貂裘脖间裹一条火红的狐狸尾巴,圆圆的臀儿夹着马肚,银亮的马镫金灿灿的鞍子,一朵彩云似地飘过黄河飘过长江飘到临安城里。

骑着大青骡子的秦桧大气不敢出,迷迷瞪瞪,胡思乱想,弄不清四太子为何要献宝马给王氏? 值得肯定的一点是:秦桧不堪忍受黄骠马圆浑浑的后臀。那堆结实的筋肉在夫人的胯下有节奏地弹跳,弹跳出一种莫名其妙的旋律,仿佛那是一支男性的劲歌,粗犷凶猛透出一股狠劲儿。

秦桧想把宝马献给皇上,夫人用眼睛剜他一下,吩咐仆人好好伺候不得怠慢。

后花园有一片青草地,仆人每天牵马去放青,王氏坐在窗前静静地看着黄骠马,金灿灿像一堆金子。晚上入睡前,黄骠马扬蹄长啸,啸音震撼皇城,巡夜的兵卒惊慌失措,大叫:"金兵进城了,金兵进城了。"王氏咳嗽两声,黄骠马便安静下来。

王氏闭上眼睛,这时候,王氏感觉到自己是天下最幸福最美丽的妇人。想那四太子是何等的勇武强悍,早晨在松花江边操练兵卒,数十万铁甲军在他的呵斥声中伸展自如,金帐里的文武百官莫不怯于他的威势。但在王氏怀里,金国四太子却柔情似水,身躯剽悍坚如磐石,那张面孔却风情万种。那短暂的一瞬间,王氏就读懂了男人这本古奥深沉的大书。状元郎秦桧算什么呢?仅仅是粘在树皮上的蝉壳。所有销魂的感觉都随四太子去了,状元郎秦桧被四太子的雄风吹成空壳。

白天,王氏便在马厩里看黄骠马吃豆子,豆粒在骏马的牙床上脆如石子迸射火星。王氏就想起自己在四太子身下裂碎的情景,它犹如焰火,把夜空照成白昼。

王氏陶醉在自己的辉煌里,王氏的玉手落在黄骠马圆溜溜的臀儿上。这时候,院子里静悄悄的。马夫躲在屋子里,马夫知道夫人每天饭后要来马厩里治病,马夫不知道夫人病在何处?夫人面孔臊红,纤纤玉手落在马臀上。立刻有火苗蹿起,蛇信子似地抽搐。马夫知道夫人在过电。夫人过电后软酥酥地离去,像一团白雾。

那时,秦桧刚刚被皇上召见,大臣们异议颇多,有人怀疑他是金国的奸细。御林军中那些上过阵的将士,认出黄骠马是金兀术的坐骑。那匹北国神骏,可与吕布的赤兔马相媲美。

秦桧惶恐不安,而王氏喜不自禁:"他们说黄骠马是吕布的赤兔?人中吕布,马中赤兔,那我就是貂蝉了。"

早朝时,皇上不得不问秦桧了:"兀术坐骑何以送你?"

"臣离开北国时,坐骑盘缠都由金主指派,臣乘青骡,夫人乘黄骠马。"

韩世忠说:"金兀术想马踏江南,让他的坐骑先行了,我去取黄骠马的首级。"

皇上说:"爱卿勿急,既是一匹宝马,朕把它赐予将军如何?"

韩世忠说:"岳元帅的坐骑樊城大战时阵亡,现在的坐骑很不如意。岳帅快要回京了,送给岳帅吧。"

皇上点头恩准。

秦桧忧心忡忡,回到府里,王氏不在。秦桧穿过厅堂到后院,但见王氏搂着马脖子,泪水滂沱,长长的马脸上泪珠圆溜溜像玻璃球,金色的马鬃披在夫人的肩上熠熠闪光,夫人仿佛置身于瀑布之中。

马的阳物银晃晃像只大钟在腹下摆动,秦桧五雷轰顶一般怔在栏杆上。大钟在响。钟声浩荡,震散了他的骨络。秦桧就这样空了。

1136年的一个下午,江南少有的大晴天,万里无云,太阳雍容华贵端坐中天。江南才子秦桧先生看见太阳的额上有块黑斑,很像夫人王氏眉间的黑痣。一声呼啸,黄骠马掀翻马厩冲天而起,直奔盘坐中天的太阳,咻溜一声蹿进去,太阳就破了,黄骠马消失在黑洞里,天空响起急促的马蹄声。

秦桧回头看夫人,夫人黯然失色,两眼无光,只有眉宇间的黑痣在闪闪发亮。晚上同房时夫人说:"相公为何发抖?"

"我看见黑洞了,天上有个黑洞,我就坐在洞里头。"

夫人默不作声……夫人按捺不住放声痛哭,告诉夫君当年在松花江边与四太子惊心动魄的一幕。秦桧长叹一声,方知黑洞确实存在。

第二天,皇上接到禀报,说有一匹北国战马在海边飞驰,数千将士围猎不住,驰至钱塘江口,正值潮水高涨,战马纵身一跃,乘狂潮而去,万里海疆蹄声如锣,昼夜不绝。

听完太监禀报,皇上糊涂了,文武百官也糊涂了,大殿里静悄悄的,谁也猜不出这是何征兆。

1279 年,陆秀夫负赵昺皇帝跃入大海,万里海疆锣声不绝,只有海岸的渔民在谈论数十年前那匹乘潮而去的黄骠马。

大宋的官员们无人留心此事。

高宗和他的大臣们低头沉思。这是一个以哲学著称于世的王朝,今天第一次遇到了解不开的难题。群臣们如同吃了狗屎,觉着不对味儿,又说不清道不明,干脆装聋作哑。

皇上毕竟是皇上,高宗干咳一声:"秦爱卿,你在北国多年,熟识马性,给朕谈谈马为何不入山林而入大海。"

"这是一匹野马,北朝君臣深恶之,故放入南国。野马喜好一望无际的草原,南国多山,野马把大海误认为草原了。"

韩世忠哂笑:"金鞍银镫,明明是四太子的坐骑么,怎么是野马?"

"将军说得不错,大宋的军马都是从北朝换来的,不是野马。马要经牧人驯化才能为人所用。秦某曾饱尝驯马之苦。"

大家发现秦桧唇上有黄胡子。有几分鞑子模样。大家觉得秦桧说的在理。

秦桧说:"马分等类,最先驯服的马供士卒用。校尉次之,将军的坐骑都是牧人无力制服的野马。由将军亲自驯服。这种马一旦驯服,往往与主人共生死。金国四太子的黄骠马,产于蒙古呼伦贝尔草原,蒙古的汗王制服不了,上表金主,金主也不能制服,四太子兀术出面制服了这匹马。金国君臣大惊失色。金主已立二太子为雏君,而四太子为人凶悍,大臣及亲王们都怕他几分,大家私下议论四太子:人如其马,难以驾驭。"

皇上深有感触,说:"金主还有这等心智。"

秦桧说:"金国的朝制全都仿效中原,金国君臣对我朝的文明羡慕不已,金兵数次南下,就为这个目的。四太子功勋显赫,才智过人,易遭妒忌,四太子深知此患皆因黄骠马引起,欲杀之而又怜之甚切,故赠与贱内,以讽金主不识英雄。"

"这么说,四太子是受屈了。"

"神骏鹏程万里,要有个好骑手。驯马如此治天下亦如此。"

皇上不住地点头,众臣退下后,吩咐太监明日单独召秦桧进宫。

皇上从头到脚把秦桧打量一番,应该说皇上是很有眼力的人。眼前这个刚从北国归宋的壮健的状元郎是个空心人。

皇上听人说过,秦桧的夫人是江南有名的美女。靖康之难,中原女子皆为鞑子所破,秦夫人如此美貌,在北国待三年能不破乎?

皇上想这些问题时,就看见空气中裂一道口子,黑沉沉的洞里坐着无比沮丧的秦桧。这个洞是鞑子打开的,不是丈夫秦桧。皇上从心底理解丈夫的这种沮丧。于是,皇上在秦桧的脸上发现了新的内容,这位臣子相貌堂堂,但脸上的肉纹是下垂的,尤其是鼻翼和嘴角,那里的皱纹成圆弧弯下去。皇上知道,这是个对上恭顺对下凶狠的角色最适合于皇上。

皇上说:"金兀术为何要送你一匹骡子?"

秦桧说:"骡子性柔安稳,臣亦如此。"

皇上"噢"了一声。

秦桧说:"臣在北国每每看见金国将军征服烈马的场面,就想起大宋的岳飞将军。岳将军当年在汴梁城里曾制服过一匹烈马,主人惊喜之下送给岳将军。金国将帅知道此事,驯马时以谈岳飞为荣。"

皇上看秦桧。

秦桧说:"北兵熟识马性,以制服烈马为荣。制烈马就能治三军,能制马中神骏即可治天下。"

秦桧瞥皇上一眼,皇上的眼睛乌沉沉。黄骠跃入大海那天,太阳的前额上也是乌沉沉一个黑洞。

秦桧说:"岳飞的确是一匹好马。金主所以不敢施威于二帝者,怯于岳飞之勇啊。"

大殿里全黑了,乌鸦从太阳里飞出来。北国的神庙上空,常常群鸦萦绕,秦桧仿佛置身于千里塞外,秦桧说:"百姓们都说,岳飞的魂在关外。"

皇上笑了。

秦桧说:"鞑子也这样说。据说岳飞的前世是唐将薛仁贵,薛仁贵征高丽时在松花江边待过,薛仁贵死后,他的魂魄化为鹏鸟常常飞临当年建功立业的故地。岳飞本是天宫里的神鸟,是天神下凡。鞑子不怕大宋只怕岳飞。韩世忠刘琦杨忻中诸将,金人仅服其善于用兵,非怯其威势。"

"二帝居关外何处?"

"松花江北岸当年薛平贵屯兵的地方。"

皇上看着窗外,江南的空气绿莹莹的。君臣二人谈论着另一个世界的奇闻。

秦桧说:"鞑子只知薛平贵屯兵松花江,却不知屯兵何处。"

"中原也无人知晓啊。"

"皇上可记得汴梁大相国寺的相士韩彦?"

"他早年给父皇看过相。"

"韩相士不但推衍出薛仁贵屯兵的营地,连中军帐也推出来了,二帝就住在点将台后边。随行的皇室宗亲文武百官都说韩相士是国之栋梁,徽钦二帝也说日后返回中原,韩相士就是当朝宰相。"

皇上的面孔全黑了,秦桧垂首退下。大殿里的太监惊叹秦桧的倒步走路功夫,数百个台级,秦桧步法不乱一直倒退而出。

他就是这样被四太子硬挤着退出王氏的身体。天无二日,妇人的肚子里只能卧一只老虎,尽管他在那里扎下了根,四太子毫不客气把他连根拔掉。那时他就练出了倒退的功夫。

翌日,皇上任命秦桧为大宋宰相。

宰相大人上台的第一件事,就是从民间搜罗金光闪闪的黄花闺女。宰相不甘心自身的沦丧,当这些美妙绝伦的胴体横陈眼前时,宰相发现自己根本硬不起来,鸡巴像一颗蚕豆,蹦蹦跳,发不出芽。面对良田沃土,宰相无可奈何。

宰相坐在太师椅上,以拳支颌,完全一副哲人沉思的样子。宰相面临的难题超越了哲学。宰相想起一代文豪司马迁。司马迁为李陵两肋插刀顶撞天子,汉武帝毫不客气地撸掉司马迁的鸡巴。太史公错就错在顶撞天子。天子只能顺从不能顶撞,一撞,老大不搬家就是老二搬家。

宰相状元出身,聪颖过人,很快就把大宋的宰相过了一遍:范仲淹,王安石,李纲,寇准这些刚正的宰相皇上很讨厌,用他们仅仅是权宜之计。皇上喜欢阴柔之人,天无二日,天子为乾阳之首,做臣子的愈阴愈能显出天子的至尊。

宰相在回顾历史的时候,发现了常人不大注意的问题:太监。士大夫瞧不起阉人,皇上把阉人放在自己身边不仅仅是摆设,而是一面旗帜。数千年来,士大夫对皇上的良苦用心熟视无睹,皇上不好明说,让臣子们心领神会。臣子们常常令皇上失望,皇上有时便直接起用太监参政,汉唐两代的宦官专权就起因于此。

皇上召见宰相时,宰相望着小太监很久很久。皇上意味深长地说:"爱卿但说无妨。"

宰相说:"金国君臣对我朝的宦官很钦佩。"

皇上说:"有这事?"

宰相说:"金主说我化外之民之所以数千年不能立国,就因为不知忠孝,倘若塞外万民百姓能像中原天朝的公公那样对君王忠心不二,国家兴旺之势万年不衰。"

皇上说:"爱卿忘了唐朝宦官误国的史实?"

宰相说:"臣只记得朱全忠篡唐,唐天子身边的文武大员跑得一个不剩,与天子共生死的只有几个贴身小太监。"

秦宰相还要滔滔不绝,被皇上制止了。

岳飞是在皇上龙心大悦的时候进京的,皇上平时不大喜欢见这个战功卓著的元帅。皇上并不怀疑元帅的忠诚,皇上的难处只有秦桧能够体谅,岳飞韩世忠们是想不到的。

皇上房事不顺,朝臣略有耳闻。但很少有人把它与政治搅在一起。搅在一起并以此为立身之道的人很少,但真理往往在少数人手里。

金兵以泰山压顶之势攻过黄河,中原无险可守,皇上离不开这位元帅。皇上刚刚接受了秦桧的内心表白,皇上想摸摸岳元帅的心理,皇上希望岳元帅的心里多少有点阉人的影子。文弱书生本身阳气不足易于融为阉人,武将阳气太盛,但高宗经历过战争,懂得钢刀韧若绕指柔的道理。岳元帅既制服过烈马,又平定过洞庭湖的叛乱,相信他会令皇上满意的。

元帅跪在皇上面前叩头问安,皇上赐座。元帅虽换了朝服,但黝黑的面孔流露着前方征杀后的疲倦。元帅平静地谈着前方的战事,谈陆文龙双枪挑滑车,谈杨再兴身陷小商河。

元帅这种平静的叙述中有一股雄风,高宗皇帝马上想到后宫那些丰腴美妙的妃子,雄风劲吹,妃子们摇曳不止,花蕊顿开。高宗被眼前的幻觉弄得心烦意乱。让这些久经战阵的将军们去跟妃子同房,似乎更能顺应天意。雄风乃大王之风天子之风,雄风才能使妃子们发出凤鸟的鸣叫。高宗双眼阴鸷,腹内充满巨大的饥饿感,仿佛自己是个篡位之君。他后悔自己不该单独召见岳飞,让岳飞跟大臣们一起朝见就是了。高宗跟秦桧跟太监们在一起时,才有天子的威仪。

高宗说:"听说爱卿的坐骑阵亡了。"

岳飞说:"那是一匹神骏,去年在襄阳打仗时为流矢所伤。"

"那太可惜了。"

"臣先后失去了两匹神骏,那真是好马啊。每天要吃几斗豆子,喝几十斗水,豆子要精泉水要洁,否则它就不要。骑着它走,起初不很快,走一百里后才开始跑。从午刻跑到酉刻,还可以走二百里。走完路卸下鞍子,它不喘气也不出汗,若无其事。它食量大而不乱吃,力气大而不乱用,很不幸,它们都死了。臣现在的坐骑,每天吃的不过几升,而且饥不择食渴不择饮。骑上它还未坐稳,它便踊跃向前,刚走一百里,就精疲力竭了。它食量小,容易满足,喜欢逞能,而且容易疲劳。"

高宗频频点头。岳飞退下后,高宗还未动。

小太监说:"岳飞骂人呢。"

高宗瞅着小太监,小太监说:"他说好人死光了,举朝无人,皆属钝弩。"

高宗想起南渡初年的情景:那时,国无处女,自己饥不择食,立破身之女为皇后,遗恨终生。高宗张张嘴没有说话。

20

冥冥的苍穹落下一瓣声音:"听话,听话才是乖娃娃。"

这是父亲的声音。他刚落地,父亲就被洪水卷走了,他跟母亲守着三间青瓦房。那年,发梁五岁,跟娃娃们在沟沿上打酸枣吃,这时他听见了亡父的声音。他跑回家对妈妈说:"我听见我爸说话了。"

妈妈说:"娃娃,你爸给你显灵哩,你灵醒啦。"

发梁问妈妈:"为啥听话才是乖娃娃?"

妈妈说:"乖娃娃能做大官。"

"能当大队书记?"

"比书记大,至少也是个县官。"

妈妈就给发梁讲我们北原渭阳洞的姜天正。姜天正二十一岁当八府巡按,二十四岁官拜布政使。发梁第一次听这么大的官。妈告诉他,姜进士五岁入学堂念书,听大人话读圣贤书,不贪玩不捣蛋,姜进士小时候跟咱一样母子两人,没父亲,住一眼破窑洞,咱还有三间瓦房哩。

发梁很听话。在家听妈妈的话,在外听大人的话,在学校听老师的话,发梁五岁那年就成为我们北原最听话的乖娃娃。大家谈论发梁就像谈论地里的庄稼,谈那些秧苗直到秋天籽粒饱满。

1973年冬天,妈妈带着十六岁的发梁走进县政府,三线学兵连的人愣住了。妈妈说:"领导,你看这娃乖不乖?"

　　领导是陕西人,领导摸着发梁的脑袋越摸越圆溜,发梁的头随着领导的畚箕手转圈时一直望着领导,满脸稚气像刚开花的向日葵。

　　领导说:"这娃娃,圆头实脑,乖得很。"

　　手下的人都说乖得很。

　　领导说:"老嫂子,娃是乖娃,可咱铁路学兵连不收独生子。"

　　妈妈没有哭或者给领导下跪,大家颇感意外。妈妈说:"领导,娃他爸也是公家人。娃他爸在农机厂工作,临死前千叮咛万叮咛,一定要我把娃送给公家,说公家单位是大学校,能把钉子变成金能把蛐蟮变成龙。领导,干革命要前仆后继哩。"

　　妈妈刚看过《江姐》《红灯记》,她学江姐学李奶奶送子出征干革命哩。领导也刚看过《红灯记》,领导从剧院出来时,妈妈跟发梁在门口等着。妈妈知道这会儿领导听《江姐》听《红灯记》最入耳。领导还在《红灯记》里意犹未尽,妈妈的话锦上添花,领导一点头:"王科长,这娃交给你了,保管好。"

　　发梁进了三线学兵连,开始唱:日落西山红霞飞,战士打靶把营归把营归……三线学兵连修铁路不是军营。

　　王科长喜欢这个十六岁的碎娃。那时候,学兵连的通讯员勤务员都是碎娃,这样,领导更像领导。王科长日后肯定还要做局长做厅长做部长,王科长先从个人形象做起。

　　王科长把发梁留站当通讯员,发梁不干,发梁要上第一线。

　　王科长说:"你这陕西冷娃,狗坐花轿不是人抬的东西。鸡巴大个车站你挑选屎哩。"

　　王科长蹲在办公室门口点烟抽。发梁提着铁锹进了猪圈。粪块飞出来,在墙外高高的落一大堆。发梁出来时,脸红红的喷着汗气,噗!铁锹别在粪堆上。发梁从伙房拉着铁皮架子车出来。

发梁装车很利索,粪块高出车厢一尺多,啪啪几锹拍得光溜溜圆。车辕很长,十六岁的碎娃一纵身,把车辕压下来,身体与车子拉平,车子开始滑动,咯吱咯吱滑下土坡,远处只能看见驾车人的帽子。

车子滑进菜地就慢了,摇摇晃晃像沼泽地里的坦克,发梁弯成一张弓。车子晃到地中间,发梁踩住车厢插板,开始撒粪,粪末成扇形飞起来,哗——落下,落得很匀。

刚冒失的菜芽芽覆在细细的粪末里,空气里飘着油汪汪的粪土味。

发梁拉两车干土垫猪圈。猪们从窝里爬出来,躺在瓦红色的干土上哼哼叫,叫一阵,肚皮朝天搓脊背。

发梁到河边,把铁皮车洗得光光堂堂,闻不到粪土味。王科长发现发梁的工作服上一星土没粘,知道这是干活的好手。

那时,大家都想炸碉堡抓特务立功受奖,没人想喂猪做饭当英雄。大家都觉得这个碎娃是到学兵连来吃肉馍馍的,那时,农村娃在单位等于天天过年。新同志刚到,个个喜气洋洋,在家时一年吃一次肉,单位一星期吃好几回,顶着肚子吃。发梁吃得很不一般,把馍咬成小鸟,停下看一会儿又咬成一只小狗,再看一会儿,最后一口把小狗全吞了,咽进肚里,怔好半天。

猪们在发梁的手下一天天壮大起来。先前那个猪倌是个城市娃,把猪喂得又黑又瘦像在万恶的旧社会。发梁一下子让猪们过上了好日子。

到了年底,领导吓一跳,二十来头大肥猪把猪圈挤得满满的,凶神恶煞一般瞪着栏外的陌生人,猪们的眼睛细小而有光。猪圈后边是发梁新砌的鸡窝,司务长说:"今年冬天吃的全是发梁的蛋。"

领导说:"怪不得三天两头吃鸡蛋,发梁这小子,发梁这小子。"

大年三十,局领导下基层与民同乐。大家杀猪宰鸡正忙。大肥猪声嘶力竭,两个壮汉按一头猪,炊事员口衔刀子,半蹲在屠案跟前,一气捅倒五头。然后在大缸里烫,拎出来在后腿上割开口子,用铁棒周身捅一遍,用嘴咬住口子狠劲吹,把猪吹圆吹胀。小伙子们用石块砸猪毛,再用刀子刮,由黑而白,越刮越漂亮,猪全白了,白里透红,从黑乎乎的地狱上升到明光闪闪的天堂。

两根木杠横绑在白杨树上,猪被开膛破肚漂亮极了,开始散发肉香;大料八角胡椒干姜都备好了,还有盐巴,猪很快进入一生最幸福最壮丽的时刻。

发梁的任务是接猪血。王科长喊他,他跑过去。王科长给局领导介绍,这是猪司令。领导们弯下腰摸这个娃娃的大脑袋,哈哈,我们当年参加工作时就这么大;领导是陕西人,领导说:"我这乡党是个乖娃娃。圆头实脑是个乖娃娃。"

大家都朝办公室门口看,这么多领导摸发梁的头。大家眼热了,眼热得不得了。眼热归眼热,活得干,肉得吃,学兵连班长说:"干活干活,看屎哩。"

领导吃了肉,留下话:都要学发梁。学兵连连长指导员一合计,提发梁当班长。学兵连都是城市娃全都轮番轰炸养猪场,大家争着学发梁,喂猪当班长。

三年过去了,城市娃们泡在猪圈里,猪圈里再也没有结出班长来。局领导忘不了这个农村娃,偶尔在电话里问一句,发梁就能年年得奖状,还入了党。三年后,发梁代理排长,只差正式任命了,委任状一到,发梁就不是临时工了。

北原自民国以来,一代不如一代,人们谈袁天罡谈李淳风谈姜进士谈曹状元,就像谈天上的神仙,这些神仙不下凡不显灵了。北原的母亲们绝望地看着日夜奔流的凤鸣河,河水没有凤鸟的叫声。母亲们像没尾巴的鸡,跟麻雀混在一起,娃娃们吼叫奔跑。猪叫狗咬,黄尘拔地而起,北原的黄土长麦子长玉米长槐树长杨树长柿子树,就是不长梧桐树。栽了也没用,凤鸣河像娃娃撒尿,滴溜嗒啦,北原不出好鸟鸟啦。

妈妈送十六岁的发梁去工作,村子里静悄悄。树长在沟底,树枝在沟沿上摇晃。过渭阳洞时,妈妈说:"姜进士跟他妈住过那眼破窑,他妈风水好,一窝子出了两个进士,你看亮清啊。"

窑里黑乎乎,黑阴里飞出一大片乌鸦。发梁刚换上工作服,面对黑窑感慨万千,他是去修铁路的学兵连,他却想象里边呆着一堆美国兵,机关枪嘎嘎嘎嘎,他往上冲,首长在指挥所里用望远镜看他,他很激动,嘴巴忍不住发出机枪"九——九——九"的扫射声。妈问他干啥哩?他说学鸟儿叫哩。

"狗娃,给妈再学一遍。"

"九——九——九——九……"

妈喷出眼泪,干涸的凤鸣河仿佛也有了流水声,妈撩起黑布大褂去堵那汹涌澎湃的热泪。

妈说:"狗娃乖得很,凤鸟就这么叫。好几辈人没听过凤鸟叫了,我这乖狗娃,到单位要有眼色,手脚要勤言语要少。好好弄,我娃是弄大事的人,不要想家。想家时就想这口寒窑,这是出凤凰的地方,这个黑洞洞里孵了两个进士,都是当朝一品,我娃记牢。"

"记牢了。"

妈妈对大家说她听见凤鸟儿叫了,大家往河里看,沟底白晃晃一堆碎银子,流水清脆像鸟鸟在叫。

妈妈说:"看西边天上,飞哩飞哩。"

大家聚在原上看西边天空,蓝汪汪的空气一抽一抽的,有东西在远方飞。那天,妈妈神了,眼睛呜儿呜儿闪光哩,妈妈说:"我娃把事弄大了,弄大了。"

大家看西边的天空:"发梁升官了,得是?"

"发梁在天上,就是得,在天上。"

天快黑时,西边的天空红扑扑像快下蛋的鸡,黑黑的乌鸦铺天盖地,离人近了,乌鸦成了蓝的,黑中带蓝,像刚出窑的瓷器。

妈妈说:"领导发话了,我娃要升哩。"

妈妈站在暮色里,眼睛像夜明珠。

大家说:"发梁有消息了?"

妈妈说:"我不准他崽娃子想家,弄不成事不准他想家,弄成了再写信。我娃是孝子,听他妈的话哩。"

妈妈指着天空:"南山那边天还没黑哩,我娃的信飞着哩,信长翅膀哩。"

第二天吃早饭时,邮递员骑车进村,妈妈当众拆开信。妈妈识文断字。妈妈说:"我娃当班长了,局长点的将,学兵连把我娃当重点培养对象。"

信瓤子在大家手里传来传去,识字的不识字的都激动异常。家族里的长辈像抽羊角风:"渭阳洞要出人物啦。"

妈妈雍容华贵,活脱脱观音菩萨显灵,家织布衫子羽化了,成了凤鸟的翅膀。

据说当时北原出门干事的人,没有一点晋升的消息,十七岁的发梁实现了零的突破。年底来的不是信,是单位寄来的奖状。乡党们进屋,一眼能看到后墙中央亮晃晃的奖状,妈妈拆开九分钱一包的"羊群"烟递上去:"吃烟吃烟。"乡党们吃着烟,越吃越觉得发梁是个人物。

乡党们说:"发梁官气显灵哩,长啥模样咱都记不清了。"

妈妈拿出发梁刚寄来的照片,上边有五六个小伙子,攥着拳头。

乡党说:"这是干啥哩?"

妈妈说:"入党哩。"

"噢——入党哩,怪不得锤头攥得紧紧的。发梁是哪个?这个?我的牛黄,认不得了,把党一入就是不一样了。"

那天,妈妈收拾一新,早早爬上原顶,乡党们在地里停下活计。这是个不寻常的日子。北原上响起凤鸟的叫声,凤鸟把大家唤醒了。妈妈说凤鸣岐山了,没人相信。

好几辈人没听过凤鸟鸣叫,今天天不亮凤鸟就叫了。全北原的鸡都睡过了头,鸡醒来时天光大亮,天籁中有神鸟在叫。

邮递员是公家人,感觉不到有什么特别,把信交给妈妈。妈妈揣上信往回走,妈妈就是在那时候羽化成凤的。以前仅仅是个梦想。

北原的母亲们都有这个梦,像发不了芽的种籽,埋在夜幕里太阳一照就没影了。只有发梁妈的梦发了芽开了花,跟太阳一起在大白天亮相摆谱儿。

这个孤苦的寡妇在乡村大道上走得扬眉吐气。乡党们看亮清了,围上去。妈妈掏出信,信没拆,妈妈说:"不用看信我就知道,我娃把事弄成了,我娃显灵了。"

妈妈太激动。信是大队小学的女教师拆开的,女教师用城里的官话读,乡党们只听明白一句"代理排长"。

"代理排长是啥官?"

女教师说:"发梁同志当领导啦。"

女教师是城里人,她的美丽和高雅一直装在玻璃瓶里。乡党们看她就像看一张画,画里的人跟泥土不沾边。女教师搀着妈妈往回走,乡党们眼睁睁看着天上的小仙人走进发梁家的破房子,最终成了发梁的媳妇。

乡党们扳指头一算,女教师是发梁显灵这一年来小学校的,女教师不是来教娃娃们念书是来给发梁当媳妇的。

妈妈对女教师说:"你听亮清了?"

女教师眨着毛毛眼。

妈妈说:"凤鸣河以前是黑地里叫,今儿个叫在大白天里。"

妈妈给女教师讲她的故事。

这个故事是北原所有女人的。女教师是城里人，妈妈就说是她的故事。妈妈之所以是妈妈，就在于她给故事加进了新内容。

故事最早是这样的，是一首民歌，叫《走西口》。黄土原上的民歌太多了，基调都差不多。

渭北旱原那些又深又大的土沟，上连北山下接渭河，山风呜呜，灌满黄土沟，七拐八拐拐到河滩时就有了啸音。黄土沟像根笛子，把山风过滤成很好听的音乐。

黄土沟拐弯的地方总要留下一些风。

北原的儿子娃娃又愣又硬，山风刮在肚皮上嗡儿嗡儿响。旱原冷娃多。风把黄尘挂在天上，黄尘像叶子；风把渭河的泥汤汤水灌进田禾，田禾黑油油血脉很旺。风吹冷娃的时候，冷娃们不吭声，蹲在原畔上。黄尘在天上飞蹿，像粉突突的鬼蛾扑他们的脸，把他们扑得土眉实眼。他们狗蹲着像地里的土坷垃，辨不清哪是人哪是土坷垃。

这些土坷垃有必要区别一下自己了，——呼！起身，跺脚，黑棉袄落在地上，一声长长的吼叫，没词，全是饱满的声音，一气有十多个节拍，那股子气从脚跟跺出来，穿肠过肚，肠子粗直胸谷陡深，脖根涨起一片赤红，那股子气炸裂开来，声音便有了旋律有了节奏，于是《下河东》《金沙滩》《三滴血》《包公赔情》……呼啦啦铺天盖地响起来。

旱原冷娃吼秦腔一般在晌午端，千里旱原无遮无拦。太阳落山时，冷娃走下原畔，到沟里去。沟底的柳树堆里冒着青烟，青烟里的流水亮晃晃的，冷娃瞅好半天，冷娃的眼窝里也冒起细细密密的青烟，青烟团沉甸甸挂在柳丝上，柳丝坠得好长。冷娃打尿颤，冷娃没尿，拐到沟坡上。沟坡上的白蒿又绵又软，冷娃躺在白蒿里，白蒿攥在手里像绵羊尾巴。

沟底有人洗衣服。噗！——噗！——噗！——嗞——手指缝里吐出白沫子，那是捣碎的黑皂荚。那人不是搓衣服是在搓水。原上没有风,草叶儿刷刷响,没人搓它们,它们响尿哩?

冷娃躺在白蒿里,看崖顶上的太阳,又红又大,像要下蛋的老母鸡。

女子洗完衣服走上来,走到白蒿跟前,冷娃像只黑狗呼地跳出来。女子"呀"叫一声,手捂着嘴。冷娃嘿嘿笑:"妹子响啥哩?"

"你说啥?谁响哩?"

"妹子响哩。"

"我不是鸟儿,我不会响。"

"咱听见了,满沟里全是水灵灵的响声,妹子响哩。"

"沟里有的是河水,你下去么,扑通一跳就喝饱了,保管你变王八。"

冷娃和女子这么一说话,女子就天天来洗衣服。沟河里的河水从女子手上飞起来,柳梢儿攒动,女子就响起来了。女子一会儿唱眉户一会儿唱碗碗腔,一唱就没个完。

女子一响,就再听不见冷娃野驴似地吼秦腔了。冷娃眼睛有了光,不再咋咋唬唬,钻在地里下死力气务庄稼。麦穗儿齐茬茬苞谷棒像圆浑浑的小腿肚子。女子上了坡,不敢抬头看,一抬头,满眼都是冷娃的胳膊冷娃的腿。女子知道,冷娃显灵哩。冷娃把河水撒在地里,黑油油长出大片芳香的田禾显自己的灵气哩。

女子才十六七岁。女子想这就是过日子。河水从北山的石头缝里迸出来,落进川道落进土坷垃里筑巢下蛋儿。这就是过日子。

冷娃大半年不吭声,乡党们说:"冷娃来段秦腔。"

冷娃说:"不来了,咱来过了。"

乡党们"噢"一声,知道冷娃瞅下人啦。冷娃的眼睛在那儿摆着么,瞳人是双的。瞅下了人的眼睛跟常人不一样,等把瞅下的人儿娶过来,把河水撒上,眼睛里的人儿就在媳妇身上了。媳妇一定得把小人儿生下来,冷娃就不是冷娃了:生铁坯子锻成了钢,冷娃当爸了。

当了爸的冷娃,举止稳重办事牢靠,是一头犍牛。一年四季,把地犁得酥酥的把娃娃养得圆头实脑的把媳妇耘得白白胖胖的。

冷娃不吼秦腔了,冷娃的铧尖扎进地里了。

北原上的男人一辈子就这么正儿八经吼一回。那一定是在十八九岁,二尿二百五的年纪。憋圆了吼一晌午,沟河里洗衣服的女子当中,一定会有一个要丧魂落魄。太阳压山,你到沟河湾最入眼的地方去找,那地方便痴呆呆立着一个乖女子,眉儿眼儿手儿脚儿头发梢儿样样入眼。这时候,二尿二百五还要惊惊乍乍叫一声:"我的他大大,河水在沟里飞哩,咋个飞起来了?"

女子说:"把眼窝子擦亮仔细看,是河水还是你大姐我。"

"河水么,白花花一堆亮银子,亮得咱睁不开眼了。"

"野驴似的叫了一晌午叫唤啥哩?"

"你听着了?"

"你那野驴腔道好听,得是?"

"难听,得是?"

"知道难听叫唤啥哩?"

"就这一回。"

"一回?"

"一回!往后再不叫唤了。"

女子痴半天,小声说:"想叫就叫唤,我不管尿你,不叫唤原上还凄惶呢。"

原上的人都是从这故事里出来的。

故事还没有完。再远一点,到了冬天,下雪前,一层浓霜把土原罩严实了,麦叶儿发黄埋在粪土下边,茅草干成团儿,而坡地里的蔓青叶子青油油的。蔓青叶子就苞谷糁子,香死一家子。到了隆冬,蔓青叶子吃光了。冷娃用镢头挖开冻土挖蔓根吃。蒸馍时把蔓根煮在锅里,馍熟蔓根烂。咬一口蔓根,粉甜,吃急了噎得人半天出不来气。

蔓根吃光了,冷娃离开土原出外打工,挣钱娶媳妇。冷娃一辈子只出一回远门,钱攒够把女人娶进门就不出远门了。以后还要打工,那只是在县城挣两个零花钱。走州过县跟吼秦腔一样,一辈子拼一回。出远门时,女子颤颤悠悠唱那支《走西口》。

这是北原的故事,儿子娃十七八岁女子十六七岁,无师自通。

妈妈说:"我没唱《走西口》。"

女教师很吃惊。

妈妈说:"我跟他爸一订婚,我就送他去工作。我没唱《走西口》,我唱《梁秋燕》,我是北原第一个唱这歌的。"

女教师便唱《梁秋燕》。女教师十七八岁的样子,唱得很洋气。

妈妈说:"唱了《梁秋燕》,吃饭走路急吼吼。"

女教师说:"一唱,感觉就是不一样了,像是在天上。"

"闺女啊,好好唱,唱多就成仙了。"

"大妈你真有意思。"

"你就是我们北原的仙女,仙女下凡。你这么一唱,我发梁就能听见。"

"他在秦岭深处,他听不见。"

"听得见,娃他爸在农机厂工作时,我天天唱《梁秋燕》,他爸来信说他听见我唱歌哩,还能听见凤鸣河的鸟儿。"

"凤鸣河的鸟儿?"

"你们城里人不信这个,我们北原人世世代代信这个,凤鸟一叫要出人物哩。自从凤鸣岐山,他爸在单位一年三次受奖,入党当班长,提拔成代理车间主任。"

"大伯也是领导,大伯现在干啥工作?"

"他爸早牺牲了。"

妈妈喉咙响一声,女教师再问,妈妈说:"我是北原第一个唱《梁秋燕》的,娃他爸快要显灵的时候,我听见凤鸣河唱起来。北原只有我一个人听见凤鸟的叫声,别人都不知道。我走到河边时,崖边挤满了人,大家说我成凤鸟了。我知道娃他爸遇上了好事,他爸不显灵我就听不见凤鸟的叫声。我送他到单位就是为了让他成个人物,北原好几辈子没出人物了。我搭车去单位,在北山下找到他爸。他爸的车间组成突击队,进山完成特殊任务,他爸是突击队小组长。我千里探夫,领导就把他撤下来陪我。他问我:这时候来单位干啥?我说:凤鸟叫了,听到的就我一个人;凤鸣岐山有贵人显灵,这回显的是你。他摆摆手:难说。他整天呆房子里,抽烟愣神儿。我说:你是主任了愁啥哩?他说:代理主任不是正式的,你不懂单位的规矩。听这话,我头就大了,锅盖揭得早,我来的不是时候。突击队在山里立了大功,上了报纸,上山的人都提升了。有了正式主任,他还当老班长。送我上车时,他蹲在路边哭了。他再也没有机会当军官了。他年底回来,没了人样儿,躺在炕上看天花板,说天花板是北山上的石头。秋天发大水,他丢下我娘儿俩走了。村里人说他命中有官,可惜底气不足,命只显出一半就显不出来了,塌窝了。"

女教师说:"发梁同志正在关键处,咱要给他鼓劲。"

女教师把发梁的地址抄在小本本上。手片儿大的粉红色日记本,记满了女教师少女的梦幻。软皮封面上有个鸟儿,妈妈用手摸一下,软软的光光的。

"好闺女,给我发梁多鼓点劲,发梁就能飞起来。"

女教师笑笑,毛毛眼亮晶晶,叫声大妈走出去。

妈妈睡不着。俩女人给儿子鼓劲,儿子能飞起来。

妈妈识字会写简短的信。儿子的信渐渐少了。乡党们说:"发梁要复杂些的,你的信太简单了。"

北原只有女教师会写复杂信。

女教师教娃娃们写字唱歌,女教师把二胡扛在肩膀上拉,拉出来的曲子怪怪的,比二胡好听。

乡党们说:"女教员会拉洋二胡,写的信肯定复杂。"

乡党们知道女教师跟发梁通上信了。乡党们议论几天就不议论了。发梁不再是北原的土坷垃了,漂亮而洋气的女教师是老天爷给贵人备下的,贵人显灵先要显在媳妇身上。

妈妈越思量越不是味儿,妈妈说:"先显在他妈身上,最后才显在媳妇身上。"

乡党们说:"发梁能飞女教员能飞,你飞不起来。你还在原上么,娃他爸在原上给你把地方占好了。"

妈妈的心叫刀子割一下。妈妈再看见女教师时,浑身上下黑血翻滚。女教师隔三见四来看妈妈,给妈妈买来苹果鸡蛋糕。妈妈吃了苹果吃了鸡蛋糕,身上的黑血照样翻滚。女教师的毛毛眼看着她,女教师看见她身上的血稠乎乎像柏油。

女教师说:"大妈,你病了?"

"没病,我好好的,没病。"

"大妈,你想吃啥给我说,我身边没亲人,你就是我的亲人。"

"我想我娃哩。我娃成龙了,要飞哩,我娃飞了我咋办呀?"

"大妈,发梁正在关键处,咱要耐下心来给他鼓劲。"

"信都不来,我给谁鼓劲去,我鼓的劲人家不要么。"

女教师的脸红得像一盏灯笼,里边亮亮的罩着一团火。妈妈伸手摸女教师的脸蛋:"闺女啊,你热烘烘的,我黑洞洞的。"

女教师打个冷战。妈妈黑洞洞的。女教师心里害怕,起身就走。走到月光地里,心里稍安。河那边的崖壁上有几眼窑洞,萤火虫飞出飞进。女教师来这两年了,知道北原的历史变迁。她难以想象,几百年前,姜进士母子能在这破窑里栖身,据说当时窑洞就这么破。

北原人对这破窑的崇敬是先天性的。

女教师走进她的小房子,翻出发梁的信。女教师终于在字里行间找到圆圆的黑洞。女教师一阵兴奋,双手捂着跳跃的胸口来回走几圈,刷!——拉上窗帘,关掉大灯泡揿亮小台灯,光亮被灯罩括在书桌上。

女教师展开信仔细看,黑洞又圆又深,很快动起来,摇头摆尾像一只小蝌蚪,三晃两晃晃到她身上,她就成了一团水。小蝌蚪激起细微的水声,女教师听见自己在响,确切地说是自己在唱歌。

女教师躺在小床上,心想:这就是老乡们说的凤鸣吗?河水鸟儿从黑洞里流出来。老乡们说黑洞里住着人的前世灵魂,那些灵魂投在谁身上谁就是贵人。投胎下凡的都是干大事的人,平头百姓没这个缘分。

女教师这才明白女人的使命,女人就是凤鸟。男人成龙女人成凤。发梁原来就是梦寐以求的白马王子。

女教师浑身燥热,解开衣服,双乳高得令人吃惊,乳沟很深,一直深下去,沟底有个洞。女教师叫起来。她不知不觉中被人射了一箭,箭镞穿胸而过,她竟浑然不觉。从秦岭深处射来的丘比特之箭就这样把她射穿了。女教师扑在枕头上哭起来,哭得很开心很痛快。哭到天亮,一想糟了,眼睛红桃儿似的咋进教室?一照镜子,眼睛上没有红桃儿,眼睛乌溜溜闪光,头发也放光,整个人儿神态慵懒。她知道这是女人最俏的时候。花儿开了,开得莫名其妙。

刚出屋子,校长就看见了。校长瞪圆了眼睛,教务主任和同事都瞪圆了眼睛。她在大家黑洞洞的目光里走得袅袅娜娜。

她说:"咋都这样子看我,我是天外来客吗?"

"是天外来客,是天外来客。"

校长说:"胡小敏同志,你有对象啦,你的对象不是平地卧的龙。你很有眼力么,女同志水平高不高,就看这个。女同志有了对象,就像禾苗见太阳特别漂亮,如果对象不是平庸之辈,那她的漂亮劲儿就超出尘世在天上了。胡小敏同志的美丽是从天上落下来的,是天女下凡。"

校长年过五十,是本地人,说得诚恳实在。其他女教师对胡小敏由嫉恨而羡慕。女人嫉妒时最丑而羡慕时却有几分娇媚,连那位白发女教师脸上也有了红晕,眼睛水灵灵的。

胡小敏就站在这样的目光里,看着黄土原上踽踽而行的太阳,校园里春光明媚。

女教师现在才知道自己叫胡小敏,好长时间,她忘记了自己忘记了周围的一切。

她给那个大山深处的小伙子写信,又在焦灼不安中等待回音。当她确信"胡小敏"就是自己的名字时,她当真就像从天而降,所有的一切就这样变成了新的。胡小敏就这样置身于新大陆,胡小敏因此而区别于所有的女性了,特别是恋爱中的女性。

胡小敏从同事圈里匆匆撤出来,经常一个人到树林里去到河边去到黄土高原一切有浪漫情调的地方去。

她在日记中写道:"我就是梧桐林里的鸟儿,我就是河水中的鱼儿,我就是旱原上的一朵红花。"

胡小敏在土原上寻找属于她自己的东西,扑面而来的风失去了往日的凌厉,湿乎乎的。胡小敏伸手去抓,那股温软的风飞远了,胡小敏看得真切,那风中有她自己。她开始奔跑,一直跑到凤鸣河边,那股风"噗"的一声投入河里,河水飞起来。

胡小敏听见了天地间最纯净的音乐,那曲子是河水在粗糙龟裂的老树的根上拉出来的。

胡小敏朝那棵树走过去。这样的树太多了,一棵挨着一棵。老树的根扎进河里,就有了声音,树上结满鸟儿。

胡小敏走啊走啊一直走到山根脚,青苍苍的大山挡住她。河水从山坳里流出来。她看清了,河水在山里是一只青鸟儿,青鸟儿一出山就成了一片金黄,沿北原展开它的双翅。

女人都想有这样的翅膀。女人天性就想成为大地,成为大地又飞起来。

胡小敏看见河畔的大石头上坐着一个老汉,老汉膝间衔着二胡,手一抖一抖,曲子像种子撒出来,落在哪儿哪儿长绿芽芽。

胡小敏站在老汉身边,忘记了时间,忘记了周围的群山和土原。天空飘满了鸟儿,鸟儿从四面八方往沟河里飞。

胡小敏说:"老大爷,水就是这样流出来的?"

老汉张张嘴没有声音,二胡如泣如诉。

胡小敏说:"这是啥曲子?是《二泉映月》吗?"

"《百鸟朝凤》,娃娃,《百鸟朝凤》。"

"太好听了,我在几十里外都能听见。"

"这是老先人的曲子,好几百年了。想老娘想疯了才拉这曲子。"

"大爷。你这么大年纪也想妈妈?"

老汉张张嘴没有声音,二胡如泣如诉……

那是个大户人家的千金小姐,看上了扛大活的长工,就逃到凤鸣河下游,住在寒窑里。长工进渭阳洞当和尚。两人一河相隔,生下一个儿子娃。

和尚天天到河边拉二胡。二胡一响,小姐就打开窑门,放进二胡声。北原上的鸟儿都飞到窑门口,围着小姐和她的儿子娃。

和尚一直拉到天黑。

他的儿子四岁上学,五岁显灵,二十岁中进士。和尚与小姐满以为他们熬出头了,没想到儿子发兵烧了渭阳洞。儿子成了朝廷命官,容不下和尚的苟且之事。小姐和和尚又逃回山坳老家。老家没人了,他们自己种地,又生下一个儿子娃,和尚改姜为曹,这是小姐的姓。儿子娃十八岁中状元，刚正耿介，为奸佞不容，早早离开人世。

胡小敏说："这是曹家沟吧？"

老汉说："这里都姓曹。"

"这曲子是写那位小姐的？"

"是写那个小姐的。她有过儿子，儿子成了大器，她反而啥都没有了，身边只有鸟儿，她临死前才知道自己本来就是一只鸟。"

"话不能这么说，她的两个儿子很了不起呀。"

"儿子是空的，姜进士差点杀了他爸，曹状元是个忠臣，只活了二十来岁，娶妻未生子就死了，要不是鸟儿来朝拜她，她进不了墓哩。"

"袁家沟有袁天罡，李家沟有李淳风，你们曹家沟要没曹状元，没人知道呢。"

"闺女，你说错了，曹家沟有个能招百鸟的小姐，"老汉气哼哼站起来，"你还不是听见《百鸟朝凤》才到这里来的？"

老汉把她钉在那里，远远走开。

胡小敏走了很久，等她回过神时，已经是十年后的事情了。

妈妈这里没有儿子的消息。妈妈跑到学校找胡小敏，胡小敏沉醉在那支如泣如诉的《百鸟朝凤》里。妈妈连问两声，胡小敏才清醒过来。噢！这就是母亲，这就是鸟儿萦绕膜拜的母亲！女人怎样才能做母亲呢？母性最辉煌的顶点就是那支二胡曲中的凤鸟。胡小敏满脸臊红，少女的温馨喷人哩。

妈妈干瘪瘪的，站在少女跟前打听儿子的消息。少女拉开抽屉，整整齐齐近百封信，信封上有蓝色的鸟儿有粉色的小花。少女抽出最后一封："大妈，这是他昨天的信。上级正考核他呢，考核完毕他就是正式排长了。这是他最关键的时候。"

少女只让她看信封，没有掏信瓤的意思。妈妈想摸里边的信瓤。

儿子写过字的纸张就像儿子的皮肤,妈妈很想摸摸儿子的皮肤。妈妈回忆起儿子幼时在自己的怀里,儿子的血液流起来就像河水流在田野上,她的手跟旱原的干土块一样在水浪里嗞嗞叫着松软开来了。

妈妈待一会儿,离开少女的小屋。

妈妈往回走。天空一片灰暗,她的头发全白了,她才四十岁。她过河的时候听见一声长长的鸟鸣。她坐在河边不走了。

妈妈知道凤鸣河边小姐和长工的故事。

几百年前的夜里,小姐和她的情人在那口破窑里,像北原所有的夫妻一样度过了一个完整的夜。以前,他们的相会总是短暂而仓促。儿子进士及第的消息刚到,他们就聚在一起。天快亮时,小姐的情人离开寒窑。他的二胡挂在河边挑水的地方。他拉起《百鸟朝凤》。小姐是他的凤鸟。他历经千难万险,依恋的是天下最美丽的妇人,他的心思化做飞翔的百鸟,日夜膜拜萦绕这鸟中之王。当凤鸟出现时,他的儿子也出现了。儿子身着大明朝的四品官服,侍卫环绕,密匝匝的弓箭手围上来。他不相信自己的眼睛。儿子是在二胡曲中长大的。儿子刚生下来时,他对小姐说:"娃娃有爸爸又没有爸爸。"

小姐说:"你拉二胡么,你拉二胡他就认你。"

他说:"吃奶的娃娃听不懂曲子。"

小姐说:"能听懂,我就是听你拉二胡才跟你的。"

他说:"二胡里的鸟儿是你不是娃娃。"

小姐说:"娃娃是从哪里来的?"

他想想,就是这个理。他离开破窑,到河边他挑水的地方,二胡挂在树上。他打个唿哨,河两岸的鸟儿扑棱棱飞起来,飞起来就落不下来了。长悠悠的二胡曲把鸟的双翅熨得又光又平。

他看见小姐坐在窑前,举着小宝宝。小宝宝的眼睛像碧天里的星星,小星星的眨动说明二胡曲子流进去了,流进小宝宝的耳朵。

小宝宝在二胡曲中长到五岁。小姐送宝宝到河对岸的私塾里上学。私塾先生不相信五岁的娃娃能识字,小姐起个头,小宝宝一口气背诵三十首唐诗。先生惊喜之下收了这个小娃娃。

先生说:"唐诗宋词是陶冶性情的;要干大事一定要读圣贤书。"

先生的书桌上放着朱子家语三字经千字文。

先生说:"这娃娃聪明,读了圣贤书中个进士问题不大。"

小姐满心欢喜。

小姐回来对他说:"我要等到我儿子中状元那一天。"

儿子入私塾,二胡声依然在凤鸣河边响着。小姐和她的情人都以为儿子是在二胡曲中长大的,其实,儿子进私塾后就听不见这乡村乐曲了。先生讲论语,儿子便知道了周礼和韶乐,儿子还知道宫廷里有王乐。

儿子进了私塾先生的窑洞就没再出来。

儿子四岁进那个黑洞,五岁显灵,显的是父精母血之灵。还灵于母,儿子从此不再回头。二十岁那年,儿子从西安府领着一哨人马回来了。儿子带来弓箭手和火焰。

儿子回来后不再是儿子了。

小姐又回到娘家。娘家早已败落。好在小姐才三十来岁,她的情人有一身好力气。在娘家的荒地里,他们开始了新的生活。情人的《百鸟朝凤》成为北原的传统曲目。

妈妈坐在河边想那位伟大的母亲。

妈妈是真正的寡妇。妈妈送走了丈夫,送走了儿子。儿子回来不会进她的破屋子。儿子先要到女教师那里去。妈妈失去了丈夫,妈妈不能失去儿子。

妈妈蹚过秋天的凤鸣河,湿淋淋直奔邮局。

妈妈一天一封电报,拍了十二封电报。最后一封拍出去后,妈妈被人抬回家里。

半个月后,妈妈听到了儿子的脚步声。妈妈下炕走到院子里。风从原顶吹来,风带有酸枣的香味,风有了儿子的气息,儿子开始走进妈妈的世界。妈妈明白了:这些年儿子不是她的。当儿子与她的纽带快要断裂时,她猛一扑,又把儿子扑回来了。

儿子在几十里外的小站下车,一步一步爬上北原。儿子走到她跟前哇一声叫起来,儿子在院子里又叫又跳,儿子最后倒在地上手脚乱抖。儿子躺了三天,悄悄返回单位。

儿子走时把一沓电报甩在桌上,每封电报都是:母病危速归。年底,儿子彻底回来了。儿子进门后抱头大哭。

胡小敏说:"大妈你真是的,发梁正在关键处,有困难你找我么,关键时候叫他回来,名额叫别人顶了。"

胡小敏极力劝慰,儿子冷如磐石,儿子傻乎乎的,谁也不理。天黑时胡小敏离开他们家。

妈妈说:"狗娃,妈想你。"

儿子跳起来:"我爸就是你弄死的,你又来弄我。"

"妈想你呀,狗娃。"

儿子龇牙咧嘴,儿子咬劳动布工作服的领子,马上要变成公家人了,妈妈把这个机会给弄没了。儿子的吼声像炮弹:"你不是想我吗?我回来了,你想吧想吧想死你。"

胡小敏天天来看儿子,儿子不敢用正眼看这个漂亮的女教师。

妈妈不能动了,妈妈干瘦的脑袋越来越清醒,妈妈越清醒心里越难受,妈妈说:"狗娃你吼吧,你吼我我就好了。"

儿子不吼了,儿子看原顶上的鸟鸟,鸟鸟一群一群飞进沟里。胡小敏来时,儿子也不说话,儿子谁也不理。

妈妈说:"你不理我,也得跟人家姑娘说说话呀,这姑娘真心喜你哩。"

儿子说:"我拿什么喜欢她?她是国家干部是城里人,我拿什么去喜欢?你把我的机会弄丢了,我又成了土疙瘩。"

儿子吧嗒关上嘴巴,不说话了。

春节过后,妈妈没有起床。妈妈做了一个梦,梦见院子里的干柴禾长出了绿芽芽。

妈妈说:"发梁,把那堆柴禾点着。"

儿子把柴禾点着,火焰飞起来,霍霍响。

妈妈说:"这是凤鸟,一直在妈身上,它飞起来我娃才能干大事。火烧财门开,我娃命里有官哩。"

妈妈说完这话,一把抓住儿子的手,儿子感到骇怕,这不是妈妈的手,这是一块石头。

妈妈的手一抽一抽。

儿子说:"妈,你找啥哩?"

妈妈的眼睛黑洞洞,没有光亮,妈妈瞎了。

妈妈说:"我找我娃哩,我娃在哪哒?叫妈摸摸,阎王爷叫妈走哩,急得很。"

妈妈一把推开儿子,双手在空中乱抓,边抓边叫:"我抓住了,我抓住了,狗娃你飞吧,我抓住了,我一抓就知道狗娃不是我的了,干大事的娃娃都不是爹娘养的。"

妈妈抓在空中的手停住,像干树枝。

妈妈说:"干大事的娃娃是天上下来的,借老娘的肚子,他们一懂事就要忘了老娘。"

妈妈的嘴张得很大,嘴唇快要绷出骨头。妈妈的嘴发不出声音,妈妈啊啊叫一阵,不叫了,硬在炕头上。

发梁好长时间不知道这是怎么回事。后来他对周长元说:"我爸要是听到这话,就不会失败。"

他说:"鸟之将亡其鸣也哀,人之将死其言也善。妈妈咽气前说出了人间的至理。"

妈妈的话抵消了十二封电报对儿子的伤害。

发梁坐到天亮,奇怪自己竟然没有悲哀,至少也该哭两声。爸爸死的时候,他还没满月,不懂事。现在他二十三岁了,他是北原出过远门的人,懂的事情多。懂事太多真不好哭。他好长时间弄不清这个道理。

吃早饭时,发梁告诉村里人,他妈死了。支书和家族里的人进屋里。支书转身给发梁一个耳光:"牲口,你妈死了咋不罩脸?"支书揭开炕席,抓一张黄巴巴的纸片,抖抖灰尘,罩在妈妈脸上。

办完丧事,支书长辈儿和舅舅三堂会审,发梁说:"你们这是干啥?"

"你没当上官拿你妈出气,乡党们都听见了。你妈是你气死的,告公安局你个卖勾子要坐监狱。"

舅舅抽发梁两耳光:"姜家先人吃狗屎啦,养下你这牲口,你老子把我妹娶进门在家没待过一天,我妹当牛做马二十年,我打你这小牲口。"

舅舅跳起来抓鞋在手,被人挡了。

发梁说:"支书你别演戏了,你弄不臭我,我当不上公家人,当大队支书随便。"

支书说:"我说你是牲口,你舅舅也说你是牲口,你是咱北原头号大牲口。牲口当支书,河里的王八当县长哩。"

发梁走到街上,娃娃们学牛叫学狗叫学驴子叫。大伙儿说:"发梁你听见了吗,娃娃伙叫你哩,你是牲口。"

发梁没想到自己能变成牲口。

发梁看见小学校的红砖房子,想走开,女教师在门口叫他,进屋子里,胡小敏看他好半天,指桌上的小圆镜说:"你快成犯人了。"

发梁说:"没课?"

"没课。"

胡小敏煮挂面打鸡蛋,小煤油炉吐出的火焰像树叶子绿绿的。

胡小敏说:"我去参加丧礼,大家都用那种眼光看我。"

"他们不相信你能来。"

胡小敏鼻腔里笑,发梁闻到她胸脖间散出的体香。饭菜摆好。胡小敏说:"随便吃。"

发梁头低下去,马上响起一片呼噜声。

胡小敏说:"我第一次见人这么香吃饭。你把粮食的香味全吃出来了,所有的颗粒都喜欢让你咀嚼。"

"你说啥?"

"你能嚼出粮食的真味儿。"

发梁吃饱喝足走几圈,胡小敏说:"咱上街去。"

骑上胡小敏的车子从村街上过,胡小敏说:"骑慢点,慌啥?"

村里人看他们上了公路,就说:"这牲口,驮这么个乖女子。"

胡小敏领他进理发馆,出来时他焕然一新。

胡小敏上下打量他:"还差一样东西。"

他们进百货大楼,胡小敏挑一件四个兜儿的中山装叫发梁换上,一副干部派头就这样扎绑起来了。

胡小敏说:"叫大家看看,你就是当干部的。"

发梁说:"他们说我是牲口。"

"牲口咋啦?有牲口劲儿才能干大事。"

两年后,1978年,发梁被任命为红光大队支部书记。老支书捏着红头文件看发梁。

发梁说:"你早该正眼看人了。"

支委们说:"发梁这两年一直把自己当干部看待,你看他身上穿的。"

四个兜儿的中山装发白发毛了。

发梁说:"我十六岁工作,十七岁入党,十八岁当班长,十九岁代理排长,二十三岁回乡,二十四岁当上支书。大队支书就是连指导员,正连级,这些年我一直升着哩,没断弦。"

支委们眼睛跟嘴一样大。

发梁说:"我二十四了,该娶媳妇了。"

发梁"吱"地拉开皮包,糖果花生金丝猴香烟,支委们参加县上三干会时,见过县委的头头们吃这东西,自己没尝过。大家噼噼啪啪吃开了。老支书绷着脸起身要走,大家连哄带劝,两颗花生豆下肚便屁股坐稳了。

发梁说:"叔别生气啦,北原在咱姜家人手里么,没丢么。"

支委们说:"对着哩对着哩,总比外姓人当支书强么。"

发梁说:"我妈叫我发梁,姜家几辈子没发了,该发了。"

支委们说:"明朝出个姜天正,清朝出个张成元,听说张成元在广东当知县时,跟着林则徐禁过鸦片烟,民国以后咱北原就不出人才了。"

胡小敏父母不同意女儿嫁给老农民,结婚那天,娘家只来胡小敏的姐姐和几个同学。公社文教干事主持婚礼。按老规矩,新媳妇三天后回娘家住,胡小敏没回。

接着是大年初一,发梁两口子挨门挨户给乡党拜年。胡小敏给娃娃们发压岁钱发糖果,一毛二毛,大家高兴。

这么俊俏的城里姑娘落到北原,乡党们觉得这是一只金凤凰。

婚筵是北原这几年最丰盛的一次,乡党们觉得发梁把大家当一回事,比老支书强,大家便说人家发梁不是牲口,当支书对着哩。

发梁骑着飞鸽自行车忙大队的工作,胡小敏骑着凤凰车教娃娃们唱歌写字。发梁的中山装换成西装,老支书看不惯,站大街上说:"把牲口当人哩,大伙儿的屎眼日瞎了。"

老支书咋看发梁都是头牲口。

老支书挡住他的飞鸽车子:"你再变还是头牲口,我没看错。"

发梁说:"你说我是啥我就是啥,咱北原名字叫发梁的好几十个呢,真发梁就我一个,你把人认亮清了。"

发梁的脖子伸出去,像天上的雁。老支书说:"我死了,就没人说你是牲口了。"

老支书开春去世。追悼会一完,发梁一个人溜到凤鸣河边。没人说你是牲口的时候,你最像一头牲口。

21

布政使朝见皇帝时,与新科状元曹玉林相遇。文武百官大吃一惊,连皇上也侧身向前,以为看错人了。

曹状元说:"家母说过,朝中有个做布政使的哥哥。"

布政使想起母亲改嫁时的誓言,母亲果真生养了一个比他厉害的小兄弟。

曹状元留做京官,前途不可估量,人们渐渐忘了显赫一时的姜天正。

回湖北不久,岳父来信言及此事,说曹状元才学人品甚至长相均在姜天正之上。连岳父大人都是这等口气,想见京师的人把他姜某连根拔掉了。

不久,曹状元奉旨巡察长江沿岸灾情,曹状元年方十八岁,治水理财断案的本领令人吃惊。行至武昌,哥哥为弟弟接风洗尘。曹状元伫立船头,朝兄长拱手朝武昌的官员百姓们拱手。帆船成了一片白影。人们听着拍岸的涛声。曹状元的影子就这样笼罩了武昌。

布政使快憋死了。人们再次看他时,那目光与以前大不相同,他已不复存在。他是曹状元的哥哥,取掉曹状元,他是何许人也无人知晓。母亲生养这样的弟弟,就是为了否认他的存在。

母亲当年离开渭阳洞时,不正眼看他,母亲满脸悔恨之情。自己的儿子新官上任三把火,第一把火烧死了七百多口人。母亲把他看成嗜血的动物。

他的冷酷,同僚们也颇有微辞。

湖北是朝廷财政的大动脉,辽东吃紧,叛贼迭起,皇上派他到武昌来是让他给朝廷刮银子。他上缴的赋税比前任多一倍,前任的脑袋就搬家了。皇上信任缴钱多的大臣。这是很自然的道理。

曹状元行至武昌,万民空巷,同僚侧目。

不久,皇上传来圣谕:长江沿岸灾情严重,赋税减半。曹状元的奏折起了作用。

布政使微服私访时,听见船工们指名道姓骂他是牲口,不是人养的。布政使要大开杀戒,属僚们提醒他:小心激起民变。反贼张献忠出没于川鄂一带,布政使心有余悸。

兄弟与他独处时,说:"母亲嘴上咒你,梦里唤你,望兄长体谅母亲的一片苦心。"

兄弟取出母亲的信。信是写给兄弟的,言及他时,慈爱之情溢于言表。

京师传来消息,后金改朝为清。布政使暗吃一惊,忙取出《周易》,明主火,清主水,水火相克。松花江滔滔的江水历历在目,努尔哈赤纵马江涛,如长虹贯日,气势非凡。努尔哈赤虽死于宁远城下,他的儿子皇太极,雄心不在其父之下。不知皇上怎么想,布政使感觉到大明朝危在旦夕。

有位游方僧来到官衙求见,衙役要撵,游方僧说:"贫僧从北方来,与姜大人闲聊几句。"

布政使吩咐放他进来。来人是个关东大汉。布政使问他从何处来?游方僧说:"贫僧从松花江来。"布政使唤人上茶。

游方僧说:"贫僧是长春真人邱处机的老乡,大人一定知道成吉思汗了。"

布政使点点头:"师傅从东北来,听说后金改为清了。"

游方僧说:"大明为火,大清为水,水火相克,大明气数已尽。"

布政使默不作声。

游方僧说:"贫僧拜见大人,只为一件事,大人乃前世贵人下凡,社稷将毁,大人早早脱离尘世方为上策。"

布政使低头品茶。

游方僧说:"大明的臣子中你第一个点破了皇上的心思,大明若能中兴,你便是皇上的肱股;大明若分崩离析,皇上要杀的首先是你。皇上可以蒙别人,可蒙不了你。大人身上的灵气太足了,大人生不逢时啊。"

"废话,皇上对我恩重如山,即使杀我,我也毫无怨言。"

"皇上重用你的时候就埋下杀机了。"

"我怎么还活着呢?"

"杀心已定,时机一到,会杀你的。"

布政使合上眼睛。

游方僧说:"大人与牢里的死囚何异?死囚入牢之日就知道自己的死期,只是大人的死期不确定罢了。"

布政使浑身冒汗。

游方僧说:"大人出家愈早愈好。"

布政使说:"姜某宁做山民村夫,也不会做和尚的。"

游方僧不知道渭阳洞骚和尚的故事。

游方僧说:"大人既知性命已休,何必存鱼死网破之念。恕贫僧直言,大明的栋梁只剩下袁崇焕和曹玉林了。袁、曹两人与大人形同水火,两人必死大人之手。大人薛仁贵薛平贵之后乎秦桧之后乎?"

游方僧几句话把布政使打懵,悄悄退下。

夫人见他闷闷不乐,问道:"老爷身体不舒服?"

布政使说:"我竭尽全力为朝廷聚财,我兄弟来武昌逗留两天,我的政绩全成罪过了。此事暂且不论,袁崇焕能打仗,我兄弟还是个毛孩子,他能干什么? 竟被时人目为朝廷栋梁。"

夫人说:"岳飞有句名言:文臣不爱钱,武将不怕死,天下可兴。大明这样的臣子太少了。"

布政使厉声说道:"我是奸臣不成?"

夫人默不作声。

布政使说:"他说我是秦桧,栋梁之臣要死于我手,我是秦桧吗?"

夫人说:"老爷怎么能是秦桧呢? 老爷备受皇上信任,何必相信小人的闲言碎语呢?"

布政使说:"同僚说这种话倒还罢了,此话出自云游四方的和尚之口,这些人身在尘世外,心知天下事,莫非我姜某以后真要犯罪?"

夫人说:"和尚是提醒老爷,不要伤害栋梁之材。哪位大臣不把自己目为社稷栋梁呢? 真正的栋梁难免为人所嫉恨。老爷是曹状元的兄长,又曾巡察辽东战事,与袁崇焕有过交往,老爷的言行对袁、曹二人至关重要,若皇上询问袁、曹两人的情况时,老爷多说好话就是了。"

布政使说:"十多年前,我也被人目为朝廷栋梁,那时我以为不出几年做内阁大学士没问题,布政使一任便是十多年。皇上把我忘了,同僚把我也忘了。"

"没人忘您,老爷。"

"职位不变,停滞不前,如同一团死水。只有升官的时候大家才注意你,几年不动别人就会忘掉你。"

"官职因事而设,总不能天天升年年升。"

"夫人说的跟我想的是两码子事。"

第二天,布政使接到上京晋见皇上的圣旨。奉旨而来的太监,已认不出当年屡次进宫的布政使了。布政使多次提醒,太监嘴里都是曹状元和一些陌生官员的名字。布政使沉默不语。

沿途的官员对布政使更是熟视无睹。青山不老,绿水长流,十多年时间布政使找不到自己的影子了。

布政使说:"两位公公,每年的贡赋何处最多呀?"

"湖广最多。"

布政使说:"武昌每年的赋税均列榜首,皇恩浩荡,卑职每年都被皇上传旨嘉奖。"

"皇上每天都有嘉奖圣旨,一年算什么!"

"嘉奖圣旨天天有?"

"姜大人当外官太久了,成乡巴佬了。"

进京城,布政使洗漱一新换上朝服来到宫外,里边喊一声:"湖北布政使上殿。"文武百官神情木然,布政使手持笏板,徐徐向前,向皇上叩头施礼平身。

皇上说:"曹爱卿辛苦了。"

布政使差一点笏板落地,大臣们并未觉察皇上有误。

皇上说:"湖北赋税连年榜上有名,曹爱卿此去要超过前任。"

退朝时,布政使问门外的小太监:"两位公公接我来,怎么变成曹玉林呢?"

公公说:"曹状元升任川鄂布政使,前任等候任命,你急什么,那是皇上的事。"

退朝的大臣个个面带讥笑。

户部尚书王大人认出这是自己的女婿:"升迁乃仕途惯例,你不必大惊小怪。"

布政使随岳父回府,拜见岳母,叙谈家常。饭后,布政使随岳父进书房,坐定后,岳父说:"湖北的赋税有那么多吗?"

布政使说:"受皇上信任,我竭尽全力罢了。"

岳父说:"你给同僚出难题,湖北弹劾你的奏折雪片似的,赋税太重,造成饥民数十万啊。民为社稷之本,你顾上不顾下,这次调你回京是大多数官员下的死心。"

"皇上为何认错人呢?明明是我姜某,皇上却说曹爱卿如何如何。"

"真有这事?"

"就在刚才,大殿众目睽睽之下,我以为我消失了。"

"准是你听错了,皇上怎么能错,再说还有那么多大臣,大家都错了,就你对?岂有此理。"

"自从曹状元出来,我就没了。"

"贤婿多虑了,老夫经历的事比你多,挂职候任区区小事,亏你说得出口,让你做首辅你就存在了,大家就看见你了?"

"挂职候任,挂多久呢?"

"短则数月,长则一年。"

离开职位,整天轻飘飘的。姜天正现在什么都不是了,布政使给撸掉了。布政使的老虎皮他披了十多年,猛然揭去,像揭掉一层皮肉,他还剩什么呢?他什么都不是了。"姜天正"这三个字是母亲给的,母亲改嫁那天就取消了"姜天正"这个名字,他只剩进士头衔。

他以进士自号,而北京城姓姜的进士就有几十个,他算什么呢?

他走在京城的茶馆酒肆间,这就是人间,他感到陌生而新鲜,他早已不习惯人间生活了。

从幼年时代起,他向往高贵而非人间的生活,天上的神仙可以下凡,穿上凡夫俗子的衣服,但他们是命中注定的贵人。贵人有落难的时候,薛仁贵当过长工,薛平贵当过叫花子,他们当大将军后就永远是大将军了。贵人落难只有一次。

姜天正对他的生命产生了怀疑。

在渭阳洞寒窗苦读十五年,他为脱离尘世作了不懈的努力。二十岁那年,他相信他永远告别尘世,与自己的前世重逢。

姜天正走出茶馆酒肆,太监在街口等候他。

见了皇上,他说:"进士姜某叩见皇上。"

皇上笑了:"明明是布政使么,怎么成了进士姜某?天下姓姜的进士何其多矣,布政使姜天正就你一人么。"

"我发现我不在我身上了。"

"你是薛仁贵转世,一旦挂职候任,当然弄不清自身何在。"

"挂久了,姜某大概得选择转世投胎的地方了。"

"姜爱卿多虑了,曹玉林的布政使不会超过一年。他弄不到那么多赋税,他是另一种人。龙生九子,各不相同,你们兄弟俩都是大明的栋梁,而你是属于朕的,曹玉林是属于太祖皇帝的。我不是太祖皇帝,我的雄风不劲呐,催不起曹状元这匹神骏。"

"皇上贵为天子,曹玉林身为臣子,臣子的本分是尽犬马之劳,皇上太抬举他啦。"

"曹状元确实是一匹好马,曹玉林中状元的那天夜里,朕梦见姜爱卿进宫求见,与朕谈岳飞的良马对。良马相继以亡,天下皆驽钝之材也。朕梦醒之后,便收到姜爱卿的奏折。"

皇上在龙案上找那个折子。

姜天正说:"臣谈的是当年在辽东的见闻,努尔哈赤纵马跃江的情景臣确实难以忘怀。努尔哈赤以真命天子自居,竟毙命于袁崇焕之手,后金兵将都说金主的龙气叫袁崇焕弄走了,袁崇焕是曹操曹孟德再世。"

皇上说:"朕抓了袁崇焕,不少人犯颜直谏,说袁是大明的岳飞,言外之意朕成了赵构。朕平生最看不起宋高宗赵构,只有爱卿支持朕,朕当机立断,斩了袁崇焕。"

皇上说到这里,几乎是自言自语:"大明还没有到南宋那种地步,这帮该死的东西。"

姜天正说:"南宋偏安江左,哪能跟大明相比,圣朝有十万里江山,是南宋的十几倍。"

皇上没有吭声,望着墙壁,望了很久:"你还是布政使,有职无权的状况你受不了。"

"曹状元刚上任啊。"

"你不要回湖北了。你去陕西,陕西让孙传庭弄得一塌糊涂,李自成快成西北王了,"皇上的目光又移到墙壁上,"李自成、张献忠,还有辽东的鞑子,都自命为真龙天子,天下有这么多真龙天子吗?"

布政使说:"天无二日,他们是痴心妄想。李自成是个杂种,成不了气候。"

皇上白了他一眼,皇上要的是真凭实据,不是咒骂。

布政使说:"李自成的家世臣弄清楚了,其母与县衙的差役通奸,李自成难以忍受,聚众斩杀差役,为父雪耻。其实,他的生身父亲就是差役,他的义举实为不义。"

"朕从未听过此事。"

"臣在陕西任职时,李自成隐兵商洛山区,西安府的属僚谈李色变。臣派人去榆林摸李的老底,好心中有数。"

"姜爱卿果然棋高一着。"

"闯贼姓氏为李,却不是李氏的血脉,其血肉之躯是差役所给,却不能承差役的名分,他算什么呢? 家谱里没他的位置,他是空的,是来路不明的野种,人气不全遑论龙气?"

"杨嗣昌孙传庭众口一辞,把李自成说成天神下凡,经爱卿这么一说,朕无忧矣。"

皇上太疲累了:"松山吃紧,洪承畴统兵十五万成败在此一举。"

"皇上,大军北伐,各省的银两一定要供上。"

"曹玉林刚到湖北就要减税,误了辽东战事,朕要他的脑袋。"

皇上的眼睛盯着布政使:"他是你的同母异父兄弟啊。"

布政使说:"他是大明的臣子,不为朝廷效力,当诛便诛。"

皇上说:"曹玉林确实是个人才,状元及第名动朝野,朕差一点认错人,大臣们都说曹状元是姜爱卿的替身,可以以假乱真,你二人谁是真的呢?"

布政使说:"臣生于渭北渭阳洞,生父为渭阳洞人氏。母亲改嫁曹家沟生下曹状元,曹、姜两家相隔数十里地。"

皇上说:"都是有名有姓的人啊,曹状元的前世是谁呢?"

布政使说:"臣离开北原一直在外任职,母亲改嫁后的事情就不知道了。"

皇上说:"母亲改嫁有失名节,姜爱卿有难言之隐啊。"

布政使默默不语。

皇上说:"从那时起,你对圣贤的经典就有了新的看法?"

布政使说:"回皇上的话,是这样,臣受此打击,彻夜难眠,翻阅朱熹的大作和太史公的孔圣家史,便发现了文字后的隐义。"

皇上说:"朱氏的黑洞未免太深了,朕差点掉下去。"

布政使冒一身冷汗,皇上的话很轻很慢:"朕一直把朱熹当做一介书生,朕在朱氏大典的黑洞里走了整整十年,方醒悟过来,朱先生是朕的祖先,五百年前是一家人。"

皇上说:"十年前的今天,姜爱卿指点迷津,朕看到了朱氏大典的黑洞。知道这个黑洞的除朕之外唯有你姜爱卿。无独有偶,皇太极改后金为清,鞑子入主中原之心昭然若揭。十年前,姜爱卿说凤鸣岐山,大明中兴有望;十年后,大明日落西山。凤鸣岐山必有王者兴,皇太极乃北方鞑子,从未入关,却对朕的后宫了若指掌。"

布政使说:"努尔哈赤落难时到过中原,他的后代没有到过关里。"

皇上说："皇太极给朕上表,说有凤鸟落进朕的后宫。"

布政使说："凤落京师乃吉祥之兆。"

皇上说："朕也这么想。果真如此,凤鸟该显其形鸣其声。朕查遍后宫,不见凤鸟的踪影。彻夜谛听也不闻凤鸣之声,朕召你进宫,就是这个缘故。"

布政使早已匍匐在地,抖作一团："皇上,后宫乃天子禁苑,臣万难从命。"

"你想抗旨不遵?"

"臣不敢。"

"姜爱卿多虑了,公公陪着你呢,闻有凤鸣之声如实相告。"

两个小太监陪他出殿,转向后宫。后宫的红墙掩映在绵绵的绿柳中,宫娥的歌声远远飘来,布政使迈不开脚。

小太监说："先生听见凤鸣声就算完成任务。"

十多年前,布政使出巡辽东被俘后,努尔哈赤曾派一名贝勒陪他,也是等候凤鸣之声。凤鸣之时,贝勒即被处死,还魂于金主。布政使现在便充当那个贝勒的角色。

"皇上叫你进宫哪。"

"在墙外可以听见。"

"先生,咱们是同命,凤鸣之时我等就会送命。"

"公公多虑了,送命的是我,与二位无涉。二位公公是净过身的人,怎能听见凤鸟的叫声?"

太监张大嘴巴,仿佛吸第一口空气。

布政使说："凤鸟就在宫里。"

"姜大人,你能听见?"

"早就听见了。"

"姜大人可要奏明皇上啊，否则我们二人就没命了。"

布政使六岁时就显示了前世的灵魂，凤鸟的叫声曾数次出现，从没有今天这样清晰。

太监说："凤鸟在哪里？"

"那些宫女就是凤鸟。"

"都是吗？"

"三千粉黛，必有一个是真的。十多年前，我在辽东听过凤鸟的叫声，我以为是薛仁贵薛平贵显灵于袁崇焕，金主皇太极就是那年显灵的。"

"这次凤鸟鸣于皇上后宫是怎么回事？"

"后金改号为清，凤鸣于大明天子的后宫，这是凶兆。"

"皇太极觊觎天子的后宫，这不是造反吗？"

"鞑子闹了几十年，为的就是这一天。"

布政使进殿回奏皇上，后宫确有凤鸣之声。

皇上若有所思。

布政使已抱定必死的决心："皇上，臣曾三次闻凤鸣之声。第一次是臣初任八府巡按剿灭渭阳洞时，凤鸟从大火中飞出，群鸟萦绕片刻散去。第二次是在辽东被俘时，凤鸟鸣于松花江上，当是时也，袁崇焕大兵压境，凤鸟显灵非同寻常。这次凤鸟鸣于天子后宫，臣在宫墙外，但可以听见那是宫女的声音。"

"宫女的声音？"

"三千宫娥皆为凤，凤鸣配龙吟，皇上可立皇后。"

皇上怔了片刻，说："你回陕西去吧。"

布政使死里逃生，带上侍童匆匆离京。

临行前，岳父说："贤婿小心为妙，国势一天不如一天。皇上喜怒无常，昨天你刚出殿，皇上就杀了三个妃子。"

侍童说:"袁妃最受宠爱,也被杀了。"

岳父说:"皇上杀她,就因她姓袁,皇上讨厌袁崇焕。"

布政使:"袁崇焕死了好几年了,皇上还记恨他?"

岳父说:"袁崇焕比岳飞还冤哩。"

布政使说:"你把袁崇焕当岳飞?"

岳父说:"大家都说袁崇焕是岳飞,不是我一人之见。"

布政使仿佛听痴人说梦。

岳父说:"岳飞蒙冤,韩世忠尚能质问秦桧,袁将军蒙冤,无人敢言。"

布政使心跳加快,突然说:"我只不过给皇上上过一道奏折,我又不是首辅大学士,我能把袁崇焕怎么样?"

岳父说:"你给皇上上过奏折?"

布政使的嘴巴被冷风吹得呜呜响。

岳父说:"你上奏折的时候,袁崇焕刚下死牢,皇上犹豫不决,你掺和得可真是时候。"

岳父咳嗽,布政使好不容易喘口气,岳父本来要说他是秦桧,岳父一阵咳嗽冷静下来。岳父说:"你兄弟曹玉林是国家栋梁,你要鼎力相助不要加害于他。"

老岳父拱拱手,上轿走了。

侍童说:"都说袁崇焕死于秦桧之手,秦桧是宋朝人啊。"

布政使说:"大宋时有人说他,到了大明朝没人敢说他。"

侍童说:"为啥?"

布政使说:"他有法子不让人说他,现在是大明朝了。"

22

侍童是从武昌带来的,第一次来西北。进潼关,黄土高原金灿灿仿佛一只只老虎猛然扑过来,侍童"老爷老爷"叫个不停,侍童把奔突驰骋的黄土当做黄河了。

老爷的眼睛湿漉漉的像泥水里的小蝌蚪,摆动黑黑的小尾巴:"娃娃,别看这土原荒凉,这里养人啊。"

车声辚辚,叩着渭河大堤。堤两边的原底下,露出团团树荫,树冠多为墨色。过往的百姓体壮个高面色红润皆着黑衣。麦子和油菜长势很旺,不亚于江南水乡。

布政使说:"渭北产小麦,渭南产大米,大米比武昌米好吃。"

侍童可以吃到白米饭了,满心欢喜:"老爷,刚才把我吓坏了,我当是洪水来了。"

"关中没洪水,你是叫长江的洪水吓怕了。"

侍童心里想:老爷这么好,不像是秦桧。

西安府的官员早已迎候城外。酒宴上,布政使四平八稳。座中有布政使当年的属僚,想那十多年前,布政使初任西安府,风华正茂,意气风发;宦海泛舟十余年,眨眼即逝,布政使还是布政使。众人都以为布政使迟早会做到首辅大学士。

布政使说:"我回来了。"

大家竖起耳朵听下文,布政使却低头喝汤,喝了很久。

回府衙后,布政使向下属打听西安府有名气的木匠石匠泥瓦匠。布政使要在钟楼那边给母亲修一座牌坊。还要在老家渭阳镇修一座。

下属还愣着,布政使说:"我来陕西就是要了结这桩心愿。"

吩咐完毕,布政使松一口气。

侍童说:"老爷修牌坊干什么?"

布政使说:"给母亲尽点孝心。皇上说不定哪天杀了我,趁活着把该办的事都办了。"

布政使心头一怔,唯有这孝心是真实的,而他对皇上的忠诚只有苍天知晓。他的灵魂从前世到现世到来世蜿蜒而上,他却没有成为他灵魂所显示的那种人。种种迹象表明,他早已成为圣朝的秦桧。他在关键时刻给袁崇焕致命一击。他在湖北为皇上刮的银子史无前例空前绝后,他兄弟曹玉林接管的是一个无底洞,曹玉林只能超过前任,又不能苦了百姓,曹玉林必死无疑。布政使的心在呐喊,没人听得见。侍童就站在跟前,侍童毫无察觉。布政使听见辽东大地松花江浩荡的涛声,他去辽东后再没回来。松花江是个梦。薛平贵去过那里,岳飞的孙子岳雷去过那里,秦桧去过那里。袁崇焕去的时候是薛平贵,回来时成了岳飞。布政使是怀着青蛇的梦去的,布政使去的时候是薛平贵,回来却成了秦桧。他曾在梦中很详尽地回忆探索秦桧的隐衷,不是没有道理的。皇上应该杀他。

布政使说:"我不该离开京师,应该多待几天,皇上可能另有安排。"

侍童说:"皇上对你不怀好意,你不在京师他就能忘掉你。"

"皇上忘不了我。"

"皇上想杀你呢。"

"杀了更好。君叫臣死,臣岂能不死?"

侍童心里说:"老爷不是秦桧,秦桧是老死的,秦桧不想叫皇上杀他,他才杀岳飞的。"

布政使说:"皇上不杀我是对我的惩罚。"

"老爷,皇上是让你回老家做官。"

"皇上为什么要我到老家做官?我一做官就倒霉。"

"老爷一直做大官的,没倒过霉呀。"

"娃娃你不懂,做官就得做倒霉事,除非你不做官。"

"老爷真会说笑话,谁不想做官?我给老爷当差,我们村里人羡慕得要死。都说老爷是仙人下凡。"

布政使听到"下凡"二字就打哆嗦,他这才想到他一刻也没有离开过尘世,成仙之路又是一场梦。

布政使的轿子上了北原。

当年回故里他骑着大青骡子,那个侍童是从北原带出来的。侍童问他为啥不骑大白马骑骡子?布政使当时没吭声,心里明白:秦桧当年就是骑着大青骡子回中原的……

布政使看见了凤鸣河环绕的村堡。

村堡的瓦舍土屋中有一排大户人家的宅子,屋宇宏伟逐层而起,围着最高最大的一院住宅。那高大的宅屋飞檐走壁,像凌空的大鸟,气势逼人。

侍童叫起来:"那座大屋子就是老爷家呀!"

布政使的轿子进入河沟,粗大的杨树发出风的吼声,河水在枝丫的晃动里淡如轻烟。凤鸣河不同于别的河,凤鸣河总是在飞,凤鸣河在飞翔中带有千万种鸟的叫声,岸边的梧桐树楸树杨树丝竹管弦般伴奏。

侍童说:"老爷,鸟声这么大,咋不见鸟儿?"

"这河就是一只大鸟。"

老爷话音刚落,河沟里鸟群弥漫,像甩落的墨团,慢慢散开,濡染了整个天地。

轿子停下,布政使踏上土桥,河水哗一声流进他的裤裆,他浑身上下湿透了。桥的拱洞有一种气势,他仿佛骑在河之上。努尔哈赤横跨松花江的情景历历在目,那是一种帝王之气,皇太极秉承这股雄风,横扫辽东,兵逼长城。

布政使的思维飞速旋转。天子后宫的凤鸣声是三千宫女在思春,皇上已经不能耕耘后宫肥沃的妇人了,这是普天之下最好的土地。北方大野雄性十足的鞑子,是苍天赐予大地的,上天不能坐视泥土板结而不顾。

所有的河都如此奔流,世世代代的凤鸟都如此鸣叫,喧哗声终于传进人们的耳膜,于是社稷崩溃,群雄并起,逐鹿中原。

"老爷你流泪了。"

"天下要乱了。"

"老爷你的泪流进河里了……老爷,鹿为什么要跑出来?"

"鹿是皇上骑的,皇上骑不好就会摔下来,鹿就跑了。"

"袁将军尥蹄子,皇上就杀他,对不对?"

"做臣子的应该让皇上骑安稳。"

"岳飞也尥蹄子了,是不是?"

"娃娃,你少想这些事情,太聪明了不好。"

"老爷,我十三岁了,我娘说刘秀十二走南阳。"

"你娘还讲什么了?"

"薛仁贵薛平贵青蛇出七窍,相府千金慧眼识英雄。"

布政使一声浩叹,多少年来他总以为英灵转世投胎的故事为他所独存。布政使感到愤怒,他恨得莫名其妙。侍童不敢吭声。布政使在桥上走几步,再也没有飘飘欲仙的感觉了,河水的流动与他无涉。河把他撇在一边,被鹿抖落于地的皇上大概也是这般无奈吧。

布政使不上轿,轿夫们抬着空轿爬坡,爬得很滑稽。空轿装着风,失去重量嘎吱嘎吱响。他的老骨头在半夜三更也是这么响。轿子里传出咳嗽声,轿夫们面面相觑,他们抬着老爷的咳嗽声。轿夫们有了劲头。他们是热爱老爷的。既然老爷在里头,他们就使足力气爬古原,并且喊起号子。号子声挑逗了田野上的牲口,几头黑油油的驴子闪出庄稼地嗷嗷大叫。布政使弄不明白轿夫们抬的是不是他?

侍童也抛下他,尾随轿子"老爷老爷"地叫。没人理睬布政使。这不怪下人,下人们把他抬惯了,他一直在下人们的轿里,他一旦离轿他就不是老爷了。

布政使一下子轻了许多。他的重量让轿夫们抬走了。他轻轻松松地甩胳膊踢腿。

轿夫们走远了,轿子大幅度地颠晃,轿夫们腰都压弯了。他有这么重吗?他在远处看自己总不相信自己的重量,在别人肩上真是一座山。

布政使拐上艾蒿纷披的小路,下到河边。布政使走到破窑跟前,眼泪哗哗流。乌鸦一只一只飞出来,老鼠忽出忽进。他就出生在这破窑里,长到二十岁才离开。

他并没有真正离开过这里。在这里饱读经书后,上京赶考。赶考的那个人与自己没有关系。那个人离开破窑时,母亲在青灯下坐到大天亮。黑夜在窑门口破裂,他走出去,母亲在黑暗里看他,他不敢回头。他留在黑窑里的东西太多太重,一旦回头他就没法赶到京城。

私塾先生说了:他读的书撕成片,可以从凤鸣河畔铺到皇上的金銮殿。

他悟性很好,他知道要从苍凉的土原赶到京城赶到金銮殿,必须心无旁骛目不斜视。他就这样走出荒原,踏上辉煌的宦海之途。

轿夫们把他抬回府中,站在破窑前的这个人大梦初醒。

布政使走进去,又回来,一切就改变了。

他一直在窑里沉睡着,他睁不开眼睛,但眼珠在眼皮底下是睁开的,眼皮像一层厚纸罩着心灵之光。厚纸上有一只鸟在飞,那是天上的太阳。布政使如同婴儿一样惊恐与好奇。窑壁上黑泥块刷刷脱落,布政使身上的毛孔春蚕吐丝似的吐落黑垢痂,人体的腥臭与岁月的腥臭搅混在一起。

这些年,母亲一直在拒绝他。其实,他随时都可以回来,只要他踏入土窑,母亲的温情就会重返他的身上。

这些年他一直在寒冷中度过,锦帽貂裘千骑簇拥的生活在轿子里头,不在他的生命里。

布政使绕到河对岸,河边的小路像条扁担,一头挑着渭阳洞,一头挑着他母子住过的破窑。这条路是和尚踩出来的,布政使停在和尚挑水的地方。这里是扁担最弯的地方,河水最深,大木桶晃一下扎进去,呼噜噜灌满水,哗一声像上岸的大鱼。大木桶上刷着桐油,亮晃晃的。

布政使明白了,火烧渭阳洞时挑水的和尚并没有死。布政使站在和尚踏出的土路上,完全是个孩子。二十年前他率兵来此斩杀挑水的和尚。和尚与妇人的苟且之事他一直耿耿于怀。

他当时觉得那个妇人很美很温和,妇人刚刚欢喜过,欢快的情趣深深打动了他。后来他知道,这是他第一次听凤鸟鸣叫。

剥去岁月的积尘,那种感觉跟四十多年前一样,还是那个美丽的妇人发出的凤鸟之鸣。

这种神韵被继父注入二胡,二胡曲子忽高忽低,在土原的沟梁上跌宕起伏。在松花江边与金主努尔哈赤相会时,他听过这曲子,他不知道那是继父的二胡曲子。后来,他又在皇宫里听到这种声音,一直跟着他,萦绕不散。

布政使猛然回头一看,扁担形状的小路在河岸上颤抖抽搐。河水汩汩有声,扁担小路就是二胡的弓,不舍昼夜地拉着曲子。二胡一响,母亲的灯就亮了,黑夜融化在弓上……阳光从天顶直落土原,冲开窑门,母亲端坐在阳光里。河那边的二胡声不停,鸟儿在河上飞旋着啾啾叫着,二胡的弓慢悠悠飘起来,飘成细细的线,鸟儿的飞行就有了轨道。清晰而细密的线条飘满天空,每一只鸟都在自己的线条上唱自己的歌。母亲的一针一线感应着鸟儿的飞动,感应着二胡声,母亲整个儿包含在天空和大地的乐曲中,她的一举一动便有了旋律,旋律里荡漾着一个妇人的美妙的清辉。

拉二胡的人昼夜不息地在融化她。母亲就这样被凝聚被融化,母亲时而在原上时而在水中,时而是泥土时而是流水。

那位民间歌手用风吹她,她便成一团火。母亲就这样把生命转化为大地上的万千气象。

布政使震撼了,这条小路是通向母亲的,挑水的和尚每天用二胡来伴奏美丽的母亲。

当二胡曲炉火纯青时,凤鸣河爬上岸,流入母亲的胸口。凤鸟就是这样叫起来的,在辽东,在北京,凤鸟一直这样叫着。

布政使完全是个孩子,站在和尚踏出的土路上,绞尽脑汁想象母亲与和尚的爱情故事。

布政使羞赧难忍,他甚至想到,他在禅床上看见的妇人就是母亲。

五岁那年,他已相当懂事,鸡叫头遍便到柴房里挑灯夜读。天亮去上学,他是上学最早的人。比干活的农民早比挑水的和尚早。他一次次走在黎明中,黑夜刚刚褪掉胞衣,大地粉嫩清新。五岁的学童老远听见男人和女人在金碧辉煌的禅窑里发出幸福的呻吟。妇人的幸福之声像红鲤鱼,从河中飞起来,漂游在蓝汪汪的晨光里。禅窑上有高高的凉棚,青砖琉璃瓦注满水声,水声汩汩。五岁的小学童马上想到水中黑黢黢的小蝌蚪。妇人的眸子里有小蝌蚪,这些黑色的符号跟他刚学会的字一样含义深奥。小学童瞪大眼睛,他刚刚开蒙就读到了生命最辉煌的一章。他的小命就是这样被造出来的。

妇人的眸子闪闪发亮,亮光像白鱼涌出禅窑,弥漫天空。

那时,太阳还没有出来,妇人的生命之光在太阳升起之前照拂睡意蒙眬的天地,前世的灵魂注定要在这一天苏醒。和尚赤条条跳起,欢快地叫着,吐着蛇信子,这就是蛰伏在人身上的生命和灵魂。小学童马上想到他也有这样的东西,他没想到这东西是蛇。他叫着奔跑起来,跑进一片空气中。

蛇盘住他,在他的七窍里出出进进。和尚挥刀就砍,他毫无觉察,他躺在石阶上,任凭青蛇在他身上肆意显露。

和尚恍然大悟,小学童显示的灵光正是他在妇人身上所显示的。激情之后,妇人像雨后的田野,长出一片绿苗,这绿苗是和尚对他的生命的复制。和尚知道,有一天他会碰到自己的儿子,没想到父子俩竟这样相逢了。

和尚失魂落魄逃回窑里,告诉情人,他们的娃娃是贵人下凡,青蛇出窍。

妇人说:"不是蛇,是你,是你的命长出芽芽了。"

年轻的和尚顿悟出生命的真谛:他的一切从遥远的过去延伸过来,伸向无边无际的未来。

年轻的和尚带一把二胡来会他的情人。

和尚说:"弓上的弦是我的筋,弓是你的肉肉,我锯你的肉肉。"

和尚的筋跳起来,妇人难以自持:"我快要飞起来了。"

她的情人伏在二胡上,前俯后仰。

妇人说:"你拉的啥曲子?"

和尚说:"我拉的是天上的曲子,天上的电光跟弓一样弯弯的,动一哈(下),天上就打雷下雨,雨就是曲子。"

妇人说:"你拉的是啥曲子?"

和尚说:"我拉的是地上的曲子。泉水流出来细细的跟弓上的弦一样,弦在沟里淌着,沟沟峁峁就响起来,流动的河就是曲子。"

妇人抓起和尚的手默默不语。

妇人曾是大户人家的千金,妇人跟情人私奔时心里很激动。她的情人是薛平贵再世,会来寒窑接她。妇人没想到自己会成为天空的雨丝,会成为河里的流水。

和尚说:"你不是雨也不是河,你是凤鸟。"

妇人说:"我是凤鸟?"

"你忘了你的声音。"

"我有什么声音?"

和尚含笑不语,和尚再次和妇人欢喜时,妇人大梦初醒:"就是这种声音。"

激情中的妇人半闭双目,无法抑制呻吟和谵语。这些欢愉之声是她的灵魂,她无能为力。

和尚轻声说:"你身上有一只鸟,我一直弄不清这是什么鸟,我想把这鸟带到身边。我做一把二胡,把鸟鸟装在弓里。"

妇人叫起来:"啊啊,你把我装在这里头了。"

和尚夹住二胡,双臂一抖,二胡开始叫了,妇人听到自己的灵魂在欢愉中抽搐呻吟。

妇人说:"凤鸟就这样子叫?"

"就这样子叫。"

"我原以为你像薛仁贵薛平贵那样当了大将军我才能成为凤鸟。"

"你本来就是凤鸟么。"

"我没想到我会有凤鸣之声,凤鸣则龙兴,咱们的娃娃是贵人下凡,一定能干成大事,成为人上之人。"

和尚到河边看娃娃上学。娃娃好几次停住,看他拉二胡。娃娃不知道这人是自己的生父。和尚心里很难受。

上学的地方原来也是禅房,老方丈让出一间供村童求学之用。

河那边的窑里住着他的情人,禅房隔壁的学童中间坐着他的娃娃,和尚心想:人生还需要什么呢?

娃娃上学不到半年就显露出聪颖的天资,出口成章,过目成诵,附近的百姓都知道寒窑里的妇人有个乖娃娃。

和尚的二胡声却不再引起娃娃的注意,和尚心里发凉。

河边的小路,是和尚踏出来会情人的。当路成形的时候,情人的肚子大起来,和尚顿觉新奇。这路就像妇人美妙的胴体,起伏弯曲,依傍着凤鸣河,流水声与妇人的呻吟不分伯仲。娃娃百天后,妇人抱着娃娃到这条路上来,一直到娃娃学会走路,走到四岁上学。娃娃走过禅窑,走过生父的身边。那一刻,和尚愣在清幽的木鱼声里,和尚的心在叩击大地;一只鸟在脑海里飞旋,天空很高,高得没边,秋天蓝汪汪喷射纯净的火焰。那一天,和尚坐在河边双腿夹住二胡,二胡呜呜咽咽唱起来。放学的娃娃在崖畔抓蝴蝶摘酸枣,有一个娃娃走到河边,蹲下去看河里的水。和尚知道:儿子听懂了,儿子懂二胡就会知道自己的生父。

这样过了半年。有一天,儿子爬上台阶穿过村堡,绕个大圈回家,儿子不走河边的小路了。和尚很担心。

妇人说:"娃娃读圣贤书,懂道理了。"

娃娃每夜看书到鸡叫,和尚与妇人只能幽会片刻。

和尚说:"这娃娃中邪了,我的二胡他无动于衷。"

妇人说:"娃娃走正道了。"

和尚说:"读书做官没错,从河边走听二胡曲子不是更好嘛。"

妇人说:"咱不能给他说破。"

和尚呼地站起来:"我用二胡把他拉回来,圣贤书要读,曲子也要听。"

和尚爬上原顶,看见儿子走进村巷,走到村堡中央,看董员外的大宅子。员外的门楼是北原最高最华丽的,饰有龙凤呈祥的图案,门口蹲一对青石狮子。和尚压根儿没想到,二胡曲中的凤鸟会落到员外家的门楼上。晚上,妇人告诉他:娃娃听见鸟儿叫,撵到堡子里,亲眼看见鸟儿在员外家的门楼上。

和尚说:"你没告诉他,鸟儿在二胡里头。"

妇人说:"读圣贤书就是要把门楼建起来,建你们姜家的门楼。"

和尚在原顶上拉二胡,娃娃每天进村堡看员外的门楼。有一天,和尚看见员外的门楼着火一般放着红光,凤鸟舞起来,和尚知道:娃娃再也听不到他的心曲了。和尚下到河边,妇人劝慰他:"二胡是拉给我听的,娃娃要干大事,跟咱不一样。"

和尚说:"和尚不能有媳妇不能有娃娃,我拗不过天理。"和尚说:"这娃娃叫书读痴了,身上没老子的痕迹了。"

妇人说:"干大事就得这样。"

和尚说:"简直不是我们自己养的。"

妇人说:"干大事的人都是前世贵人下凡。"

儿子是个夜猫子,挑灯夜读不知困倦,直到伏案睡着。妇人给儿子披上棉衣。河那边,二胡呜呜咽咽有如潇潇秋雨,妇人的心湿漉漉的。妇人快走涉过凤鸣河走进禅窟,与和尚相抱为一,喘不过气。

那天早晨,儿子鬼使神差,朝禅窟走来。妇人惊恐万状,忘了这是自己的儿子,和尚也忘了。和尚提了戒刀,紧追不放,戒刀劈下时,儿子吓得灵魂出窍,吐出碧绿的小蛇。和尚看清了娃娃的真面目,仓惶而逃。

这一惊吓,吓出了儿子前世的英灵。

妇人说:"他的前世显灵了,咱就不是他的父母了。"

和尚说:"干大事的人都非得这样?"

妇人说:"他们不是凡人。"

和尚说:"不要父母生养?"

妇人说:"你生气啦?我给你再养一个,不读书不做官,跟你当小和尚。"

从儿子显灵那天起,和尚的脾气就变坏了。和尚拼命地抓撑窑的墙壁,手指破裂,鲜血红光闪亮,散发出酒的浓香,血干后便是一条蜿蜒曲折的小黑蛇。

方丈说:"你为何如此惊慌?"

和尚说:"我看见禅窑成了黑洞。"

方丈说:"五百年前,渭阳洞惨遭兵火,岁月恍如流水,沐浴人的面容,直到洗出他的骨头。"

方丈走远了。

和尚去挑水,妇人在寒窑前做针线活,和尚心头一惊,看见寒窑里飘出一团黑影,移到美丽的妇人身上,移过凤鸣河,蹿入禅窑。

禅窑的华丽辉煌仅仅是幻影,迟早要露出白煞煞的骨头。

妇人说:"那窑是寒碜了些,可那是咱们过日子的地方呀。"

和尚没吭声,和尚的生命正跟妇人搅成一团。生命之外有一双眼睛,死死地盯着窑外巨大的空间。和尚说:"禅窑迟早要败落。"

妇人说:"败落了好呀,和尚们跑光了,这儿就住咱俩,咱俩的情分全在破窑里。"

和尚:"你又要讲王宝钏了。"

妇人说:"王宝钏能把破窑变成将军府,我为啥不能?"

十多年后,小姐与和尚回到曹家沟。曹员外的宅子成了残垣断壁。在满目荒凉中他们做了正式夫妻。家园建起来了。鸡飞狗咬,儿子抱膝撒娇。和尚取了二胡,《百鸟朝凤》在山坳里响起来,空气飘逸潮润。山峰清瘦,吐出的鸟儿嗓音犀利,透出一股岩石的凌厉气息。

和尚在二胡中叹息,脚下还是凤鸣河的流水,当凤鸣河流到渭阳洞时,那曾辉煌了数百年的寺庙已换上黑洞洞的死人的眼睛。和尚的头再也没有抬起来,和尚的头垂至两膝间,弓弦锯进前额,迸射出动人心魄的音乐。

23

多少年了,布政使一直蹲在黑洞里,环壁萧然,身后响起来一个声音:"老爷回来了。"布政使回头看,那人说:"我是你以前的侍童,在渭阳洞里等老爷,等了十八年。"

布政使赴武昌就任前,把他留在北原老家,在武昌另找一个新侍童。

老侍童说:"老爷的东西一件不少,都在窑里。"

"啥东西?"

"银子啊老爷,上百口大窑快装满了。"

老侍童捧上账本,厚厚的一摞,布政使一本一本翻阅。账目很细很清,布政使频频点头。

侍童说:"我娘叮咛过我,老爷的官越大银子就越多,账算要精。"

布政使说:"你的账算可以跟绍兴师爷媲美,咱北原有人才嘛。"

侍童指指桌上的算盘:"老爷,我打一遍你盯住。"侍童左右开弓,两个盘子一起打,珠子噼里啪啦响起来,悦耳动听,老爷入了迷。老爷在珠子声中听到二胡的弦音,似有似无。老爷求学时曾在二胡曲中追寻吉祥的凤鸟,一直找到员外的府前,凤鸟刻在门楼上,闪闪发亮。

老爷轻声说道:"两百口禅窑都是银子。"

"都是银子,老爷。银锭有这么大。"侍童把脑袋伸到老爷跟前使劲晃两下。老爷瞪大眼睛:"怎么是和尚头?"

侍童说:"银锭入佛门当然要铸成和尚头。"

布政使到窑底看了脑袋大的银锭,喜出望外:"谁说渭阳洞没和尚?都住满了嘛。"

侍童大笑:"老爷既是朝廷的命官,又是庙里的大方丈,这些银锭就是你的徒儿。"

布政使不相信他有这么大的家产。

侍童说:"按老爷的吩咐什取一,上缴朝廷的银两十分之一截留入窑。十八年了,滴水成河了。"

凤鸣河从北山蜿蜒流下,到渭阳洞又折向东南。渭阳洞在河的拐弯处,村堡高如山岳,河水柔如飘带。布政使说:"怪不得河流到此地要叫。"

布政使把账本抱进书房,跟朱熹的经典搁一块。有了银锭,再翻阅朱熹大典,书中文字美不胜收。夫人站在身后多时,他浑然不觉。夫人说:"老爷刚回府就进书房,不见你的宝贝女儿了?"女儿上前施礼:"女儿拜见父亲。"布政使噢了两声。他一直惦念着女儿。远在武昌时,每封家书都要询问女儿的情况,吟诗作赋也常常是儿女亲情。女儿站在他面前,他有点难以置信,就像他难以置信侍童记录的那些账目,他很难把数字跟窑里的银锭联系在一起。

布政使摸摸账本,说:"这是真的。"又摸摸女儿的手:"这也是真的。该有的我都有了。"

夫人说:"老爷高兴糊涂了,这都是你的。"

女儿退下。

夫人说:"老爷去过渭阳洞了?"

"嗯。"

"洞里的银子皇上知道吗?"

"皇上应该知道,官都这么做。"

"两百窑银子啊老爷,你一生的清白。"

"皇上就看上我这一点,"布政使摸摸账本,又摸摸朱熹的大典说,"皇上跟我谈朱熹谈治国之道,皇上知道我的心思,我也知道皇上的心思。皇上调我回陕西,就是要我看窑里的银子。"

"皇上杀你怎么办?"

"皇上早就想杀我。"

夫人捂着胸口喘气。

布政使说:"我给皇上谈过大典里的黑洞,大明的龙气从黑洞里泄光了;我给皇上谈西岐圣地的凤鸟,凤鸟的叫声努尔哈赤听到了李自成听到了,皇上听不到。皇上杀了努尔哈赤杀了李自成才能守住龙气。现在的情况是,皇上杀不过他们,只能杀我了。"

"老爷你好糊涂啊,你贪那么多银子不是授人以柄吗?"

"总得给皇上一个借口吧,这样一来,大明的罪人是我而不是皇上。"

"你好糊涂啊,老爷。"

"给皇上排忧解难算不算忠臣?"

"后人怎么评说你呢?"

"在武昌我梦见秦桧,秦桧去过松花江。秦桧是个听话的臣子,他做的都是皇上心里想的。我去过辽东,一下子就理解秦桧了。"

"老爷,你真这么想?"

"夫人过虑了,秦桧只有一个,也是最后一个。"

布政使大张嘴巴,望着窗外的天空。他的声音虽然低沉,却一直传到九霄云外。天之外是一片新大陆,那里,皇上的路到了尽头。

那正是二十世纪初期,海军总督蔡将军用剪刀咔嚓一声,剪掉袁世凯脑后的辫子把袁世凯剪进二十世纪。数年后,北洋将领段祺瑞、冯国璋们冲进金銮殿,他们发现,中华帝国的皇帝袁世凯不翼而飞,玉玺也飞了。将军们面面相觑:"皇上到哪儿去了?"将军们的身体发出魁梧的回声:"在你们身上,认识你自己。"将军们恍然大悟:"我们都是皇上哇。"

记者们蜂拥而上。这是中华大地最富有生气的一天。将军们说:"我们不住金銮殿,我们不住紫禁城,我们回去。"

记者们都傻了。

将军们说:"新时代了,皇上不应该是一个。"

记者们刷刷记录,准备上头版头条。将军们上马飞驰,回自己的领地做土皇帝。

发梁对胡小敏说:"我给你看一样东西。"

胡小敏说:"你约我来就看这个?"

"刚刻的。"

"印章有什么好看?只要愿意谁都能刻一块。"

"在渭阳洞,只有我的印章才算数。"

"你说这个呀。"

"方圆几十里,没我的印章就办不成事。"

胡小敏笑他土皇帝。

发梁说:"袁世凯一死就没皇帝了。"

胡小敏说:"确切地说:只有土皇帝。"

发梁说:"你说得不错,旧时王谢堂前燕,飞入寻常百姓家。皇上的雄风散落民间,正好给我们这样的人提供了机会。"

"那也不是盖印章呀。"

"你是城里人你不懂,我五岁时就知道队长的印章有多么厉害有多么牛皮。队长把印章对着嘴呵一呵,一摁,事就办成了。大家看那颗印章就像看天上的太阳,队长把太阳拴在裤腰带上,队长牛皮得很。"

"我带你去开开眼。"

胡小敏的同学在县委当秘书,胡小敏带发梁去见革委会主任。渭阳洞在城郊,主任便问发梁农村的情况。秘书送材料,主任看两眼,抓起笔刷刷刷批几句话送给秘书。离开县委,胡小敏问发梁:"看见县太爷的印章没有?"

"没印章,用笔写。"

"开眼了吧,这就叫大手笔:高级干部不用钢笔用铅笔。"

"我知道了,这叫朱批。"

胡小敏拔下胸前的钢笔:"给你,英雄牌金笔。现在不能用,当了公社主任再用。"

发梁猴急,当天就用了。乡党们拿上他批的条子很管用,乡党们说:"我接圣旨了,发梁批的。"

发梁说:"这是条子不是圣旨,新社会没圣旨。"

乡党们嘿嘿笑:"圣旨是公公拿的,能拿乡党手上就不错了。"乡党把条子折好装进兜里。

"皇上的话你全听啊。"

"不听皇上的话听谁的话?我考进士就是为了听到皇上的声音,我要是一辈子不出北原跟乡野村民何异?你我岂能结为夫妻?"

"皇上起了杀心你难道不知道?"

"那要看形势的变化,如果鞑子不入山海关李自成被剿灭,皇上就会重用我。满朝文武都已失去皇上的信任,皇上只信任我和曹状元。"

"曹状元犯颜直谏,赈济灾民,老爷却私藏银两。"

"曹状元是忠臣,我也是忠臣。曹状元最多活一年,我最多活两三年。"

"老爷何出此言？"

"妇道人家没进过金銮殿，没听到过皇上的声音，"布政使的话又轻又慢，"皇上的声音传出来，臣子们分两列站立，声音就分为两列。臣子们很难亲自谛听皇上的训谕。常常由太监宣读圣旨。太监是第一个读皇帝圣谕的人，臣子们听到的全是太监的声音，不管臣子们在何处为官，把皇上的声音分化为多少种类，但都是听皇上的话。做官做久了，就会知道，无所谓忠奸，所有的臣子都是按皇上的吩咐去做的。我第一次进宫。就感觉出皇上身边的太监是个标记。这使我想起幼年求学时，先生让我临摹的字帖，我反复临摹，在字帖上走路，走进圣贤的经典，皇上身边的太监就是大臣们临摹的标本。这些话皇上不便明谕，皇上在暗示，皇上希望臣子们都成为太监。所以，臣子们一般分为两类，一类人按圣旨上说的办事，一类人把圣旨仅仅当作暗示，从中推测皇上的心思按皇上的心思办事。这两类人都是忠臣。夫人不必多虑，我是忠于皇上的。"

布政使去曹家沟吃了闭门羹，难受了好几天。布政使认为这是亲友们的误会。他不与这些人一般见识。渭阳镇的繁华景象出乎他的意料，知县大人说："姜大人苦读经典，哪会留心区区小镇呢。渭阳镇几经战火，圣朝初年就恢复原状了，近百年更是兴旺异常。"

街两边店铺林立，寺庙宏伟，大户人家的宅第巍峨如山岳，布政使建在渭阳洞的宅子与此处相比就很一般了。知县说："渭阳洞风水好哇，凤鸣河的气象在渭阳洞不在渭阳镇。"树木长满深沟大川的土坡，人们伐倒树木，以鸟兽的形状把它们建在屋檐上。布政使说："人哪，总是把屋子建得比树高。"

知县说："我处决过一个疯和尚。那家伙说房高过树顶天下要乱，这不是闯贼的奸细嘛，临死前还在大街上喊：县太爷睁眼看看，毛虫百姓多得挤不下啦；地上住不下，跟我找阎王爷去，阎王爷专收多余的人。你说这东西该杀不该杀？明天子在世要的就是人丁兴旺，屋宇鳞次栉比,这帮逆贼竟想改朝换代。"

圣朝人口快一亿了,是历代人丁的顶峰。水多成河江成大海,兽有兽王人有人杰,人多必有王者兴。

布政使说:"人少有人少的好处,老子所谓小国寡民是有道理的。"

知县一惊:"说的也是,人多事儿多。圣朝初年,历经战乱,人口稀少,土地荒芜,适用黄者之学。天下大治,百年升平,小小的渭阳镇如此繁华,大都市该是何等景象呢?"

布政使说:"我小看你了。"

知县说:"盛唐败落一定得有个安禄山吗?"

布政使说:"安禄山之后还有黄巢呢。"

大明的两位官员竖起耳朵,马蹄声从远方隐隐传来,震裂了脚下的大地,李自成数十万大军围攻开封,皇太极的鞑子兵在松山与洪承畴鏖战。布政使和知县面面相觑,大街上一片升平气象,人群熙熙攘攘。走到十字街口,布政使对知县说:"这里最热闹,在这给我母亲立牌坊咋样?"

"大人,牌坊都立在村子附近。"

"我要立在城里,"布政使说,"这里有文庙武庙城隍庙,有县衙有大户人家的宅子有店铺客栈,唯独没有牌坊。"布政使说:"我要把牌坊立在大街上,让北原的人天天敬仰我母亲。"布政使二十年未见母亲。去曹家沟吃了闭门羹,回来的路上他难受死了。他没有听到朝思暮想的二胡曲,他站在河边等那神鸟的叫声,河水亮晃晃,野鸟的叫声唤不起记忆,记忆失去了弹性,他的脚踏下去,地上就陷一个坑,泥土软而不柔。二胡的弦从他的生命世界里抽走了。他总该想起母亲的面影吧,可他脑子里空荡荡,母亲杳无踪影,连一根头发都没有。布政使慌了神。知县大概猜出了他的隐衷:"太夫人名震北原,牌坊建在城里供万人敬仰,可与文庙媲美。"

24

不久,传来曹状元回北原的消息。曹状元在曹家沟为母立牌坊,采北山之石,一石到顶,精美绝伦。与此同时,布政使的木牌楼在城里落成。兄弟二人在县衙相会,曹状元说:"兄长官运正旺,修牌楼做什么?"

"我为兄长,为母尽孝理所当然,兄弟为何如此着急?"

"兄弟大难临头,死之前先尽孝心。"

知县大惊,布政使掩面而泣。

曹状元说:"皇上只知湖北产米,不知灾民的温饱,我真不知道兄长在武昌十几年,是怎样收取赋税的?"

布政使说:"兄弟你初入仕途,并不知道其中的奥妙。你我都是皇上的臣子,竭尽全力问心无愧就是了。"

"兄长此言差矣,为国尽忠有你这样尽的吗?"

"该做的我们都做了,为兄回陕西只想见见母亲。"布政使的泪刷地喷射出来,"我连母亲的模样都记不清了,我以后怎么进棺材。"

"兄长阳寿正旺,遑论阴间事务。"

"为兄的死期最多二年,与你何异?"

知县说:"两位大人是怎么啦?皇上待二位不薄啊,怎能无端杀你们?"

布政使说:"木石两座牌楼,既为家母,又为我们自己。"

知县说:"我家在江南,该学陶渊明归隐田园了。"

翌日,知县大人果真挂冠而去。

曹状元拉着兄长的手,一步一步走向曹家沟。

香案的铜炉里,香烟蜿蜒而上,母亲叫他的名字。布政使应声跪地。母亲说:"看仔细了,这是你的灵魂,五岁那年,你显灵离开我,现在回来了,我把你放到天上去。"

布政使说:"我不去天上,我是来看你的。"

母亲指着天上细细的青烟说:"那就是出七窍的青蛇,你的官做到顶了,该放出青蛇,让它早早投生后世。"

母亲又给兄弟点一炷香,香烟如同青蛇消失在冥空之中。

母亲说:"我竭尽全力让你们兄弟俩出人头地,你们出得过高。"

继父扶住母亲,布政使忙给父亲叩头问安。他没认出这个干瘦的老汉,十多年不见,继父老得一塌糊涂。

继父说:"天正起来吧,我不是什么继父,我是你的生父。我们父子的情分让你一把火给烧了,你小子真够狠的。"

布政使很平静,不感到惊讶。

曹状元说:"你都知道了?"

姜天正说:"我重游渭阳洞时就知道了。"

父亲说:"烧得好哇,不烧你做不了官。人就像风筝,扯断线升得高。你兄弟就是那把火烧出来的。"父亲说:"当火烧起来的时候,我知道我白养了一个儿子。我得重新养一个。我和你母亲回曹家沟养了你兄弟。你兄弟是我亲手带大的,自己带大的娃娃放心。你不要恨你母亲,你母亲没法认你。"

布政使一直跪着。

父亲说:"曹家沟只能出一个人物,这是老天爷的意思。我们只有一个儿子,你不能折你兄弟的阳寿啊。"

布政使说:"只要能救兄弟的命,我做啥都行。"

父亲说:"你把渭阳洞烧成了黑窟窿,你就待在黑窟窿里别出来,你更不能回曹家沟来认父母。我们把你忘干净,才养了你兄弟。"

"儿重游渭阳洞情不自禁啊。"

"渭阳洞是你的,与我们老两口没关系。我们从大火中死里逃生,改名换姓,早不姓姜了。我们活的是第二辈人,跟你隔开了。"

布政使摸到一层土墙,父母兄弟在另一个世界里。

父亲说:"你不要缠着你兄弟。"

老两口进屋去了,布政使抓住曹状元的手:"兄弟你在?"

"我在。"

"我吓坏了。"

"你不用担心。父亲说的是气话。他让你进门就认你啦。"

"他说的是实话,认了我,你就活不长,你怎么办?"

"皇上要杀我,这是明摆着的,我们兄弟只能活一个,活下来的就是他儿子,他赖不掉么。"

"为兄活得太没意思了,赖到这种程度,兄弟你恨我吗?"

"那是天意,我能恨天吗?皇上暗示过我,交够税款后可以给自己留一部分。"

"你知道皇上的暗示?"

"兄长何必大惊小怪?你为官二十年,难道不知道皇上对每个官员都暗示?"

"都暗示?"

"每个官员都以为皇上只暗示自己不暗示别人。"

布政使鼻尖的汗像露珠,荧光四射。

曹状元说:"有私心的臣子听话么。"

布政使说:"兄弟你太聪明了。"

曹状元说:"世上没有糊涂人,只有愿意干和不愿意干的人。你知道宋高宗为何杀岳飞?"

布政使曾跟皇上谈过岳飞的《良马对》,布政使张大嘴巴呵不出气。

曹状元说:"岳飞的座右铭是:文人不爱钱,武将不怕死;不爱钱不怕死当然不怕皇上了,皇上杀他理所当然。即使他北伐成功,迎回二圣,徽宗钦宗还得杀他。只要是皇帝,就一定喜欢秦桧,秦桧是一种需要。秦桧以皇上的暗示行事,岳飞以皇上的圣旨行事。圣旨上的话都是留下写历史的,都是公道话。"

"你是说圣旨上的话言不由衷?"

"字面意思是给万民百姓的,弦外之音是皇上心里所想的。"

"兄弟真是李卓吾再世啊。"

"人之将死无所畏惧。"

天光大亮,早饭后兄弟俩登上北山。曹状元说:"这叫天柱山,小时父亲常带我上这儿来。"

布政使说:"我到了不惑之年,才知道父亲尚在人世。"

"你要用心想就会感觉到自己有父亲。"

"我想了,我不相信。"

"不相信自己有父亲? 你是石头缝里蹦出来的?"

"我不相信父亲是个和尚。"

"父亲入佛门前是个下苦力的农夫。"

"母亲和我虽住寒窑,但母亲很高雅。周围的人都说母亲是大户人家的千金,熟读诗书,琴棋书画样样精通。"

"你想象的父亲一定是个巡按或府尹,你自己便是戏文里遭奸佞迫害的忠良之后。"

"我确实这么想过。"

"后来不想了。"

"我出使辽东,相信龙气在鞑子身上,我不相信闯贼能成气候。现在我明白了,后宫里的凤鸣之声不是唱给皇上听的,是唱给鞑子和闯贼的。"

"父亲曾在母亲家做长工,外公的地全荒了,外公不知所措,看出征兆的只有母亲。母亲大悟:她跟着扛大活的父亲才有出路。"

"母亲一直把父亲当做薛仁贵薛平贵。"

"所以你以为你是将门之后,你就不想想,薛仁贵薛平贵当年是干什么的?"

布政使承认他没往那想。

曹状元说:"薛仁贵东征回府途中杀了亲生儿子,薛平贵西凉招亲把王宝钏晾在寒窑十八年,你权柄在手后便马不停蹄杀向渭阳洞。你听过一支二胡曲吗?"

"《百鸟朝凤》。"

"那曲子里说的就是那场大火,凤鸟在火中再生。"

"我五岁时就听到这曲子了,跟大火没关系。"

"那是父亲拉给母亲和你的,你听不进去。曲子刚开始只能唤来麻雀,后来有了野鸽子,有了画眉布谷。直到你上京赶考,曲子才日趋完美。你去京城的路上,父亲一直守在河边,河的精魂注入弓弦,父亲知道你考中了。父母盼的就是这一天。母亲说:等你干成大事,凤鸟就会飞进曲子里。天快亮时,父亲的二胡里传出凤鸟的叫声,父亲还没来得及看你一眼,你和你的弓箭手就把渭阳洞毁了。"

"我进士及第母亲就改嫁,我脸上多不好看啊。"

"你就没想到父亲还活着?"

"当时北原的人都说母亲要再养一个状元郎,母亲为何如此恨我?"

"父亲用二胡唤你,你反而杀父亲。"

"我再也没有听过那曲子。"

"你从二胡里走了么。"

"兄弟你就是曲中之凤了。"

"以前是母亲,后来是我,待在这曲子里比待在世上好,皇上要杀就让他杀吧。"

布政使说:"我压根没想到,我在二十年前就死掉了,我死得这么早,二十年前就死了。"

太监在山下等着,兄弟俩走过去,太监喝道:"曹玉林听旨。"曹状元跪下,被太监摘去乌纱。另一名太监宣旨:"……曹玉林久居富庶之地、缴纳贡赋不及前任一半,致使松山会战失败……打入刑部死牢……钦此。"

曹状元说:"兄长创的纪录谁也破不了,武昌的官职非你莫属。"

"为兄已改任陕西布政使了。"

"兄长万万不可把陕西变成第二个武昌,后任官员除非按你的路子走,否则就得掉脑袋。兄长你真厉害呀,你任职的地方明明是坟墓嘛。"

"说老实话,兄长二十年前就死掉了。父亲没有赶我,是我自己从《百鸟朝凤》里逃掉的。要出人头地就得这么干。"

两位太监深有感触:"姜大人此言极是,我们内务府的人如果不净身,不割掉父母给的老筋,就到不了皇上身边。姜大人才智过人,悟性极好,为官之道跟我们当太监没有本质的区别。"

曹状元瞪眼睛。太监笑:"你太嫩啦。"曹状元掉头看哥哥。布政使说:"公公净身是一下子完事,读书而仕是一点一点干。我四岁开蒙,五岁读圣贤大典,二十岁身居要职,红极一时。那时我无意中窥破了朱熹的黑洞,才知道早在渭阳洞求学时我就置身洞中了。我死之时正是兄弟出生之时,母亲改嫁我惶恐不安,好似大限来临。"

太监说:"我们是过来人,净身就像在墓坑里跑一遭。你曹大人就不同了,你是出生入死,而又出死入生。"

曹状元说:"无欲则刚,我何惧之有。"

押至县衙,两位公公去吃饭,布政使低声对兄弟说:"到了刑部你别多说话,我随后上奏,就说武昌的赋税分二路进京,一路走河南一路走山西,闯贼猖獗,山西一路因故拖延。皇上就会以为弹劾你的官员造谣生事。"

"兄长你忘了,你截留税款是给皇上看的,皇上岂能不知?你交了这笔赃款,皇上以后怎么收拾你?"

"顾不了这么多啦,我本是坟墓中人,不怕死的应该是我。"

"兄长,我已经知道结局了,你别乱动,否则会更倒霉。"

布政使我行我素,奏明皇上,说武昌的款子在陕西。奏折泥牛入海,布政使慌了手脚,急中生智,向京师里的政敌们透风,说自己任职武昌十多年,富可敌国。京师平静如常,没有布政使所期望的爆炸性新闻。政敌们好像得到了皇上的暗示。原来皇上并不暗示某一个人,皇上对所有的人都暗示。布政使忽然冷静了,他想起兄弟说过的话,兄弟让他别乱动。他是墓坑中人,越动陷得越深。他最好别动,静以待变。

圣旨很快到陕西,结果大出布政使的意料。太监宣读的是一张嘉奖令,充分肯定了布政使在武昌的政绩,通告全国官员以布政使为楷模振兴大明。布政使双膝跪地,两只耳朵霍霍生风。太监说:"姜大人谢主隆恩啊,愣什么?"

"我听见鸟儿在叫。"

天空渗透出无数黑黑的斑点。

太监说:"那是鸟儿吗?跟麻子脸似的。"

布政使说:"那是我的魂,我的魂看我来了。五岁那年灵魂出窍就没再回来。"

太监说:"这是陕西二胡么,怪好听的。"

布政使说:"那是我的筋,二十年前我拔掉父亲给我的筋到北京去找皇上,为了让皇上信任我,我连根拔掉了,父亲以为我死了。"

太监说:"现在是你爸想你还是你想你爸?"

"我想父亲啊,我干吗那么狠那么绝呢。"布政使的脸红起来。二十年前那场大火凭空而起,火光照亮了他黯淡的脸庞。布政使难受死了,如果现在有一只鸟,就能救我。当年,大火焚烧渭阳洞的时候,北原所有的鸟朝向禅窟,百鸟碎裂,只有一只鸟活下来,火焰成了它的翅膀。天地之始,凤鸣河就开始流淌,不可能毁于一场大火。

布政使双膝发抖,浑身冰凉,他没有盼来期望中的凤鸟之鸣。他确实死了。

让一个死人活在世上而且身居要职,这不是作践死人吗?夫人百般劝慰,他说:"你不知道这有多么糟啊,我截留饷银是故意让人看的,皇上却假戏真做,浑然不觉。我连上三个奏折,声明我有赃款。朝廷反而通告全国嘉奖我,把赃款硬塞给我。"

夫人说:"我听糊涂了。"

布政使说:"这是为官的秘诀,给朝廷或上司留一个把柄,他们才信任你。刚直的官员在官场没有立足之地,我兄弟就吃这个亏。"

夫人说:"圣贤的大典不是这样教诲人吗?"

布政使说:"那是书呆子的读法,要读言外之意弦外之音。"

夫人说:"你当初怎么想的,那么多银子,你不怕吗?"

布政使说:"我从来没想过那是我的家产,我只当是为官的权宜之计。真给我,我不成了货真价实的贪官了吗?当年皇上暗示我,他讨厌袁崇焕。袁崇焕伤了皇上的面子,我只想帮皇上,没想到我毁了大明的长城。收拾鞑子非袁崇焕莫属。为夫我不想当秦桧反而成了秦桧。"

夫人哭了:"你叫我说啥好呢?这些银子你咋办呀?"

"你叫我好好想一想。"

25

公社改乡,大队改村,发梁当村长。副乡长的位子空着,十八个村长争这位子,乡长挺为难。副乡长空一年多不能老空着,十八个村长眼睛冒青烟。这时候,乡长找发梁个别谈话。发梁谈得很有水平,乡长不停地往小本本上记。别的村长没文化,一颗豆子四瓣儿屁,嘣不了几声响。谈话结束时,乡长有一句没一句地说:"听说你在学兵连差点当干部。"

"代理排长,快要转正了。"

"你对你妈有情绪是不是?"

乡长嘿嘿笑,发梁由不得打哆嗦。

发梁在老婆胡小敏的抚摸下恢复了知觉,发梁绝望得要死。

胡小敏说:"你想想毛病出在啥地方?"

发梁说:"我不收贿不乱吃乱喝……我是十八个村长中最廉洁的。"

"对了,毛病就出在这里。乡长问你是不是,你就说是。"

发梁跳起来:"让我承认我娘是我气死的,我不成了人民公敌?"

"乡长想用你,你得给乡长一个紧箍咒么。按我说的做没错。"

发梁按老婆说的去找乡长,承认自己官迷心窍气死老娘。乡长点一根烟抽,抽得有滋有味:"听说还吼了么,吼得不轻哩。"

发梁的喉咙眼像卧一只青蛙,咕咕响。乡长伸手在他肩上抓了抓:"振作起来年轻人。"

副乡长的批文很快下达。老婆说:"这才是正儿八经的官,村长算什么,挂不上号的。"发梁分管乡镇企业。老婆发觉箱子底层不对劲,打开用小手电照,赃款二万。老婆把发梁从床上抓起来:"二万元,你想坐牢哇。"

"气死老娘的罪名比坐牢可怕呀。"

"那是给乡长一个把柄,你当真啦。"

"那是真的,村里人都听见啦,大家就等我认罪哩。"

"你真这么干过?"

发梁抖得厉害:"我娘进棺材时我才知道我做了什么。"

26

姜天正第一次去渭阳洞拜先生,由母亲陪着。禅窑多得数不清。母亲说:走在禅窑前心要诚。年仅四岁的他在惊叹中看母亲一眼。母亲说:"娃娃们上学的大窑原本是禅窑,是方丈让出来的,你能求学是沾了佛祖的灵光。"

禅窑由南而北,木鱼声中有琅琅的读书声。一股青青的香烟蹿入蓝天。姜天正说:"天上飘着小蛇。"母亲笑了,儿子头次进渭阳洞便遇见神物。给先生施礼后,先生考他,他一口气背出三十首唐人绝句。他的嗓音压过了群童的读书声,压过了一墙之隔的木鱼声。先生笑道:"老方丈绝没想到,四岁学童会压住他两百口大窑的木鱼声。"

先生喜欢他的朗读声。别的学童在先生面前声如蚊蝇,他则气若大江势如海涛。先生听得如痴如醉。先生说,自有爱徒后,讨厌的木鱼声从耳根拔掉了。风从河上游往下吹,先生说:"姜生,放开胆子读吧,呵出腑底的胆气,呵出你的魂魄。河道所流既不是水也不是风,是山岳之精魂是天地之气韵。"

凤鸣河分三条支流出岐山,出曹家沟李家沟袁家沟,至渭阳镇合为一股,浩荡而下,直扑渭河。

村堡里的人觉察到木鱼声若隐若现,再也不惊天动地了。没人往远处想,寺中和尚浑然不觉。十多年后姜天正的兵马拥上土原,兵刃相见时,和尚们也是浑然不觉。

布政使的浩然之气,电闪雷鸣注入禅窑,凝为人脑大小的银锭。布政使徘徊在窑前,感慨沧桑之变迁。空寂的窑前,站着忠心耿耿的老侍童。布政使爬到当年青蛇显灵的地方,他仿佛看见青蛇亮晶晶的小眼睛,像银子斑斓的碎光。侍童说:"真有一条蛇呢。"

"有蛇?"

"在那口大窑里,那只窑没装银子。"

就是那只和尚与妇人作乐的大窑。老爷心里已经没有秘密了,那和尚与妇人正是自己的双亲。青蛇显灵的那天,他蒙受了生命最原始的奇耻大辱。老爷甚至想到:自己大概是和尚与妇人在那口禅窑里造出来的。

布政使脚下生风,"嗖嗖"奔至大窑前。窑前两棵水楸树粗如水桶,窑口正处凤鸣河的拐角上,高高凸出去,沟沿是土原长长的脊,势如游龙,窑口便是龙首。他应该早早想到沟沿上的土原,他把土原忽略了。

"蛇应该在河里嘛。"

"老爷说笑话了,蛇是土中之物跑河里做什么?"

"龙生于潭的道理你不懂?"

"万物隐于水显形于泥土呀。"

布政使目瞪口呆,这不是侍童的声音,这是他的开蒙先生所言。布政使满脸虔敬,面前站的仿佛是学界泰斗,布政使差点喊出来:你言之有理。侍童说:"两百口禅窑,这口窑风水最好。南为阳北为阴,处在阴阳交汇处,冬天别处天寒地裂,这里暖洋洋的。晌午太阳最红的时候,青蛇出洞晒太阳。"侍童说:"青蛇这么粗。"侍童拍水楸树。

布政使吓一跳："这么粗？"

侍童说："几十年了嘛，成精啦。"

布政使想进去，侍童说："老爷别动，这蛇厉害哩。"侍童手搭前额看天上的太阳："蛇要显威风了。"

窑口枕在河边，对岸的干草地上聚了一群娃娃，娃娃们排成一列，向河边跑，跑到河边，双臂展开，竟然飞起来，飞过河面落到河对岸。娃娃们一个接一个全都飞过凤鸣河。

老爷说："有这等奇事。"

"蛇吸气哩。"

老爷若有所悟。数十年前，没有河水相隔，他一直走到窑口，走进去了。骚和尚赶他是怕他进去，他领兵来的目的就是要进去，直到窑里装满银子。

老爷说："圣旨刚到，皇上不理睬我的诚心，这些银子真要归我了。"

"老爷，这些银子本来就是你的，二十年前就是你的了。"

他没有勇气走到窑口，哪怕是走到当年目睹和尚与妇人交欢的那个地方。那地方离洞只有两三步。

布政使决定在渭阳镇北边的土原上完成这项工程。那是他一直忽略的地方。从原上开阔的川道挖下去，向北挖四十里挖到天柱山，向南挖四十里到渭阳洞，向东四十里到龙尾沟，向西四十里到八门沟。工程由甘肃的麦客完成。

工程在进行着。京城传来消息，兄弟曹玉林被诛。布政使喃喃自语："我又多了一条罪状，袁崇焕死于我手，曹玉林死于我手，我超秦桧无数，皇上还给我这么多银子。"

布政使赶到曹家沟，母亲气若游丝。母亲的手在空中抓两下，抓到布政使脸上。布政使没想到母亲老成这样，母亲的手干裂成土块了,像真正的干土流在布政使的脸上。布政使说:"妈,儿看见土原了,蛇在原上。"

"你早应该看到,妈一直等你开窍。你官迷心窍看不见土,你命里缺土,你把眼窝子擦亮好好看。"

布政使的手背在眼窝里揉几下,睁开时母亲硬了,硬成土块……布政使再睁开眼时,母亲变成了圆圆的大土堆。土堆前边是兄弟曹玉林建的青石牌坊。

父亲说:"土是石头变的,你怎么用木头做牌坊?还建在大街上,死人不去那里。"

父亲蹲在青石牌坊下,二胡在腿上跳起来。父亲粗壮的大腿像长长的土坡,二胡像跑疯了的野兔。纤细的阳光在风中飘起来,父亲一根一根抽着太阳的筋绷在弓上,"呀!"一声锯开大腿,露出灿烂的血肉……土原上许多沟被填平了,数千名民工像蚯蚓把土原镂空,把新土吐出来;新土蓬松潮润,像没有怀过娃娃的妇人。布政使用手抓一把,浑身麻丝丝的。

父亲问这是做什么?

布政使说:"给我打墓。"

父亲笑了。

布政使说:"皇上要杀我,我得躲远一点,躲到谁也找不到的地方。"

父亲说:"你这么怕死?"

"我早死了,死第二回不是个滋味。"

父亲说:"那你要赶在皇上前边,要早早钻进去,无论什么东西到了土里都能活。"

父亲的手搭在布政使头上,很圆实地抚摸着。布政使知道父亲是爱他的,一直爱着。

27

好多年过去了,曹玉林所建的青石牌坊毁于地震。碎石片落在地上,墓堆一天一天变小,那些石片散出细微的响声,人们发现是墓堆在咀嚼石片,石片被嚼成粉末;最后,石片和墓堆一起消失了。墓地的圆土包一个不剩,石块像乌龟潜到土层底下;这是一片新土,底墒很好。当种子落进去的时候,人们听到湿漉漉的呻吟和呢喃……父亲的声音充满激情:我犁开那块地,曹员外便留下我。

铧刃插进去,土块像瓦片翻过来,翻得很有秩序。老员外在地边转一圈,像站在青瓦大屋顶上。小长工有一手好活路。老员外没有想到,这个小长工会像犁地那样犁开他的闺女。

那是秋末撒种的季节,土原潮湿发霉,小长工牵着枣红马从院子里走过,曹家上下乱成一团。曹家除员外和管家,没人见过大牲口,曹家的大牲口养在半里地外的土窑里。管家上去给小伙子一个嘴巴,骂他没教养牵大牲口吓唬老爷太太。

小长工说:"老爷家没几头好牲口,明年得买新的。"

小伙子不理管家,把枣红马牵到后院,那里有几间柴房。小伙子要跟牲口住。

老爷说:"我好歹是个财主,叫长工跟牲口住一起,旁人不笑死我。"

小长工说:"原上的地交给我了,我得有匹好牲口。"小长工打一桶水,用铁刷子刮马肚上的泥巴。土雾散开,枣红马打着响鼻,浑身上下圆拱拱。小长工打个口哨,一个鹞子翻身跨上马背,冲出后院小门上了北坡。北坡秋草一片枯黄。老员外看见小长工用竹竿扑打高高的杨树,亮晃晃的杨树叶飞满天空,空气里有大马嚓嚓的咀嚼声。

管家说:"牲口都老了,能下地的不到四头。"

老员外说:"曹家败得真快呀。"

曹家雄踞西岐二百多年,管家的记忆中还是良田万顷,牛羊满坡的景象。

那年秋天,河湾的百亩良田差点撒不上种,曹家上下默认了大牲口的存在。大牲口在后院里嚼黄豆,前院里曹家老小就搁下筷子像听折子戏。接着是小长工吞吃食物的声音,吸溜呼噜,那是面条;呜儿呜儿,那是红烧肉烩锅盔。搁下饭碗,小长工一手牵马一手拿块厚锅盔,锅盔有蒲团那么大。小长工一步一口,像嚼石块,腮巴撑两个大包,脖颈梗一下,馍馍像鸟儿落进肚里。曹家十几口人的饭量抵不上小长工一个人。

老员外说:"吃不动饭,曹家就会败落。"

老员外的独苗儿子患厌食症,见了五谷杂粮就呕吐,弄得全家人没胃口。老员外费尽心思,请遍关中有名望的厨师掌勺,把地上爬的天上飞的水里游的加工到极致,小少爷还是两眼无光。为了安慰父母的好意和厨师的辛劳,小少爷挣扎到饭桌前,闭眼睛尝两口;美味佳肴在少爷嘴里嚅动大半天不得下咽,少爷的脖子像蚯蚓在动。厨师面露愧色,少爷的喉咙咕儿响一下,厨师往厨房里走。少爷终于把那口菜咽下去。大家松口气,刚绽开笑容,少爷往手里吐块东西,说:"我咽的是唾沫,我怕厨师生气。"

汗挂满少爷的脸颊,那可真是黄豆汗,脸色也是地道的蜡黄,洗脸水也是黄的。不知多少年了,少爷没有吃粮食,少爷靠人参养着。曹家的地遍布河川,一块块良田换成银两,从东北买来长白参高丽参,少爷每天一碗人参汤。良田从千顷变成百顷变成数十顷,曹家的龙气快要被挤出凤鸣河了。曹家的生计全指望坡地的收成,坡地十亩抵不上河川地一亩。

有一天,老员外爬上土原,原上曹家尚有百顷地。这些坡地长的全是糜谷豆子高粱,天旱时所收谷物刚够长工们填肚子。曹员外看见了凤鸣河,河水在树林里闪动但没有声音。员外一步步下到原底,一直到家门口都没有听到凤鸣河的流水声。

管家望老爷,老爷摆摆手不让说破。曹家的宅子北依天柱山南依凤鸣河,是袁天罡的后人选中的。管家说:"河边那一百亩地不能再卖了。北原稍微殷实的人家都有一点河滩地,都想把脚伸进河里,吸凤鸣河的龙气。河滩地是根啊老爷,根深则叶茂。"

下半年押出去的全是坡地,坡地一押就是一面坡。

老员外要看他的秋庄稼。员外爬到半原,就到了别人的地界。员外简直不相信自己的眼睛,员外当年去袁家沟迎亲,走了五十里还在袁家的地盘里,曹家的佃户在路边摆酒放炮,给东家贺喜。

曹家的宅子还是当年的恢宏气象,只有老爷和管家知道,少爷一小碗一小碗喝下去的是什么。每日三餐,老爷动筷,大家才动筷。老爷夹一片火腿,吮半天嚼半天咽半天,大家眼睁睁看着,老爷大声说:"吃呀吃呀,放开肚子吃。"老爷话到嘴到,捧起一碗丸子清汤,喝得汩汩有声。老爷很陶醉,老爷小时在凤鸣河里玩过水,凤鸣河的流水就是这种声音。这顿饭老爷吃得很高兴。茶水上来了,老爷慢慢地品着,品完了,众人散尽。饭桌上大盘小盘满满的,好似不曾有人光临。桌上的馒头皮说明有人吃东西了。老爷心中稍安。端上桌的饭菜是不能原样撤回的,人不能拒绝粮食。老爷吃光了桌上的馒头皮,抬眼看盘里的小馒头;老太爷在世时馒头有碗那么大,后来大如拳头,再后来大如鸡蛋，这几年又大如鸽子蛋。面粉是北原最好的麦子，麦粒磨碎后的头茬面，细白光筋有如珍珠粉，落入曹家人口中味同嚼蜡。不是麦粉无味，是曹家人的舌头搅不动粮食了。外人不知底。老员外能不知吗？

小长工蹲在石碾上，端着小盆，丫头往盆里连倒三大盘菜两大盘馒头。小长工惊得目瞪口呆，捏一只小馒头瞅好半天，鸽子蛋似的小馒头跟他瞪圆的眼珠一样大。他一连往嘴里丢三只小馒头，嘴巴贴住盆沿用筷子拨菜，吸溜呼噜，吃得威武森煞，喉结一滚动，那些馒头和菜肴就碎为粉末直落肚里。小长工起身往房里走，那些麦粉肉菜在肠胃里愉快地叫着，饱嗝声响如蛙鸣。老员外听得一清二楚，老员外闻到一股清冽的酒香，那是小长工的腑中之气。老员外对粮食有了新的认识，颗粒归仓并不是丰收的景象，真正的丰收是颗粒落入人的肠胃。颗粒在那里重新发芽开花结籽，重振四季的风采。

老员外感慨万千。小长工来曹家沟之前在渭阳洞姜员外家落脚，据说是姜员外的族人，自幼父母双亡，由员外养着，只管吃饭不给工钱。小长工长到十八岁，要自谋家业，跟姜员外吵起来，一气之下来到曹家沟。曹员外领他上原，到曹家最荒凉的坡地试试功夫。那块地碎石很多，容易撞断铧尖。铁铧扎进去，老员外听到土块呻吟一声，地松软了。

老员外看了一晌午，乐不可支，忘了茶饭。小长工把牲口放进草坡吃草，自个儿解开包袱，拿一块黑饼子大嚼大咽。员外忙吩咐管家备饭。小长工跟着管家边走边吃，东家说："你是曹家的长工了，吃曹家的饭，那块饼子喂猪吧。"

小长工说："这饼子我吃了十八年。"

管家说："那是麸皮是猪饲料。"

小长工看管家好半天："东家财主吃白面，长工吃麸皮，天经地义。"

老员外说:"你不是吃粮食,你简直是在吃锯末。"

小长工说:"我是吃麸皮长大的,穷人没好胃口能活下去吗?"

小长工在曹家吃的第一顿饭是红烧肉烩锅盔。小长工攥着筷子盯着石桌上的菜盆,白面锅盔被肉汁浸成红色;小长工不用碗盛,托起菜盆吃个底朝天。吃完后给东家道谢:"我见过肉见过白面馍馍,我从未吃过这玩艺儿。"

小长工嘴里响起蛙鸣般的饱嗝,尴尬至极。

管家大笑:"姜员外太啬皮,把长工饿成这样。"

曹家家规很多,在老爷跟前打嗝要挨揍的。那天,老员外却听得很入耳,小长工进房里,依然是饱嗝声不绝,包括管家在内都闻到了扑鼻的清香。

曹家大院笼罩在小长工吞吃食物的咀嚼声里。丫环不再往地里送饭,小长工回来吃。小长工的饭先开,小长工起初不愿意,他不是无理之辈,岂能吃在东家前头?管家说东家是正餐,你胡乱吃就是了。小长工便不疑心,放胆子吃。

石碌对着大院小门,小长工吃面条吃馍馍,大院里头听得一清二楚。每顿饭不是扯面就是锅盔。扯面是揉足踩匀的腰带面,长溜溜筋腾腾,一根面盛一老碗,红萝卜丁洋芋丁烩猪头肉盖住面条;小长工拔出面条的头一口咬住,喔儿喔儿地吞着,一口气吞完,最后一截翘出碗底,像蛇尾巴,旋半圈,把红红的辣子油留在嘴上。小长工进厨房舀来滚沸的面汤,陕西关中一带把吝啬叫啬皮。噗噗吹着,转着碗喝。那黑瓷老碗是耀州所产,能装一升粮食。小长工喝完面汤一定要加一块锅盔。不就菜,厨子给菜,不要不要,锅盔里有油有芝麻有小茴香有盐巴,嚼在嘴里脆声一片,像石碌下碎裂的豆子。

曹家大院潮润润的,老爷太太爱听小长工吃饭的声音。他们的胃液开始泛潮流动,汩汩有声。曹员外的千金忽然说:"爸,叫他进来吃岂不更好？"

曹员外正在吸挂面。老夫人说："哪有长工跟东家同席的规矩？我们家吃饭不亏长工。"

曹小姐说："我猜对了，大家都喜欢听他吃饭。"

曹家的女眷们都红了脸。

少爷说："话不能说破，说破就没意思啦。"

老员外说："他在桌上吃饭，怕要吓坏你们，咀嚼之声出自天籁，可远闻不可近观。"

晚饭时，曹小姐随丫环送饭到柴房。小长工向小姐问安，到水槽前洗了手脸，端起盘中大碗蹲上石磙埋下大脑壳，呼隆呼隆吞吃腰带面，全不理会小姐和丫环。小姐看得出神。那石磙仿佛在动，吞吃之声仿佛是石磙碾砸出的大地之声。

小姐说："人间竟有这么长的面条？"

丫环说："这是腰带面，专给下苦力的人吃。"

小长工擦擦嘴巴站直了，哈一口长气，白汽团碎在地上四面散开。小姐的鼻翼扇动几下往回走："这人呵出的气犹如幽兰。"

丫环说："他饭后要去河滩放牲口，喝崖根渗出的泉水，泉水是甜的。"

"泉水是甜的，香吗？"

"香啊！泉边草多花多，有马兰有菊花有星星花。"

"泉水再甜毕竟是生水呀，喝了拉肚子。"

"下苦力的都是牛马的肠胃，有啥吃啥，石头都能消化。"

曹小姐隔三隔四陪丫头去后院看小长工吃饭，小长工吃饭不但诱人胃口，观之更令人心旷神怡。眨眼到了月底，小长工领了工钱，从渭阳镇买回一把二胡。丫环和小姐送饭来，他用嘴指水槽，丫环把木盘搁水槽沿上。饭菜热气散尽，小长工摇头晃脑拉个没完。丫环用筷子敲碗："快吃，等着洗碗哩！"

小长工坐在石磙上吃饭,双膝夹住二胡,吃完饭嘴巴一抹又拉上了。墙头屋顶树丫上落满鸟儿,唧唧喳喳。

丫环说:"鸟鸟都烦你了,你还拉?"

小长工说:"真的吗?你把耳朵撕长些听么。"

小姐和丫环听亮清了,鸟鸟们跟着二胡声啾啾鸣叫。

小姐说:"一鸟入林,百鸟无声,莫非说错了?你高兴成这样子。"

小长工说:"今儿发工钱么。"

小姐说:"每月都发呀。"

小长工说:"积少成多,我快攒够数儿了。"

小姐说:"攒钱买啥?"

小长工说:"成家呀。"

小姐说:"你要离开曹家沟?"

小长工说:"我不能给你家干一辈子长工么。我先攒钱买房子,我家没房子,住在河边的破窑里。爹娘没住上房子就去世了,我得有个房子。"

小姐说:"你现在就走吗?"

小长工说:"还得干几年,攒钱娶媳妇。"小长工说:"娶媳妇可是一笔大钱,比买房子难。"

丫环说:"拉二胡是想媳妇啦。"

小长工说:"曲子是曲子,二胡是二胡,两码子事。在渭阳洞我借人家的二胡过瘾,我早就想买一把,爱咋拉就咋拉。"

小长工手腕子一抖,二胡呜儿——响起来。红月亮在原顶上蹦着,像只野兔。

这几年,老员外的饭都是小姐下厨做。小姐用鸡蛋和白面做挂面,专给员外和老夫人吃。今天,二胡曲响了一阵停了,小姐对丫环说:"去看看,好好的咋不拉了。"

丫环说:"他下地去了。"

小姐到大厨房问厨子:长工的饭咋做？厨子说下人的饭简单,面和好搁在盆里,搁的时间越长越筋道。

第二天,小姐叫丫环通知厨子,长工的饭做一份。小姐和好面在案板上揉。揉足用盆盖住,回闺房做女工看书。估计时间差不多了,小姐进厨房用手摸面团,弹弹的,抹上油用擀杖抽。小姐的劲儿很足,抽出的响声很大,面团泛出青色,擀薄叠起来再抽,三遍以后,手上的面如同薄绸一般。下到锅里,面条有如青青的小蛇,在云雾里游动。

后来,做了父亲的小长工对布政使说:"那是我们姜家碰到的第一条青蛇,姜家是从那碗面发起来的。"

小长工从碗里扒出来的面条是青色的,他的手腕子抖起来。丫环说:"小姐亲手做的。"小长工不敢抬头:"这面咋吃呀？"

小姐说:"你吃了这么多年饭,还要人教你吗？"

面条高高挑起来,像扒动物身上的筋。吃完了,小长工说:"是面皮么,不是面。"

小长工出了院门,到河滩上去拉二胡,流水颤如丝弦。那天,曹家沟的人蹴在门蹲石上吃午饭,河道里没了流水声,凤鸣河隐去踪影,二胡的弦在梧桐林里悠悠跃动,小长工脸上的仙态尽收众人眼底。这时,众人看见一条小小的青蛇从小长工的右耳爬出,穿过下颌贯入左耳,小长工全无察觉。大家丢下饭碗拥向凤鸣河。

薛仁贵薛平贵落难时曾被青蛇盘颈,大家进而联想到相府千金王宝钏,大家问小长工吃了啥东西？

小长工说:"小姐下厨做了一碗扯面。"

"扯面是青的？"

"对,对,是青的,跟面皮一样。"

"不是面皮是蛇。"

"是蛇?"

"摸摸你的下巴颏。"

小长工摸下巴摸到凉飕飕的一条蛇。小长工骇得大张开嘴巴,小青蛇吃溜钻进去,小长工脖子梗两下,大家听得真切,这是吞吃面条的声音。小长工嘘——吹一口长气,气若幽兰,温馨撩人。

众人议论纷纷,大家都想到了曹员外的千金小姐。曹小姐年方二八,赶庙会走亲戚,所到之处,便弥漫兰草的幽香。大家一致认为小长工吃了曹小姐的头茬面。大家重新打量小长工,小伙子面如白玉,身高丈许,果然非凡人可比,真正一副薛仁贵薛平贵的容貌。

小长工知道曹家沟非久留之地,当天向东家告辞。东家尚未听到大家的议论,百般挽留,小长工尴尬至极,非走不可。走到大门口,曹小姐在照壁后站着:"挣够娶媳妇的钱了?"

长工说:"不挣了。"

小姐说:"不娶媳妇了?"

长工说:"不娶了。"

曹家沟都在议论千金小姐和小长工的故事。数百年来,人们只能在戏文里欣赏薛仁贵和柳迎春、薛平贵和王宝钏,现实生活中突然出现这么一对小冤家,大家的好奇心得到空前的满足。曹家大院例外,没人告诉他们。直到年底,老夫人提议该给小姐订婚时,却找不到媒人。

媒人说:"小姐姻缘早定,不用找媒人。"媒人详详细细道一番原委,曹家大院炸了锅,哭闹完后一片死寂,冷清得令人发抖,像走进坟地。曹员外托人向北原以外说亲,快要出西安府地界了。回答是一样的:小姐的姻缘是神仙所定,凡人不敢冒昧。这是客气话,其实,大家都怕小姐身后那一串动人的故事。曹员外准备越出省界向甘肃说亲时,曹小姐不见了。闺房空了很久,大家忙着推销小姐,谁也没留心闺房。桌上有小姐一封信,信中说:女儿到该去的地方去了。落款上的日期是半月以前。

小长工的故事是穷人的故事,绝无浪漫情调。出了曹家沟没人认他是薛仁贵薛平贵下凡,他更不好意思讲青蛇盘颈。

他敲大户人家的门环,介绍自己手上的庄稼活儿如何了得。财主说:"活是好活,可我不想让你勾引我闺女。"他和曹小姐的故事人人皆知,没人敢雇他。他敲财主家门时常常暗想:这家没闺女就好了。没闺女的财主有年轻美貌的儿媳妇和姨太太,他们对他更不放心。好几次,他活儿没找到,反遭毒打。

那次他运气太坏,财主家小老婆的肚子被长工搞得高如山岳,长工销声匿迹,门外又来一个英俊的小长工,财主自然不放过送上门来的出气筒。等把他打得半死,财主才冷静下来,财主说:"卖力气的都给老子长丑一点,下回碰上你打断你的狗腿。"

财主越骂越狠,指天咒地,最后骂到五谷杂粮没把自己喂养好。小长工说:"骂粮食造罪哩。"小长工挨两嘴巴。小长工说:"世道就这么怪,白米细面把人喂成了猪八戒,麸皮越吃越壮实越吃越俊样。"

小长工爬着离开这家倒霉的财主院落。

好多年以后,小长工的后代,渭阳镇镇长发梁弄大了地委书记女儿的肚子,被人挑了大筋,爬着离开镇机关大院,爬进黑黑的渭阳洞。发梁仿佛爬进了娘肠子,热土难离,眼睛不用闭梦就开始了。发梁睁着眼梦见姜家伟大的祖先。

小长工爬进土窑,他的爹娘生于此死于此,他给姜员外当长工也住这里。他去曹家沟时,发誓要重返家园重振家业,在村堡里盖一栋房子,娶妻生子,繁衍子孙。他们几代人都想在村堡里谋一块容身之地,成为北原的合法居民。几代人的梦想都落空了。父亲总结祖先的教训,发誓不给财主当家仆,父亲说给人抹桌凳端盘子没出息,姜家要翻身先要种地。父亲刚摸着门道,就被瘟疫夺走了性命。小长工在姜员外家十多年,耧犁碾打样样精通。

流浪生涯花尽了他在曹家挣来的工钱。身无分文,接纳他的依然是这口破窑。这时,他听见清幽古雅的木鱼声,他走到河对岸,年老的方丈在河边等他,方丈说:"小施主听明白了,苦海无边,回头是岸。"

"方丈,我既不想发财也不想做官,我只想种地。"

"想种地,结果离地越来越远,是不是?"方丈大笑,"小施主,你身上的本领全使到泥土里去了,你种出了最好的庄稼养出最好的牲畜,五谷的真味你都已品尝,还有什么不满足?"

"那是曹员外家的,与我没关系。"

"皇天后土,滋养万民,并无你我之分,你使了你那份力气就行了。"

"我现在回不到地里去了,没人雇我。"

"你让人雇的目的是永生永世不再让人雇。"

小长工"哦"一声像咽下一块东西。

方丈说:"人种地是为了自己不再种地,雇别人来种;有地的人实则无地,不下地就等于离开了地。"方丈说:"这个道理别人需要一辈子才能悟出,你三年就悟出了。"

"我只想种地没其他想法。"

"我不是在点化你吗?"

"让我当和尚,就没家没地了。"

方丈指着陡崖上的村堡:"想在那里谋一块容身之地?"

"对对。"

方丈朗声一笑:"那是尘世的幻景,他们迟早会来的。尘世有多少人家,寺庙就有多少落发的和尚。"

小长工看自己的手,泥土的精气在手上打磨出金灿灿的茧豆。

方丈说:"你的手熟透了,跟麦穗一样。茧豆是从麦粒中化出来的,麦粒是从泥土中化出来的,泥土是从水中化出来的。"方丈说:"你的路就在脚下。"

凤鸣河鸣呜咽咽,清光闪烁。

方丈说:"河水潺潺与二胡之鸣何异?"

二胡是小长工唯一的长物。

方丈说:"侍弄泥土不如侍弄流水,土为水所生,万物皆为水所生,我收你为徒给你双桶,你给寺内二百口大窑挑水吧。"

28

那年春天,北原种庄稼的能手成了渭阳洞最勤快的和尚。寺内供水充足,大家称新来的师弟为挑水和尚。

挑水和尚很快在河边踩出一条小道,灰白的路面从绿草丛中显露出来,像细长的鱼脊梁。天热了,挑水和尚光着膀子挑水,胸前背后汗珠簌簌滚动,燠热难忍。挑水和尚从树上取下二胡,凤鸣河攀着弓弦流到身上,流过光光的脊背。鸟儿从草棵里从树林里从崖顶的庄稼地里飘落而下,二胡的弓弦从手上飞起来,绷在宽宽的河面,鸟儿沿着胡弦勾勒出的轨道飞行鸣叫。挑水和尚凡心未灭,他盼着凤鸟之鸣。

这是姜家几代人的夙愿。他学会了侍弄土地的绝技,他打工挣钱可以在村堡里盖一栋房子,在院子里栽上梧桐树,当桐叶如扇的时候,凤鸟会飞来与我行琴瑟之乐。挑水和尚种庄稼时就学会了拉二胡。他种庄稼的功夫名震北原,却最终离开了土地;他拉的二胡曲百鸟应和,却遁入佛门,绝了琴瑟之缘……

布政使年届不惑,才发现土原的走向呈龙蛇状。他一直认为龙蛇是前世英灵投胎下凡。

父亲说:"没有肉身你咋投胎?"

布政使说:"我看出了朱熹大典的黑洞,也看出了皇上内心的黑洞,却没有看见西岐的北原。"

父亲说:"你把北原最豪华的寺庙烧成黑洞,咋能说没看见土原?"

布政使的嘴张得很大。

父亲说:"你的嘴就像那些窑洞,深不可测。北原都传说黑洞里有秘密,里面装的是金银吧?"

"儿为官清廉,皇天可鉴。"

"清官贪起来可厉害哪。"

布政使的鼻子耳朵都张开了,跟嘴巴一样大一样深。

父亲说:"你的七窍不对劲么,你的秘密太多了。"

布政使说:"我本来跟平常人一样,五岁那年青蛇钻进耳朵,把七窍打通了。"

父亲说:"常人开窍靠圣贤的书和先生的教诲,你的心智为青蛇所开,秘密就在这里。"父亲的话很轻,仿佛自言自语。当年,父亲吃了曹小姐的扯面,便吐出一条青蛇,不知不觉中曹小姐成了自己的老婆。父亲重返曹家沟后,那里的人说他的铧尖翻曹员外的百亩良田时,小姐就是他的了。人们总是把美妙动人的爱情故事说成一种阴谋。

父亲对布政使说:"我们爷儿俩遇到的是同样的难题。"

那年春天,凤鸟飞落西岐,在凤鸣河边叫了整整一天。最先听到的是村堡里的娃娃。娃娃看见挑水和尚在河岸拉二胡,飞鸟弥漫河道。凤鸟就是这时候飞来的,落在水边呜呜呜叫。二胡曲没停,一直拉到天空吐嫩嫩的月牙。

夜很黑。月牙又小又亮,像银亮的燕子。和尚看见对岸的破窑里有一星灯火。那是他们家几代人住过的地方。和尚把二胡挂在树上,穿过梧桐林子和小木桥,窑里坐着曹小姐。和尚进去时。小姐一直望着他,曹小姐吮手指上的血。和尚说:"你手破了?"

曹小姐说:"掘河边的蒲草扎破的。"

和尚的嘴张得很大,跟窑洞一样又深又大。

曹小姐说:"草晒干了,有睡的地方了。"

炕上的干草散出阳光的馨香。

和尚说:"我拉二胡,把凤鸟拉来了。"

曹小姐的心跳起来,和尚的心也跳起来,不到一个时辰两人跳在一起了。布政使就是那天晚上怀上的,曹小姐住进破窑的第一天就有了他。

在北原人的传说中,布政使是和尚的铁铧犁出来的。曹小姐怕事情败露,吃打胎药半夜无人时从麦垛上往下跳喝凤鸣河的生水,布政使坚守阵地,曹小姐连骂几声冤家,离开曹家大院,走向茫茫黑夜。曹小姐发现,不是她带着胎儿去逃难,而是胎儿在指挥她去投生。那天夜里,曹小姐绝对没有想到小长工,曹小姐的身心全让腹内的胎儿占据了。曹小姐在寻找能使胎儿安静的地方。胎儿在腹内声嘶力竭又踢又闹,曹小姐着火一般沿凤鸣河而下。曹家沟以外是陌生的世界,加上神秘的黑夜,曹小姐惊慌至极。只知腿在动,不知向何处去。胎儿弄得她心烦意乱。这时,她听到呜儿呜儿的响声。这是小长工吞吃扯面的声音,胎儿也听到了,停止了哭闹。那天夜里,夜雾浓黑,像稠厚的柏油涂抹了天空;月牙儿露出一点点,像灯盏吐出的一粒火苗。

和尚问小姐:"你咋找到这里来?"

小姐说:"我听见你吃东西,就到这里来了。"

"你说这只窑在吃东西?"

"我看见一只大黑碗,碗里有面条有馍馍,那些面条'曜儿曜儿'

咽进喉眼,那些馍馍'喔儿喔儿'叫起来,散出甜丝丝的香气。"

和尚说:"那是我们姜家人的梦,我家七代住寒窑吃麸皮吃野菜,粮食对我们就像珍珠一样稀奇。碗里有饭有我们的梦。"

"麸皮能吃吗?"

和尚望小姐一会儿说:"以后恐怕要吃麸皮了。"

小姐打个冷战,小姐的纤纤玉手猛然触摸到爱情故事极为粗糙的一面。

曹小姐到村堡里找活干,村民们给她的酬劳五花八门,有豆子有面粉有麸皮。小姐很快吃到了麸皮。曹小姐用麸皮做馍馍时,捏一小撮放手心里搓,穷人家的麸皮像锯末搓不出白面星子。曹小姐望眼欲穿,希望白面像星星出现在天顶上,远一点没关系。压根就没有白面的影子,连白面的气息都闻不到,曹小姐绝望得哭起来。她竭力回忆娘家的厨房和饭桌,只要闭上眼睛就能看到白馒头哗然裂开,吐露麦子的芳香。

她曾是美味佳肴的主人。她协助父亲管理家务,为了使曹家的老少吃出粮食的真味,她亲自下厨。她一直在给这些美味佳肴寻找胃口。让曹家老少像林中之鸟在饭桌上啁啾。她一直在给粮食寻找胃口。

曹小姐环顾黑洞洞的窑壁,发现这就是她要找的好胃口。她坐在这巨大的胃里,为粮食而发愁。和尚半夜来,她得给情人备好夜餐。她绞尽脑汁做两个窝头,那简直是从树根上砍下来的木头疙瘩。和尚吃得津津有味,喉结"喔儿喔儿"滚动。曹小姐想起卧床不起的弟弟,弟弟的脖子又细又黄光溜溜没有硬疙瘩。

和尚说:"吃粗粮能把喉咙憋大憋出硬疙瘩,小少爷顿顿喝参汤不吃饭,长不出硬疙瘩。"和尚说:"硬疙瘩叫鸡喔喔。"

"鸡喔喔?"

"跟公鸡叫鸣一样喔儿喔儿响,人吃饭就像公鸡打鸣,"和尚说,

"你们全家离不了人参,迟早要败落,人不吃饭就日塌咧。"

小姐摸和尚脖子上的鸡喔喔:"你吃石头都能吃出香味。"

"石头吃不动,我只吃土里长的。"

"我把麸皮搓半天,找不到白面的影子,你的鸡喔喔能找到吗?"

"当然能,要么咽不下去。"

"这就是你的鸡喔喔,你怎么找?"

"麸皮是从麦粒上剥下来的,用舌头吸能吸出麦子的香味。"

和尚开始亲小姐。和尚的舌头伸进去,舌头又宽又硬,搅起湿漉漉的声音。下雨天,手从泥水里拔出来就是这种声音。小姐在昏厥中听到一片吞吃食物的声音。小姐轻声说道:"你吃我们家那么多饭。"

"我爱吃扯面。"

"都怪我那碗面。我只能给我爸我妈做饭,我没有给外人做过饭,那顿饭我怎么就给你做了呢?"小姐泪如雨下,把和尚淋透了。小姐说:"我被那碗面条绑走了。"

和尚心想:出家人把种子撒进女施主的身体真是罪过。我当长工时犁过上百顷良田,也未曾有过邪念。

小姐说:"我要告诉我们的娃娃,他的小命是麸皮里剥出来的。"

和尚说:"你是金玉之躯,娃娃在你身上不会受苦。"

小姐说:"我离家后没吃过一顿正经饭,野菜和麸皮把我肚子里的油水刮光了。"

瓦罐里有米有麦粉。

小姐说:"现在不能动它,坐月子时吃。"

"你有娃娃啦?"

"早有啦,我不能把他生在娘家。"

"我没碰过你,今天咱们才是第一回么。"

"曹家沟都传遍了,说你吃了我的头茬面,说你种曹老爷的地种迷糊了,把种子撒到小姐身上。"

"那时我们就有娃娃啦?"

"你的鸡喔喔咕咕叫的时候就有了。"

"我只想吃你们家的饭,没起邪念啊。"

"可你的念头比你的嘴馋,吃了五谷想六谷,把老员外的心肝宝贝偷吃了。"

和尚急出一头冷汗。

小姐说:"儿子是你的替身,儿子在我肚子里,你还嘴硬?"

"我拉二胡来,我想媳妇来,还没想到娃娃。"

"有媳妇就会有娃娃。"

布政使与父亲和好以后,走遍了曹家沟的各个角落。他最感兴趣的地方是坟地和长满蒲草的土丘。他的目光落在土丘上,他在想大成至圣先师孔子的出生地,叔梁纥与颜氏女就是在土丘下野合而生孔子。

野合,合于野,布政使咀嚼这个粗糙的词汇。他们这家人,有最好的牙齿最好的舌头最好的肠胃;他们这家人咀嚼任何东西都能发出绝妙的响声。布政使蹲在土丘上咀嚼"野合"二字,其势不下于小长工当年蹲在石磙上吞吃扯面和锅盔。风吹开土丘上的草叶,潜匿于草丛中的蚂蚱红雀儿野狐子忘情地创造生命。合于野而圣人出,布政使终于把"野合"二字嚼碎了。

还是那个故事。小姐和和尚在破窑的第一夜。小姐说:"娃娃长大后会不会恨我们? 我们没干伤风败俗的事情。可那些故事娃娃会知道的,你听过那些故事吗?"

"故事都是我敢想不敢做的事,娃娃容不了一个长工和和尚做他的生父。"

"你万万不能这样想,我教他读书写字教他读圣贤的大典,他不会成为野人。"

"他读得越多,越难以容忍这种事情。"

布政使从土丘上跳起来。布政使想得很远,在松花江边,努尔哈赤让萨满呼唤岳飞和薛平贵的灵魂。努尔哈赤对他这位西岐圣地的后人另眼相看,不惜斩杀大将也要谛听凤鸟的叫声。

那时,他被努尔哈赤的帝王之气震撼了,后金主的雄风最适合于沐浴凤鸣河畔的神鸟。当崇祯皇帝的宫娥幻化成凤鸟时,他首先想到的是白山黑水间努尔哈赤的后人。

皇上向他询问李自成,他没把李自成当一回事。李自成的出身对他刺激很大,他难以接受这个事实。李母与衙役通奸数十年,李长成七尺汉子,其母与衙役奸情如故。李自成起兵造反的第一刀,便是斩杀生身之父。

布政使站在土丘上,速度极快地咀嚼李自成的故事。他们姜家人有很好的牙齿很好的舌头很好的肠胃。布政使一如其父吞食扯面和锅盔,吞食了李自成的故事。他与李自成的区别在于:李杀了父亲,他去杀而没有杀成。

父亲弥留之际,布政使问:"你把戒刀举起来,为什么不杀我?"

"我在曹员外家打工时被青蛇盘颈,大家都说我是薛平贵再世。薛平贵当元帅后杀过亲生儿子,你妈经常提醒我,不要走薛平贵的老路。"

"为什么?"

"我不想当元帅,我想要儿子,虎毒不食子,你是我儿子。"

"大家都说青蛇显灵你才住手的。"

父亲摇头:"我把你当成别人的娃娃去追杀,一认出是你为父还能下手吗?"

"那青蛇呢?"

"青蛇跑掉了。青蛇不跑,我真要走上薛仁贵的老路斩子当元帅。"

那一刻布政使气喘如牛:"青蛇在我身上显过灵呀。"

垂死的父亲告诉他,青蛇一旦显灵,就会待在主人身上直到主人谢世。布政使恍然大悟,青蛇穿过他的七窍钻进草丛跑掉了。

父亲的眼睛成了黑洞,生命之光飘若萤火。父亲说:"青蛇就是那年离开凤鸣河的。"

布政使说:"青蛇到了北京,又到了关外松花江,就回不来了。"

父亲说:"你不是一直在找嘛,蛇走过的地方你都去过了。"

这是父亲咽气前的最后一句话。

布政使把父亲埋在曹家沟的阳坡上,与母亲的墓挨在一起。

29

　　岳父去世,布政使上北京奔丧,却意外地了却了一桩心愿。

　　他一个人在酒肆间行走,走得那样孤独。小贩们说:大人别往前走了,前边不吉利。布政使问这是为何? 小贩说:前面是花楼,当年袁崇焕将军在此走入绝路。

　　"袁崇焕是皇上杀的么。"

　　小贩们看前边的花楼。布政使步入花楼,他没想到袁崇焕有红粉知己。他对袁将军的遭遇已略知一二。

　　当年在宁远前线,袁崇焕大破后金兵,金主努尔哈赤一命归天。袁崇焕乘胜追击,兵临松花江。江水呼啸,白浪滔天,将士们呆立江边,环顾四周,沃野上的红松有如雄伟的宫殿气势逼人,大军望风而退,隐入草丛。东北籍的将士说:那些红松和橡树是制作大帆船的好材料,它们尽收万年黑土的底墒和大江大河的神韵,锐不可当。袁将军若有所悟:"一方水土养一方人,这里的林木跃然欲飞,点化出的兵将个个都有震撼山岳的胆气。中原大地杨柳依依,哪有这样的树木啊。"

　　侍卫说:"后金兵笑我们老二比老大厉害。"众将士大笑,袁总兵不知其意。侍卫说:"鞑子说我们大明军手里的枪不如裤裆里的枪。

窑姐儿喜欢大明兵不喜欢后金兵,大明兵床上功夫天下无敌。"

袁总兵感慨万端:"我只知操练阵法,没想到那玩艺儿也有阵法。"

袁总兵领的是大明的劲旅,以前驻扎在京师,是御林军的一部分。宁远大战,明军反败为胜,举国欢庆,而袁总兵忧心如焚,秘密回京。

边关数年,对皇城的气象早已淡忘。总兵袁崇焕站在北京的大街上,恍若生客;随行的卫兵们不知脚往哪搁,耸入云天的宫殿和山岳般的官邸把他们吓坏了。他们仿佛进了八卦阵,袁总兵用破阵之法,才领大家摆脱繁华大街的纠缠。

袁总兵说:"都城是按阴阳五行建造的,很有章法。"

途中,袁总兵一行经过山海关保定通县。那些城市比不上北京,但那些建筑群使他暗暗吃惊;屋宇飞檐走壁,耸入云端,仿佛是天地间的长廊。屋宇的主人清瘦细长。王朝的气象全在建筑物上,王朝的子民瘦小如蝼蚁。他们建造宏伟的城堡,用结实的圆柱和石级来给虚弱的身体填充力量;他们把飞禽走兽镌刻在墙壁和器皿上,用野物来镇静内心的胆怯。

袁总兵终于读懂了大明朝的城堡和万民的心态。当是时也,布政使姜天正在金銮殿对皇上大谈他的新发现,布政使在圣贤的大典中读出了黑洞。天机不可破,大明朝文武两位大员同时破了天机。唯有皇上蒙在鼓里,以为那黑洞是神仙住的地方,因为皇上在洞里听见一片鸟鸣。布政使告诉皇上,那是西岐的神鸟,红翎绿首,妙不可言。这年秋天,布政使在岐山脚下周公姬旦的庙中进香,并在庙后的山坡上捉到一只神鸟,献给皇上。群臣议论纷纷,都说这是山中野鸟,皇上贵为天子,以野鸟取乐很不妥当。皇上不为所动,群臣只好直言相告,说那鸟是野鸡。皇上翻阅好多资料,古人所绘的凤鸟与野鸡一般无二。早朝时,皇上对大臣们说:野鸡又叫雉,雉成精灵便是凤,汉高祖刘邦的皇后不是叫雉吗?群臣竟无言以对。几位老臣唉声叹气:天子深居内宫,难察世间百态;雉乃淫物,太祖皇帝在世绝不会闹这等笑话。当时总兵袁崇焕也在京师。袁总兵没有在意文臣们的议论。民间把淫妇叫野鸡,袁总兵幼时就知道这些,并深恶而痛绝之。当了总兵后,他结交了几位青楼歌女,才知道这雉是有高下之分的。小巷里的窑姐与青楼上琴棋书画样样精通的歌伎无法比拟。吕后嫁刘邦时,刘邦只是个泗水小亭长,谁都可以叫亭长老婆的小名,叫她雉。小亭长当了真龙天子,雉便成为国母成为百鸟之王——凤。所以袁总兵对布政使并无恶感。布政使出使辽东时,袁总兵盛情款待,谁也没留心是他们二人很不经意地点破了王朝的气数。

袁总兵回到阔别多年的京师,看什么都不顺眼,卫兵们跟他一样怨气冲天。他们卧冰雪历战阵,关内的人却花天酒地醉生梦死。

袁总兵把卫兵安置在郊外的客栈里,叮咛他们不要乱走,皇城的淫逸气象伤壮士的元气。卫兵们跪地起誓:愿做荆轲不愿做西门庆。

袁总兵换上便服,独身上街。当年的红粉知己娇艳如初。袁总兵坐在角落里,没人注意他。翩翩起舞的歌女与他的目光频频相撞,并无电光闪烁。管弦大作,歌伎云集,有百余人之多。男人们开始排座次。袁总兵问身边的歌伎:排什么座次?歌伎说:梁山泊有一百零八将,瓦岗寨有三十六好汉,我们姐儿们也一样,要给大老爷儿们排座次。

嫖女人有这么多门道?袁总兵面露惊诧之色。

歌伎说:"最厉害的角色还没露面呢。"

那些风流男女纷纷离座进入内屋,男欢女笑压倒丝竹管弦。

歌伎逗他:"老爷听见什么了?听见鸟儿叫是不是?这是百花园,莺歌燕舞,大明的英才每夜都来此采花闹春。"

"春天一年一度只一次,岂能天天有?"

"妙手回春啊。刚才那些大老爷儿们,赶天亮要破十八道阵呢。你又吃惊了。我们姐妹们布下天罗地网,有阴阳八卦阵天门阵朱仙阵,破了阵的便是真龙天子。"

总兵的嗓音都变了:"天子乃天地至尊,岂能由你们烟花女子戏弄?"

"风月场跟清平世界一样,有天子有皇后,两个天子一条龙,你听过没有?"歌伎的兰花指很不客气地点一下总兵的下身,"这就是龙啊傻瓜,要想办法叫它飞起来,龙腾虎跃显出男人的威风,这叫望子成龙。"歌伎喝着香茶,继续给他开窍:"守着贤妻成不了龙的。一亩地的收成刚够填饱肚子,一个女人刚够解馋。皇上富有天下,后宫的三千粉黛就是龙吟鹤鸣之地,皇上登基前跟万民百姓没有什么区别。"

"皇上是龙种,岂能与万民相比?"

"龙是小蛇变的么。你守着一个老妻,小鸡鸡一辈子也长不大。皇上就不同了,三千佳丽就是万亩良田。皇帝的小鸡鸡要给三千个女子开苞,一路杀过去,三千佳丽中能与皇上周旋的不过两三个人罢了,她们分为正宫东宫西宫,那里是凤巢,是天下女子倾心向往的地方。"歌伎摘下头上的凤冠说,"这是假的,真凤冠在皇后头上。女人成不了凤便是雉。男人是蛇托生的,女人是雉托生的。"歌伎很伤感,红了眼圈:"开国之君总要把打天下时经历的阵法布在宫娥身上,让他的子孙去破。"

袁总兵不住点头:"你真是奇女子,竟有如此见识。"

歌伎说:"总兵大人应该金盔金甲拜见我啊。"

"你认出我了。"

"袁总兵威震辽东,我这小贱人想试试你的功力。"

"实不相瞒,我的红夷大炮轰死了努尔哈赤,将士们本来可以一鼓作气扫平鞑子。兵临松花江时,大林莽把我们吓退了。"

"大人不了解自己的部下嘛,大明男儿现在练的是下身的功夫,你逆天而行落伍啦,"歌伎说,"英雄好汉都在窑子里,不在你的军队里。关外几年,你不知世有秦汉,你成了化外之民,沐浴不到关内的气息,真苦了你啦。"

歌伎回首当年,那时的袁总兵是何等的英武,风流飘逸,恍若天上的神仙,一根小拇指就能把漂亮姐妹化成水冒白汽。歌伎不胜感慨:"那真是咱们的好时光啊,那些日子姐妹们都说我是皇后,我喉咙里卧着凤。"歌伎说:"好花只开一回,皇上的老婆终生为凤。我们这些人只有片刻的好时光。"

嫖客们窑姐们走出小屋,聚在大厅里,老鸨尖声报名次:豹子头林冲,呼保义卢俊义,黑旋风李逵,花和尚鲁智深,及时雨宋江,行者武松……浪子燕青名列榜首。

袁总兵说:"燕青不如林冲么,怎么排在前边?"

"他是浪子啊,风流潇洒,李师师喜欢他。他跟李师师有一手,道君皇帝也跟李师师有一手,他跟皇上平分秋色,当然排在榜首。"

名次排完了,没袁总兵的份儿。袁总兵低声说:"我连小校都不如了?"

歌伎说:"这跟你打仗一样,凭的是真功夫。人家都是破了几道阵法的勇将,你连我碰都不敢碰。"

喊声四起,群情亢奋。

歌伎说:"压轴戏开始了。"

进来两位贵宾,一位貌美潇洒,一位粗壮豪迈。

歌伎说:"刚才一百多条汉子,齐心协力才破了天门阵。最厉害的十面埋伏和朱仙阵,只有他俩才能破。"

粗壮豪迈者叉手施礼,老鸨高声叫道:"姐妹们准备,西楚霸王到。"有一半操乐器的女子搁下乐器,随楚霸王进屋。众人喝彩。袁总兵发现,最漂亮的窑姐都是操乐器的。袁总兵问他的情人:"你操什么乐器?"

"筝。"

当年总兵离开京师赴辽东御敌,临行前与歌伎相识。总兵惊喜之余弹起随身所带的古筝,歌伎的舞姿顷刻间进入仙境,两人遂结为知己。总兵以筝相赠,歌伎以身相许。歌伎说:"从今往后,奴家便是你的筝了,只有你才能弹出绝妙的曲子。"

……歌伎说:"我等了你三年,今晚你没弹出曲子,筝就在我身上啊。"

总兵大人恨恨地瞪着那位美貌潇洒的公子:"能征惯战的大将军岂能与这等花花公子为伍!"

陪公子闲聊的书生回头望总兵一眼说:"力拔山岳的楚霸王快到乌江了,虞姬上阵。"

座中一名歌伎起身进屋,边走边叫:"姐妹们,虞姬来也。"群情激奋:"霸王过江霸王过江,过江是龙,过不了江是小蛇。"

书生又看总兵一眼,摇着折扇高谈阔论:"虞姬上去了,霸王过不了江,虞姬没动静么。"

众人侧耳倾听,屋里只有霸王的喘息声。众人说:"霸王拔山了,虞姬应该唱两句啊。"

书生说:"虞姬一唱就会唱出凤鸟之鸣,刘邦就没江山了,吕后只怕要当一辈子野鸡。"

座中安静下来,有人说:"笑笑生乃当今大才子,谈谈你的高见。"

叫笑笑生的书生说:"霸王是太史公笔下的英雄,这样的英雄宋朝以后就落伍了。"

众人问:"大明朝的英雄是谁?"

笑笑生说:"文韬武略,不是名震辽东的袁崇焕,也不是凤鸣岐山的姜天正。"

"是谁?是谁?"

笑笑生和公子站起来:"西门大官人,兰陵笑笑生。"

众人惊愕,屋里传出消息,楚霸王兵败乌江,虞姬自刎。楚霸王掩面而出,向众人深施一礼:"连女人都伺候不好,无颜见江东父老,枉为七尺男儿。"霸王朝西门庆拱拱手:"你才是勇冠三军的大英雄,祝你成功。"霸王一瘸一拐离去。

众人说霸王鞭打不响,苦了虞姬姑娘。总兵问歌伎这是为何?歌伎红了脸,小声说:"你真是呆子,那是凤鸟之鸣啊。女人最大的心愿是让男人把她变为鸟,凤是百鸟之王。天上龙地上凤,那是人的至境。"

"这不是欺君犯上吗?"

"他们是拼杀出来的,是真天子真皇后,金銮殿里的大官家是银样镴枪头。"

座中的姐妹朝歌伎招手:"妹妹,该我们上了。"总兵大人一下子想起关外丧失的大片国土,悲凉之感涌上心头,这是他的女人啊。歌伎站起来:"奴家沦为他人妇了,大人多保重。"

十二名绝代佳人袅袅婷婷,要去布阴阳八卦阵,西门庆要不了这么多,他只点出三名女子,总兵的情人就在其中。总兵的心"嗞嗞儿"冒白烟。西门庆说:"这三位美人儿你们瞧,这长长的腿儿尖尖的奶奶翘翘的臀儿,个个都是金凤的化身。在我之前,不少高手动过她们,我这一上去,那些老兄可就惨啦。这杯水酒祭他们的亡灵吧。"

西门大官人双眼冷飕飕,把众人扫一遍。很多人面如白纸,魂出七窍。袁总兵手脚冰凉,仿佛命归黄泉。西门大官人泼酒于地,指着总兵的情人和另两位女子说:"金莲乃古筝化身,为正宫娘娘;瓶儿乃琵琶化身,为西宫娘娘;春梅乃笙箫化身,为东宫娘娘。"三位美人谢过西门大官人。室内传出古筝之声,接着是呜呜鸟鸣。

笑笑生说:"凤鸟叫了,百年不遇啊,西门老兄果然身手不凡。太史公有《史记》传世,兰陵笑笑生也要用这如椽之笔抒写这良辰美景。"笑笑生诗兴大发:"龙吟凤鸣乃王朝之绝唱,汉有《史记》、唐有

《长恨歌》、宋有柳屯田、元有关汉卿、大明朝的传世之作便是我笑笑生的《金瓶梅》。"笑笑生说:"这可是真经啊,能把凡人变成神仙,能把蚯蚓变成龙。"

嫖客们叫起来:"大明有救了,大明有救了。"

袁总兵回到宁远城,部将告诉他,布政使的如椽之笔龙飞凤舞,题岳飞的《满江红》于松花江边,后金举国震惊,其威不下于袁将军的红夷大炮。

袁总兵抓起布政使的手:"龙飞凤舞,哈哈,龙飞凤舞好啊!可大明朝的传世之作已经问世了。"布政使忙问是谁?总兵说:"兰陵笑笑生。"布政使说:"我没听过这人。"总兵说:"我不是大明的英雄,你也不是。"总兵大人脸色煞白,总兵大人说:"我听到了凤鸟的叫声,不是在皇上的后宫,是在窑子里。这是凶兆啊。"

袁将军私访窑子的事还是传到了后金兵营。后金的骑兵在城下边跑边叫:"大明嫖客兵/锤子邦邦硬/身子软溜溜/手脚没有劲。"

不久,皇太极登位,改后金为清。冲进北京的清兵跳下战马,眨眼间变为京戏里的生旦,提着鸟笼捧着烟壶蛐蛐罐,披览前朝才子笑笑生的大作《金瓶梅》,掩卷沉思。神州美女聚于巍峨的青楼之上,发出嘹亮的凤鸟之鸣。白山黑水消失了,红松枯烂了,战马的白骨化为尘土;八旗兵的后人曹雪芹读通了《金瓶梅》。曹先生问怡红院的姐妹们:"我比西门大官人如何?"众姐妹说:"宝哥哥乃西门官人再世,我们姐妹比金莲瓶儿春梅她们快活多了。"

呜呜凤鸣,弥漫太虚幻境,曹公子喜不自胜:笑笑生能写大明的绝唱,我曹某也能写大清的绝唱。自殷商末年凤鸣岐山,这些绝唱便是凤鸟的衰亡与新生。

30

亡国之音哀以痛。青楼上,袁将军的情人美妙如初,一颦一笑令人心旷神怡,她给布政使讲述袁将军的故事。

"总兵大人自小崇拜岳飞,想不到他真落了岳飞的下场。"

"岳飞一生忠烈万人敬仰,袁总兵如愿以偿啊。"

"不是如愿以偿,是重蹈覆辙。"

"重蹈覆辙也不错,可以流芳百世啊。我呢,我算什么?不香不臭没有味儿,来去一阵风。"

"大人少年得志位极人臣,题《满江红》于松花江畔,跟袁将军一样令人敬仰。"

"不要讽刺我嘛,大明的文章高手不是我,是兰陵笑笑生,袁总兵亲口告诉我的。袁总兵还说,他听到了真正的凤鸟之鸣。把我给弄糊涂了,我小时听过凤鸟鸣叫,难道我听错了?"

"你肯定听错了。"

布政使一定是喊了一声,没用嘴巴,用整个身体狂叫了一声,脑袋上的七窍挤到一块。歌伎吓得叫起来:"黑洞,黑洞,大人的头成了黑洞。"

"那是我求学的地方,我在洞里苦读圣典十余年,我确实听见了凤鸟的鸣叫。我要给大明朝写一部书,像太史公和笑笑生那样的书,我要记下凤鸟的叫声。"

"没记住,凤鸟不是白叫了吗?"

"我真没用。"

"大人读书的地方是在黑洞里?"

"是寺庙里的砖窑,在凤鸣河边,那是凤鸟鸣叫的好地方。"

"听说大人把寺庙给烧了。"

"那里边的和尚很坏,勾引良家妇女。"

"连你上学的地方也烧了?"

"全烧了。"

"大人就在黑洞里,你把自己烧了。"

布政使的眼窝里全是眼白。

歌伎说:"我像个巫婆是不是?我知道你想试试,来,听听真正的鸟鸣。"歌伎宽衣上床,歌伎说:"你还假正经呢,你已经着火了,跟你烧渭阳洞一样你快烧起来吧。"

布政使颤巍巍爬上床。

歌伎说:"这才像个人样儿,你向人迈出了第一步。"

四岁那年,母亲带他去上学。那是他记忆中的第一个黑洞,几十个小娃娃扬脖子看他。他给先生施礼,然后怯生生地坐到娃娃们中间,仰脖子看母亲。母亲站在窑口,背后是大团的亮光,母亲像穿了白袍子。他知道自己坐在黑洞里了。先生说:"好好念书。"娃娃嗡一下读出灿烂的书声。先生说:"这黑不溜秋的破窑,能把你们引到皇上的金銮殿。"

歌伎说:"你别做梦,老娘的身子可把你引不到金銮殿。"

"引到哪儿?"

"把你从黑洞里引出来。"

"你真是跳大神的。你把我弄糊涂了。"

"你好好想想。"

上学后不久,他无意中看见生身父母在禅窑里嬉戏。他提着胆子走过去,那对赤裸的男女沉醉在生命的欢愉中,如同壁画上的欢喜佛。这是他看到的真正的黑洞。尽管他跑脱了,黑洞所显示的力量剔除掉他眼中的障翳。他坐在金銮殿里给皇上讲黑洞,皇上肯定是着迷了。

歌伎说:"皇上跟你一样,想听鸟鸟叫。"

"你怎么能这样说皇上?"

"皇上是在女人身上成龙的,由小蛇变的,"歌伎兴致勃勃,连比带划,"皇上起先很平常,宫娥发出凤鸟之鸣,他才能成为真龙天子。"

布政使在歌伎身上不敢动。歌伎说:"你怕什么,你不行,袁总兵也不行。"

"什么意思?"

"好多年前你听到的凤鸟就在我身上,可惜不是皇上的功劳,是西门大官人。"

"那个市井无赖?"

"不要说脏话嘛,他是个英雄,他把袁总兵的根从我身上拔掉了。"

"袁总兵败在他手里?"

"袁总兵败在他手里,死在皇上手里。"

"天上龙地上凤,凤鸟应该鸣于皇上。"

"皇上没这个口福,皇上戴绿帽子啦。"

布政使嘘一声,说:"我想起南宋的赵构皇帝。赵官家登基的时候,国无处女啊。太监搜遍江南,抓来的全是鸡,没有凤鸟的踪影。大明有凤,却不鸣于皇上,为无赖所戏。西门庆算什么东西?"

布政使"哐哐哐"咳出血块。

布政使到郊外袁总兵的墓前上了香。袁总兵败于西门庆死于大明天子,他姜天正就不怕被人指责为秦桧了。他还有一桩罪孽,他把皇上引入黑洞,皇上对他截留的银两睁一只眼闭一只眼。那些银子装在渭阳洞的禅窟里。当年火烧渭阳洞怎么看都像是一场阴谋。

31

父亲说:曹家良田万顷,却没有吃饭的好胃口,我吃饭的声音比听戏文还上瘾。大家便说这是一场阴谋,说是我算计好的。

布政使不置可否。

父亲说:"没有算计的阴谋最真实。"父亲说:"在渭阳洞当和尚,回头看我当长工的事情,咋看都像是一场阴谋;回到曹家沟种地再回头看渭阳洞的日子,更像是一场阴谋。"父亲说:"曹员外的地都落在我手里了,我只想种地,没想要人家的地。"父亲说:"我入了曹氏家谱,死后就埋在这里。"

布政使心头一惊,他听出了父亲的弦外之音。

流传在北原的故事是这样说的:曹小姐怀着小长工的孩子离家出走,在寒窑里等夫君归来。等了二十年,儿子进士及第,人们说小长工回不来了。故事变调了,本应该是小长工立边功当元帅回寒窑接小姐,回来的却是中进士的儿子。大家说儿子成了文曲星,父亲的武运就没了。所以,故事里没有父亲。故事的后半部分是这样说的:曹小姐给夫君生育了一个进士,为了报答父母,便回到娘家,给曹氏家族又养一个状元。故事始终没有提渭阳洞的和尚。布政使是在渭阳镇的酒肆里听到的,布政使对这个故事很满意。父亲虽然活着,没办法出现么,最好是不出现。北原的乡党们从古到今,仁义忠厚。父亲说:"没有穷乡党,你娃早饿死了。"

北原上到处是人,乡党们著黑衣黑巾,密如蝼蚁。布政使说:"儿为官数十年,没为百姓办一件好事,枉受乡党们的厚爱。"

父亲说:"做官是为了皇上,对皇上问心无愧就行啦。"父亲指着土路上踽踽而行的农人,说:"他们不指望你报答。"

布政使很感动。

父亲说:"这是北原的风俗,刚生下的娃娃要吃百家面,每家送一把面。送面的都是穷人,穷人讨厌自己的生活,他们希望婴儿长大不受穷成为贵人。"父亲说:"你娘是落难的小姐,乡党们每天都送白面,一直送到你满月。"父亲说:"北原的穷人,几辈子生不下一个像样的娃娃,你娘生你的时候,接生婆连声大叫:贵人下凡啦,贵人来拔穷根啦。堡子里的老婆婆日夜守着你。"

古老的乡俗从父亲嘴里流出来,布政使的出生惊天动地。刚出生的布政使,装在老婆婆的裤裆里,从黄昏到天亮,黑夜近不了他的身。那些老女人都是天寿,吸日月的精华和泥土的灵气,他就是在这些老婆婆干瘪的肚皮上度过出生最初的七天。

父亲说:"贱物命牢,这七个老东西是北原最脏的女人,跳大神当婊子开窑子拉皮条,什么都干过。大户人家生娃娃要请她们守夜,刚出生的小人儿,灵气太嫩,夜游神要来勾魂儿。"父亲说:"这七个脏女人,大户人家才请得起,而且请不齐,顶多请三四个,轮流看护。你出生那天,她们不请自到。你满月那天,北原的叫花子二流子都来吃喜酒,下贱人的祝福最灵验。"

这就是生命最成功的经验。

工程正常进行。每天都有人来报告工程进度。几千名苦工在北原底下挖洞。

父亲的声音仍在继续:"穷人痛恨卑贱的日子,他们世世代代翻不过身,地气不朝他们开,天神不给他们的女人投胎。有人亲手捏死自己的娃娃,他们痛恨自己,他们不愿看到儿子重蹈覆辙。他们竭尽全力帮助你,是要你离开北原离开尘世,过仙人的日子。"

布政使说:"我妈哩,我妈算啥?"

"你妈跟他们一样。"

布政使说:"他们不恨我?"

"他们恨你兄弟。"

"弟弟是清官哪。"

"他们要是做了大官,会把皇上的金子全部搬走。你兄弟吃过百家面,在七个脏女人的肚子上爬过,可你兄弟半途而废,他们都咒你兄弟。"

布政使如释重负,京师的官员都说兄弟的死与他有关。布政使把双手伸进灿烂的阳光里,手指亮晃晃,很福态。布政使相信自己不是坏人了。兄弟的死与自己没关系。

最后的日子里,父亲一直陪着他。父亲说现在是时候了。布政使知道即将到来的是什么时候。布政使跟着父亲离开官衙,来到镇外的空地里。父亲指给他看那块风水宝地,银子将埋在那里。父亲说:"儿哇,大家喜欢你是因为你搬了皇上的银子。"

父亲发现了秘密工程。父亲说:"这是大家梦想中的银子,大家知道你要把银子埋在这里,大家都想出一份力,那将是银子堆成的地龙啊。"

"朝廷知道要杀头的。"

"半夜三更没人知道,也不会有人报告朝廷。"

布政使走到洞口,搬银子的劳工个个像夜游神,力大无穷,口吐白沫,像是在睡眠中。父亲说:"他们穷疯了,一见银子就进入梦境;他们在梦中干活干得踏踏实实。"

布政使说:"都是下苦力的呆子。"

父亲说:"这是活人的至境,下苦力就要使出老劲儿。"父亲说:"我吃了十八年麸皮,不知肉味不知白米细面的滋味。到曹员外家第一次吃肉吃粮食,一下子吃到了粮食的真味。"父亲说:"你妈知道个中道理,百家面化成奶水喂你一百天,百天后你就喝麸皮糊糊了,五岁前你很少吃粮食。"父亲说:"你是我儿子,得有我的好肠胃,你妈很能干,把我吃饭的本领全教给你了,你才能专心读书。"父亲说:"爸是饿出来的,你也是饿出来的,饿出来的人有一股狠劲。"

好几千苦力在土原底下挖土,土地爷"吭吭"咳嗽。

父亲说:"我们家跟北原的泥土一样,撒什么发什么。儿哇,你挖这洞不是埋银子,是给土地爷进贡。"父亲说:"皇上虽然是天子,可也是在地上做皇上,是地上的龙;这洞挖成了,你就是地底下的龙。"

竣工前父亲去世了,布政使一直记着父亲的话。

布政使率心腹们入洞察看,心腹们消失在地下河和风洞蛇洞里。布政使丝毫不惊慌,这是大地唯一真实的存在,想到这点,布政使便超越了死亡。随行的人都死了,他们是工程第一批祭品,跟银子躺在一起,他们的死亡银光四射。积攒了二十年的饷银,从湖广越秦岭过渭水,躺在北原底下。父亲说得不错,当银子全搬进去的时候,银子就不是碎块了,呈现在眼前的是一条银亮的长龙。

这时探马来报,新任湖北布政使赋银送到。布政使正在迷糊,湖北来的官员说:"姜大人为官之道名震大江南北,下官是为主子取经来的。地龙生成之日,特来祝贺。"布政使说:"你太客气了。"那位官员说:"在表扬声中刮银子太妙了,我们打内心里钦佩你,你把为官之道大大地提高了一步。"

布政使笑笑没吭声。

探马不停地报,各省都送来赋银。父亲在天之灵告诉他:儿哇,这就是贡品。布政使牢记父亲的嘱托,从容不迫冷眼观看。来访的官员虔诚无比,他们跟那些挖洞搬银子的苦力一样,见了银子就想入非非就做梦就往梦魇里走。他们是另一种穷人,他们的饥饿感远远超越下苦的穷人。真正的穷人很知足,而他们一直想提升。王朝到了末年,冗员太多,根本没有空缺,而官员们源源不断地涌向北京,九尊之顶的皇上快要顶破天了,皇上再也满足不了大臣们求官的欲望了。欲望便从大地转入梦境。官员们纷纷来朝拜布政使。天亮前官员们纷纷离开北原。

布政使临死前向老太监表白,他没贪皇上的银子他不是龙。老太监告诉他:皇上知道。布政使明白他是死定了。老太监跟他是老交情,老太监告诉他,大明的进士只有他一个人是私生子。布政使小声问道:"皇上连这都知道?"

"皇上当然知道。自古以来,丫头养的嫖客弄的,都能干大事。"

32

　　副乡长的任命文件下达前,发梁斋戒一礼拜。一杯一杯地喝茶,一支一支地抽烟。媳妇流下了眼泪:"要知道这么难,就不让你当官。"

　　发梁哈哈笑:"有茶喝有烟抽,比我们姜家老先人强多了。老祖吃了十八年麸皮。"

　　发梁囫囵下两碗面条:"老祖攒了十八年的肚子才嚼出粮食的真味,我停伙一礼拜就尝出味来了。"

　　媳妇只当他说疯话。发梁搁下碗:"你别盛啦,第三碗饭是现成的。"发梁的贼眼睛在媳妇身上滚来滚去,媳妇张张嘴喊不出声;她男人像个鹞子扑过来,把她捉到炕上。她男人像山里的鹞子,翅膀噼啪响着,狠劲地翻滚。鹞子翻身的劲儿很大,鹞子在群山上空一搅和,满世界的鸟儿就叫起来。媳妇新婚之夜没叫,现在叫了。发梁点一支烟,抽得有滋有味。

　　发梁说:"你刚才叫的是《百鸟朝凤》,那是姜家老祖的曲子,勾女人魂啊。"

　　"我是你口中饭,让你吃啊?"媳妇嘴上骂心里笑。结婚好几年,很少这样快活,她走进了一片新天地。

发梁说:"贵人命好,好事不请自到。据说姜家老祖十八年没尝过白米细面,进曹员外家第一天,光那吃饭的声音就把曹家上下震翻了,把员外的千金小姐震迷糊了。"发梁说:"要让猪长膘,先饿它几天,把猪饿疯了再喂它,饲料就会发挥出最大的效力。"

媳妇说:"有你这样比喻的吗?咱是人不是牲畜。"

发梁说:"人就要有一股牲畜劲儿。"媳妇发愣,他说:"姜家老祖就是青蛇托生的,无毒不丈夫,量小非君子。"

备战那年,全国人民"深挖洞,广积粮",发梁和几百名民兵挖地道,挖通了布政使的黑洞。发梁和县武装部的人拿着枪带着警犬往里走,想找姜家老祖的银子。第一个洞是地下河,过不去。用手电照着,警犬泅过去。刚进第二个洞,就被风卷走了,那是风洞,风吼如虎豹嘶鸣。风洞那边的蛇洞,他们只看一眼就跑出来了。蛇全是夜光眼,蛇把手电当成眼睛了,开始扭动。蛇一动,四周的土发抖。他们的骨头都酥了,后边的人把他们背出去,洞子就塌了,再也找不到了。相传有一张藏宝图,周长元知道周长元矢口否认,谁也没办法。

发梁说:"北原人都知道地底下有宝,我算开眼了。"发梁说:"我看清了一样东西。那个黑洞就是姜家老祖。"发梁说:"姜家老祖积二十多年的贡银修炼自己的肉身。历代皇帝,用金银提炼仙丹想脱离尘世长生不老,都没有成功,姜家老祖却保住了自己的全身。"发梁说:"姜家老祖就装在三个黑洞里。风洞是一个人的疯劲,蛇洞是一个人的狠劲,地下河把风蛇连起来,河就是人的狠劲和贪婪。我们的老祖很高明,人的本性不能在地上,只能在地下。人的根扎在土里,就是那些深不可测的黑洞,就是那些声嘶力竭的风,就是那些日夜奔腾的河流和腾云驾雾的蟒蛇。那是人的全部。"

在最后的日子里,布政使手软了。天良未灭,六根不净要坏事,布政使心神不定。那一天,布政使发现心是圆的,可以滚动,没有固定的位置。黑洞里的人来报:最后一条洞挖通了。

"通到哪?"

"天柱山。"

布政使攀上城头瞭望。天柱山是岐山的最高峰,倚天而立,山脚有周天子姬氏家族的宗庙。

通报的人说,"那条洞比原计划长了三里地。"通报的人说:"黑洞穿过周公庙挖到老夫人的墓下了。"

"拐弯了?"

"拐弯了,从河底下拐过去了。"

"河水倒灌怎么办?"

"那些苦力全疯了,不吃不喝一口气挖到了老夫人的墓地。"通报的人说,"老爷,这是天意,老夫人没忘你啊。"

布政使抽鼻子,他的心已经回到母亲身边,他挖这黑洞就是一种回归。人在这种时候才知道自己最需要什么,最真诚的行为都是下意识的。他们一家只能在黑洞里团聚。在北原的故事里,母亲嫁了两个男人,他把洞从渭阳镇挖到天柱山,就是要把父亲送回去。母亲是在这条黑洞里从一而终的,其实母亲根本没有改嫁。至此,曹小姐和长工才显露出生命的真实状态。

布政使吩咐苦力们开始搬银子。秘密行动必须在晚上进行。李自成的大军快到西安了,布政使借机实行宵禁。北原的夜晚空旷无比,村镇和大道上只有巡逻的兵丁。更多的兵丁手持火把,把渭阳洞团团围住,苦力们穿过兵丁排列的夹道搬银子。兵丁的队列一直排进黑洞。

搬运银子的苦力气喘如牛,面孔被汗水和尘土遮没了,谁也认不出他们是人。布政使仿佛看见地里的耕牛,自从他知道生父是下苦力的长工后,他格外注意田野上的农夫:农夫爬在泥土里跟牲畜没有两样。

布政使往后退几步，不去看那些苦力。布政使看那些兵丁，兵丁站满渭阳洞的陡崖。老兵们谈二十年前火烧渭阳洞寺庙的往事。老兵说："姜大人吉人自有天相，和尚们的秃瓢全变成了银锭。"老兵说："银子在洞里堆了二十年，银子会变成精怪，你们信不信。"打赌划拳后，老兵说："和尚变银子，我们变金子。"

士兵们知道自己的下场，那些苦力们也知道。银子进洞后，布政使的心腹们马上封闭洞口，洞里的人数日之内化为尘土。

士兵们满脸凄凉，黑洞的秘密他们只能想不能说。

直到最后布政使还在犹豫。这是一场灾难，皇帝故意把饷银让给他。皇帝的最终打算是什么？布政使猜不透。当年，皇上想杀袁崇焕，就派他去辽东，后来皇上想杀曹玉林，就调他离开武昌。

直到最后的时刻，布政使才知道皇上也想要这个黑洞。老太监突然从西安赶到渭阳镇，空气紧张到了极点。人证物证俱在，全国最大的贪污案将公之于众。

布政使站在罪恶的珠穆朗玛峰上，抖个不停，快要尿裤子了。老太监宣读圣旨："……姜天正于西岐圣地凿洞祭天，功在朝廷，晋爵九锡，赐黄金万两。"

布政使还在珠穆朗玛峰上站着，顷刻间，踩在脚下的罪恶变成了空前绝后的功德。

老太监说："姜大人快下来接旨。"

布政使从罪恶的顶峰跳下来，接九锡谢公公。

老太监说："皇亲国戚也拿不上九锡，皇上真是喜欢你啊。皇上知道你有银子没有金子，把国库给你搬来了。"

兵丁和苦力们把金子搬进洞里。布政使陪老太监进洞查看，地下河风洞蛇洞全装满了。

老太监说："蛇在哪？让我看看。"

布政使说："我五岁时青蛇显灵，以后就见不到蛇的踪影了。我积二十年的银子全是给青蛇的,我枉背了贪官的罪名。"

老太监说:"天子圣明,没怪罪你嘛。"

布政使说:"老公公,咱们站在地底下了,你得说实话,皇上的真正用意是什么?"

老太监说:"时辰快到了,我没必要再瞒你。大明气数已尽,攻破北京的不是鞑子就是李自成。大明皇帝是有血性的,他要拼到底。若在平时,皇上可以自制;若城被攻破,皇上会丧失自制力,显露出凡人的德行。凡人发疯行同禽兽。皇上要把他的凡性埋在地底下。"

"皇上要找投胎的地方,皇上应该找女人呀。"

"后宫没有一个可以成凤的妃子。王朝末年,凤鸟鸣于野,这你最清楚。"

"皇上要拿我做替身了。"

好多年前在松花江边,努尔哈赤派贴身贝勒来陪他,贝勒听完凤鸣之声后,被努尔哈赤放了血。血流过躯体跟河流过大地一样,滋养神鸟的歌喉。

布政使说:"圣旨要昭示天下,否则我俩就会成为千古罪人。"

老太监说:"事成之后,我即自戕。"

布政使说:"死我一个就行了,皇上又没让你死。"

老太监说:"我们阉人也是人啊,宫里的太监背着皇上凑了二十万两银子,为的是赎回完整的躯体。我们阉人没有那东西,你显灵时想着我们就行了。"

布政使面露难色,心想:皇上把他的兽性投我身上,我不成畜生了吗?再加上阉人的脏物,我不成锤子了吗?

老太监说:"你想不想我们无所谓,只要收我们的银子就成。那条蛇是皇帝的凡胎,又是你的真形,也是我们阉人的筋啊。"

为了防止苦力和兵丁逃跑,老太监宣读了圣旨。布政使的私事变成了朝廷的公事。圣命难违,众人尽心尽力。

老太监说:"北京还要送一批银两。对外宣布十天后完工,实际工期两天后结束,突然封洞,把工程的参加者全部堵进去。"

布政使和老太监承担了数千名死者的罪责,为大明皇帝尽了忠。作为回报,皇帝销毁了刑部档案中有关袁崇焕和曹玉林的全部材料。皇上不想重蹈宋高宗赵构的覆辙,皇上不想让忠于自己的人成为秦桧。

京城被攻破了,皇上毫不惊慌。皇上在回忆他的一生,皇上在想后人该怎样评价他。他是历代亡国之君中最有才干的一个,他尽了天子最大的能量。大厦将倾,回天无力。

此刻,他唯一的心腹大臣姜天正,在渭河北岸营造了巨大的地下宫殿。姜天正用皇上赐给的宝剑开始抹脖子,脑袋落入地下河,脖腔喷出一丈高的血柱,血柱沉落之后是一阵咕嘟声。皇上看见了黑洞。他心爱的大臣用血肉之躯堵住了大地的裂口,刀口的血迹干了之后便是一条栩栩如生的青蛇。朕的兽形埋在北原底下,皇上不至于在贼寇面前出丑。

自从姜天正给他谈过那个黑洞之后,他总有一种不祥之感,他在黑洞里曾看到过历代亡国之君的丑态。从那时起他下决心要做个血性天子。他天资聪颖,很小的时候,他对师傅说:读经书是给自己上铁笼头。师傅大吃一惊。他说:斯文一点就是说,读书是为了约束自己。修身养性的目的就是不显露自己的本相。师傅仅仅是张了张嘴。朱氏家族确实出过不少有个性的皇帝,这些皇帝登位之初,都是标准的真龙天子。天长日久,他们就会突破狭长曲折的人性夹道,袒露出人的狂放与任性。正德皇帝喜欢乡野村妇,神宗皇帝喜欢盖房子,崇祯自始至终保持帝王的气概与威严。

喊杀声逼近内宫,侍从冲出去为皇上尽忠。皇上有点迷糊,皇上看见心爱的大臣在地底下吞吃银锭,臣子说:"我爸当年就是这样啃白面馍馍的。"布政使的头伸出天柱山,尾巴摆在渭阳洞的陡崖上,布政使完全露出本相。皇上觉得布政使好痛快,皇上经受不住这种诱惑,皇上持剑在手。布政使说:"皇上不要压抑自己,压得太狠会发疯的。"皇上的嘴张开了,布政使说:"臣这几十年之所以没有慌乱,就因为有这些银子。"皇上说:"朕不能慌乱朕不能疯。"皇上冲进内宫开始洗宫。大明天子淋漓尽致地慌乱了一通,砍杀了所有的宫娥和亲属。皇上杀累了。贼寇的箭镞嗖嗖飞蹿,带着啸音。皇上伸手抓住一枝响箭,箭杆上的绿色羽毛很好看。皇上把雉翎当做凤翎了。皇上听见凤鸟在叫。皇上在幻觉中恢复了尊严。唤来两名太监,从容不迫走上煤山。那棵歪脖子树垂下黑糊糊的绳套,这就是等待已久的黑洞,这是他的必由之路。

　　皇帝把头伸进去,在黑洞里,他成了真正的皇帝。

33

乡长退休前保荐发梁接班,发梁很感动。乡长说:"你是个干才,接班后要干出几件引人注目的事。"乡长说:"我是直性子,说话不拐弯。像咱们这些没有根基的基层干部,干得再好,当个乡长就到顶了,当县长的凤毛麟角。"

发梁给老上级续上酒,双手捧上。

老上级说:"当官要有三个条件:才干、机遇、上边有人。老弟你缺的是上边没人替你说话。"老上级说:"咱北原这些年出乡长不出县长。连镇长都没出过。镇长与乡长虽说是平级,但镇长离县长近啊。镇不同于乡,有城市经济的味道。"老乡长说:"渭阳镇是全县的大镇,又是县政府所在地,当上渭阳镇镇长,就等于当了西安市市长。"

老乡长走后,发梁说:"我再也听不到这样真实的劝告了,我差点流出泪。"

发梁担任正职乡长没有得意忘形。他时刻记着老乡长的话。媳妇劝他:这是长久之计,急也没用。发梁茶饭不思,面无人色。媳妇言语间带了哭腔:你这人真是的,哪有升了官却寻死觅活的?

发梁说:"老乡长都说到点子上了,我以前没想到,我太嫩太天真了。我以为只要建功立业就能不断地升。"

媳妇笑他:"像秦始皇所想的,一世二世三世以至万世无穷。"

发梁说:"太平年间是皇亲国戚的好日子,像我们这样卑微的人,在乱世中才能脱颖而出。"

媳妇说:"你忘了老乡长的话,先干出成绩再说。"

发梁说:"咱不乞求朝中有人,起码县里得有个熟人照应才成。"

夫妻俩把脑袋瓜敲得邦邦响,也敲不出与达官贵人有何瓜葛。

发梁说:"我家三代贫农,全凭当兵吃粮往外闯。"

媳妇说:"我家是城市贫民,连政府机关的办事员都不认识。"

发梁说:"我们是穷人,穷人要发万事难。"

媳妇说:"我们见好就收吧,我知足了。当初我嫁你的时候你是个农民,你当大乡长连我爸都没想到。"

发梁说:"我就不信,北原出不了县长。北原出过进士出过状元呢。"

发梁到县里开会,开一礼拜,回来对媳妇说:"会议精神只有一个,我认识了你的老同学。"

媳妇差点跳起来,嘴巴张得像窑洞。

发梁说:"你忘了人家,人家没忘你。他就是杜秘书,县委的杜秘书,朝中有人啦。"

媳妇说:"中学毕业快十年了,人家肯不肯帮忙?"

"要来咱家做客哩。明天就来。"

媳妇的脸红扑扑,发梁不知媳妇为什么这样红。

发梁说:"他跟你可熟了,说你喜欢看《简·爱》,当下就从书架上抽出《简·爱》让我送给你。还给我介绍《红与黑》。杜秘书说不读《简·爱》不算是女人,不读《红与黑》不算是男人。"

媳妇目瞪口呆。发梁毫不理睬媳妇心中的暴风骤雨,一头扎进《红与黑》,很快就发出嘿嘿的惊叹声。半夜三更,媳妇告诉他,杜秘书是她以前的恋人,快结婚时,她忽然感到小杜没意思极了。媳妇说:"那时我认识了你,就把他打发掉了。"

发梁说:"你就这么把人家蹬了。"

媳妇说:"所以他恨我,他发誓要报复我。"

媳妇说:"我当时说了一句蠢话,他问我毁约的原因,我说我喜欢干大事的男人,他就咬牙切齿咒我。"

发梁说:"我真的讨你喜欢?"

媳妇说:"你才知道哇,女人喜欢有野心的男人。"

杜秘书受到发梁夫妇的热情款待。发梁媳妇上菜时,杜秘书说:"他正是你要找的人。""天遂人愿么,你可要手下留情啊。""这算什么话?""你发过誓,要报复我。""嘻,那是一句气话,你还记着?"

杜秘书马上回请他们。杜秘书的媳妇是地委常委的女儿。杜秘书言语间特别强调了这一点,并且用含情脉脉的眼神看他媳妇,在厨房里啃媳妇的小脸蛋。发梁两口子在客厅里全看见了,发梁哈哈笑:"小杜蛮幸福么。"杜秘书走过来:"那是那是。"

两个女人成了好姐妹,两个男人很快谈及军国大事。杜秘书说:"咸阳要修国际机场,老兄想不想露一手?"发梁说:"我们乡车子少,县里能让我们去吗?"杜秘书笑笑没吭声。送客时杜秘书说:"这个工作干好了,渭阳镇镇长就是你的。"

发梁的车队全是马车,从十公里外拉砖块。那段时间,发梁泡在于连·索黑尔的故事里。杜秘书来过两次,问他感觉如何?发梁说:十年前要读这书就好了。

十年前他在大山里修铁路。去铁路局参加培训,局长的女儿见了他,大眼睛扑闪扑闪。那时他应该钻进去。老祖姜天正就是从破窑里钻进去把皇上都惹馋眼了。

发梁说:"那时我是个木头疙瘩。"

马车跑不过汽车。发梁发现关键是记工员,运输量全在记工员手里。发梁亲自拜访记工员,谈古论今;记工员是个水嘴能谝,两人几个回合谝在一块。谝熟后,发梁给了他点意思。车队半夜出发,天不亮回来。在记工房外吆喝几声,记工员趴被窝里一车两车划圈圈。车队走几百米又空车踅回来,记工员一车两车地记着。年终结算,马车队赢了汽车队,发梁车队挣了二十万。发梁办起鞋厂,一年盈利五万元。杜秘书说:现在是时候了。话过三天,发梁走马上任渭阳镇镇长。

媳妇说:"这些来得太容易了,别栽了。"发梁听不进去。

杜秘书把发梁介绍给城里的社交界。发梁说小杜是小心眼,光给他介绍漂亮小姐。小杜说:这些小姐放在大城市不怎么的,在咱北原个个是人物呢。我不会动她们,我要找有来头的。小杜把他领到贵夫人跟前,发梁像个真正的绅士,一改北原乡音用纯正的普通话交谈。杜秘书的小眼睛差点从眼镜片里蹦出来。

镇机关与县政府仅一街之隔,方便得很。后来发梁对周长元说,他在沙发上占有那位美貌的县长夫人时像个土匪。发梁说我就像闯进财主家的土匪,一个乡巴佬把县长夫人给睡了。发梁说:我看见北原底下的黑洞,我钻进去,我成了长长的蟒蛇。贵夫人叫起来:那是什么? 是蛇。发梁对周长元说:他从贵夫人的身上爬过去,进了那个黑洞。洞里没有人们传说的银子,是一条蛇。在那里我见到了我的老先人。

媳妇哭闹。发梁心软了,很快又硬起来。发梁说:我不是花花公子,不是西门庆。媳妇说:你玩女人,这是什么话啊。发梁说:我这是有目的有计划地干,那些官太太能把我领上康庄大道。

媳妇不闹了。发梁给她讲姜家的老祖,如何从禅窟里爬出来,一直爬到皇上的金銮殿。媳妇说:"听说老祖娶的是员外小姐,小姐生养过两个进士。"发梁说:"曹小姐是神鸟下凡,凤鸣岐山你知道吗? 曹小姐是凤鸟,凤鸟一叫老祖就成了贵人。"发梁说:"你是我的凤。"

出事前,杜秘书天天来缠发梁媳妇,发梁媳妇说:"我早知道你想打我的坏主意。"杜秘书要脱裤子,发梁媳妇"噌"攀上窗户,杜秘书说:"发梁快坐牢了,你给我一回我就告诉他。"

杜秘书撑不住了。当是时也,阳光像云层里的蜜蜂落满发梁媳妇的头。杜秘书带着哭腔:"啊呀,你戴着凤冠,你叫起来了,你这么美!噢,你这坏蛋!"杜秘书的裤子湿了。

发梁媳妇说:"恶心死了。"

杜秘书说:"十年啦,我想你一次就湿一次,比给我媳妇的还要多。"

"恶心死啦憋不住往厕所跑嘛,不要脏我的影子。"

"你真残酷,人得不到连影子都不给,发梁这狗东西。"

"你应该嫉妒他,你比不上他一根脚指头。"

"我在你心目中就是这样子。"

"一堆臭狗粪。"

杜秘书气得发抖:"听着,我在你心里有多臭,我就叫发梁在社会上有多臭,我要让他坐牢,让他身败名裂。"

这话把发梁媳妇给吓住了。

发梁说:"有啥可怕的,我搞的都是阔太太贵夫人。"

"你就不怕坐牢?"

"我跟老祖接上了头。活人不就是要出人头地吗?老祖当年钻了二百口黑洞,这坐牢说不定有奔头呢。"

飞机场偷工减料事发,发梁被判刑十年。媳妇去探监,牢里的犯人都把发梁叫大哥。发梁问媳妇:北原人欺负你吗?

媳妇的脸红扑扑的:"他们都说你是贵人,你的事都是杜秘书搞的。"

发梁说:"我没那么坏,他大事渲染,英雄是渲染出来的,他让我坏过了头,我就与凡人不同了,我就成了神仙。"

34

发梁坐牢的日子里,媳妇每月都去探监,囚犯们大为感动,北原的乡党们更是交口称誉。上了年纪的老婆婆说发梁媳妇是娘娘相,会变成凤鸟。那些老人对姜家老祖的故事不感兴趣。她们只记得曹小姐和曹小姐的女儿。

发梁媳妇说:"我知道曹小姐生养过进士状元,没听过她有女儿。"

"你是城里人,当然不知道。"老人们告诉她:姜进士要不是女儿的善行,就会成为千古罪人。

那毕竟是几千号苦力的性命,布政使在最后时刻拿不定主意,便把封闭洞口的秘密告诉夫人。夫人吓一跳:"苦力也是人啊,他们为挣一口饭就丢掉性命,老天要报应的,老爷。"

女儿在外边听到了。

这些日子,女儿天天上楼看那些下苦的人。布政使的门楼是北原最高的,站在门楼上,北原尽收眼底。小姐从苦力们铜亮的胳膊上看出了什么,她的手抚摸门楼上的石壁,石壁上饰有凤鸟的图案。小姐在曹家沟奶奶家听过《百鸟朝凤》。奶奶说:女人是鸟儿命,被关在笼子里。

"什么鸟鸟不关笼子？"

"凤鸟，只有凤鸟是自由的。"

小姐指着河沟里的野鸟问奶奶："那些野鸟不是自由自在的吗？"

奶奶说："野鸟有主儿，一片林子有一片林子的鸟儿，一棵草有一棵草的虫子，只有凤鸟是属于大地的。"

小姐出落成花儿似的少女时，奶奶的眼泪流下来："我像你这么大的时候，被一种声音迷住了。"

"啥声音啊？"

"吃饭的声音，"奶奶说，"那是世上最好听的声音。奶奶要了这声音，这声音就成了好听的曲子，那曲子叫《百鸟朝凤》。"

爷爷正在门外拉二胡，小姐从曲子里听出了奶奶美丽动人的少女时代。

天黑的时候，姜小姐来到沟里。破窑里住满下苦的民工。这些甘肃旱原上的农民，远离家园到关中来就想吃几顿白面馍馍。

小姐问他们："甘肃没白面？"

他们的嘴唇像磨盘，磨出厚沉沉的声音："有哩，咱吃不上，那是财东家吃的。"

"陕西白面好吃，得是？"

"好吃，可一天只一顿。"

"一天一顿？"

"早晚吃麸子，晌午吃蒸馍。"

小姐说："明儿晌午吃了蒸馍快离开这，天黑你们就死光了。"

第二天晌午，甘肃苦力们揣上白面蒸馍全跑了。布政使和老太监命令士兵搬银子，士兵们说搬银子可以，往洞里堵人咱就跑。李自成的大军快到潼关了。布政使和太监答应士兵们的要求。

布政使没有怪罪女儿，布政使说："你放了那些苦力，后人会替他们补上。"

布政使说:"蛇得吃东西呀。蛇是饭量最小的动物,一次吃饱休眠一年,饭量最小的蛇吞吃饭量最大的苦力,听起来残酷实际上损失最小。"

布政使说:"蛇吃饱了就不再伤人。"

女儿说:"蛇在地洞里还能伤人啊?"

布政使笑了:"你不了解人啊,人为财死,鸟为食亡。黑洞里的银子将吸引后人,前仆后继去冒险。进洞冒险的人就是蛇的粮食,蛇一年只吃一顿饭。每年发生一两次盗墓事件,蛇就能活下去。"

这是布政使和女儿的最后一次谈话。布政使摸摸女儿的头发,离开府邸。布政使走进黑洞,命令士兵封死洞口。

数千人葬身蛇腹的悲剧避免了,但盗墓事件接连不断。盗墓贼半夜三更进去,没人知道他们的结局,也没人听到他们被蟒蛇缠咬时的惨叫。

这一带枭特别多。

人们前仆后继来找黑洞里的银子。全国最高明的盗墓贼栽在这,一去不返。

蛇在地底下的黑洞里蠕动着。它本来打算吃死人的,人类的欲望使它每顿都能吃到新鲜的食物,蛇很满足。

父亲下洞后,姜小姐认为她没必要留在尘世,就去崛山寺出家为尼。据说小姐死时在自己的袖口上绣一条青蛇,蛇信子颤如火焰骇人魂魄。小姐用这个图案告诫世人:不要到黑洞里去。人们看出她的良好用意,编成故事,世代流传;但人们并不在意这些告诫,真正记住的还是黑洞里的银子。

人们反复不断地讲述布政使一家,在讲述中能得到一种满足:穷人可以迷住千金小姐,富人可以有更多的钱。时间拉开了想象的空白。人们竭力去想象二十多年的赋税是多少银子?每一代人都有每一代人的说法。不久前,有个小青年差点把黑洞里的银子说成美元马克。总之,那是一笔非常诱人的巨款。按诗人们的说法,那是人类欲望的象征。

大明朝灭亡了,大清一统天下。死里逃生的苦力们,在北原为姜小姐盖了一座庙。为了标明他们的身份,苦力们用碎砖瓦建造这座庙,这庙叫瓦渣庙。小姐的塑像栩栩如生,袍袖上绣着一条小青蛇。

老太太们讲这些故事时非常神往,讲完后半天回不过神。她们呆着,脸上慢慢有了热气;她们回到了现代,她们对发梁媳妇说:"发梁不是凡人,你要好好伺候他。"

杜秘书天天来缠,发梁媳妇忠于丈夫的红心越缠越坚定。杜秘书下决心要来绝的。要让发梁送命。

发梁媳妇冷笑:"他的命是你送的?也不掂量掂量自己是啥东西。你又抓到他啥罪证啦?说给我听听。"

"你给发梁说,要给他挪挪窝,他待在宝鸡太舒服啦,去铜川王石凹煤矿下煤窑。你说这话的时候注意他的脸色,看是黄的还是红的。"

发梁媳妇探监时如实相告,发梁的脸果然成了蜡块,冷汗嗖嗖嗖。

发梁说:"去了煤矿九死一生,如果有人算计我,我就死定了。"

发梁说:"杜秘书要什么你都给他,一定要拖到农历二月初二。"

发梁说:"过了二月二我就有救了。二月二龙抬头,那是我发芽抽穗的日子。"

万历三十五年农历二月初二,小长工的铁铧犁开曹员外的荒地并撒下饱满的麦种。那是个大吉大利的日子。

发梁后来告诉他媳妇,他睡过不少贵夫人。这些女人不是大人物的太太就是他们的儿媳妇。

发梁感到事情不妙,他对媳妇说:"我不想死,我还没儿子呢。"出于生命的本能,他要保存自己的火种。

发梁说:"女人是银行,保存在权贵家最保险。"

逮捕令发出的前一个月,发梁让媳妇开始来往于陇海线上。

发梁说:"到了二月二,胎儿就成形了,那些女人就会救我。"

发梁给媳妇画一张联络图。媳妇所到之处,那些娘儿们的肚子潮水般高涨起来;娘儿们相视而笑,肚子里装的都是一个型号的生命。后来,媳妇骂他是种马,他说:周文王一百个儿子哩,我算个啥。

35

娘家让她跟发梁离婚,她不干。杜秘书天天来缠她。

"你想把我逼上绝路？"

"我把你丈夫搞成了英雄,你得付出点代价。我这辈子最大的愿望就是跟你睡觉,我不是神仙我是凡夫俗子,你满足我一次吧。"

发梁媳妇答应给他一次。两人定好时间,农历二月初二。

那正是春天,凤鸣河两岸百花盛开百鸟鸣啼,红桃黑柏令人赏心悦目,梧桐古楸郁郁葱葱。杜秘书压抑了十年,在他成了性变态的这一天,心上人答应给他一次。心上人的玉体就是王位,攀上去就到了人生的顶峰。

这位性变态者决心来一次别具一格的幽会,他从发梁成仙的事情得到启发,事先把幽会的事泄漏出去。那天,北原的好事者们藏在林子里藏在高高的苜蓿地里,有人还带了录音机望远镜。跟世界上所有的幽会一样,女主人姗姗来迟。

杜秘书找我有事？

不是说好,睡睡觉吗。

杜秘书在草地上铺开被单。单子上绣着玫瑰花。中间是一只金凤凰。杜秘书扒下眼镜叫起来:我的小鸟我的小鸽子我的小白兔……发梁媳妇扬手打他一个耳光:跟你妈睡觉去,你妈的老皮比我有味道。

花被单被风揭起,落入河中。人们看见发梁媳妇头上戴着亮闪闪的凤冠,凤鸟呜呜叫起来。人们被这位忠于丈夫的女人感动了。

这一天,发梁媳妇成了凤鸟。那是北原真正的神鸟。

36

姜老师去世前,流落海外的儿子和女儿回来要接父亲出国养老,姜老师热土难离,祖先陵墓所在,爱妻的墓地也在故乡,儿子和女儿就不再坚持。一家人总是见面了相聚了嘛。两年后姜永年老师去世,儿女们遵照父亲的遗嘱,在姜氏墓地安葬了父亲,过了停七才离开。

参加完姜老师的葬礼,妻子很严肃地跟周长元提出分手,周长元考虑了一个礼拜,同意了妻子的要求。

妻子没有做过对不起丈夫的任何事情,周长元相信妻子。妻子跟前男友走在一起,也没有做过对不起周长元的事情。前男友在单位一直出不了头,下海做生意闯出了一条生路。那些年,捞第一桶金的人大多胆大、心眼多,心眼活、有冒险精神、有创新精神、有魄力、见多识广,就成功了。成功后的前男友做的第一件事就是要夺回自己心爱的女人。毕竟有了见识,不会胡尿整,不停地在小县城展示自己的力量和魅力,各种公益事业,各种露头露面的场合包括各种媒体,可谓见缝插针,基本上成了公众人物,也成为成功人士的代名词。见了前女友,只是停下来,彬彬有礼地问候一下,转身离开。差不多有两年多吧,前女友,也就是周长元的妻子内心有了变化。

1980年春天,女人二十八岁了,收到前男友的玫瑰花和一瓶法国香水,品位和力量都恰到好处。女人捧起玫瑰花闻了闻,打开香水,香气袭人,弥漫整个房间,女人突然意识到二十八岁这个极其危险的年龄。女人闭上眼睛想了整整一个上午,上午没课,孩子上学前班,丈夫有课,这是多么难得的深思熟虑的机会,吃中午饭时女人就下了决心。女人做了满满一桌菜。丈夫回家以为是什么盛大节日,妻子微微一笑:"没有节日就不能奢侈一下吗?"一个礼拜后女人告诉丈夫离婚的决定。这一个礼拜的某一天,女人与前男友见过一面,县城没秘密,女人干脆在街上人少的地方与前男友聊了一会儿,前后不到半小时,该说的都摊开说了。凭这一点,前男友就对女人刮目相看。前男友的种种计划里跟女人的约会绝对是在一个隐秘的场所,绝对轰轰烈烈,缠绵悱恻或激情万丈,大街上稠人广众之下,半小时解决战斗,离婚结婚,拆散一个家另组成一个家,男人哪有这种勇气和魄力。分手时男人快成女人的马弁了。直到结婚进洞房女人才让前男友新丈夫亲密接触。

婚后第二年冬天女人生了一个孩子,小县城的人再怎么算,这个孩子都是女人婚后怀孕所生,是个漂亮的女儿。前夫带着儿子,儿子每到周末会去看望亲生母亲。所有的非议渐渐平息。

新丈夫不可能不出事嘛,新婚后第七年,女儿才六岁,新丈夫担任单位下属的一家公司总经理,集体犯罪,落实到丈夫头上五十多万。1988年的五十多万哪,黑龙江的大贪污犯王守信因为五十多万给毙了,大家等着周原建国以来最大贪污犯挨枪子。

周长元也没想到前妻这么倒霉。平心而论,那个男人还真让前妻过了几天好日子,当总经理这几年,每年节假日都是老婆孩子逛北京上海。儿子跟着亲生母亲逛了一次北京,前妻充分照顾到周长远的自尊,没带女儿,后夫与女儿在家里。前妻家出事,周长元就让儿子去看看妈妈,儿子在妈妈身边待了好几天。

人们看到这个女人出去了几次,年底宣判,丈夫被判有期徒刑二十年。1988年贪污五十万不可能挨枪子嘛,王守信贪污五十万是1979年,周原人老实,计算进了物价上涨认罪态度有无立功表现等等因素。女人往西安宝鸡跑了好几趟,下了工夫的,为自己的男人嘛,不跑别人还骂呢。

人们常常看到这个女人每年要去陕北的劳改农场看望丈夫好几次,从八十年代后期流行的金丝猴香烟西凤酒到九十年代流行的红塔山、三五、茅台、五粮液,都是整箱整箱地购进再送出。据说丈夫一而再、再而三地减刑,从二十年减到十五年啦,这个女人还是坚持不懈地到处奔走,甚至包括劳改农场的公安干警,丈夫在里边过得很"滋润"。亲友们劝时,女人斩钉截铁一句话:"能叫钱吃亏不叫人吃亏。"有人怀疑赃款没缴完,要继续追查,检察院那边有证可查嘛,贪污一百万,追回五十万,另五十万挥霍一部分,准备在青岛弄房子让家人享受欧洲人的生活。女人第一次探监时这个家伙也是对女人这么说的,女人深信不疑。女人还想方设法核实了丈夫贪污的数字。

女人的姐姐在银行工作,女人就问姐姐:五十万块钱有多少?姐姐站起来走到大衣柜跟前比画了一下;女人又问一百万块钱呢?姐姐已经踮起脚尖比画了。女人还意犹未尽,死缠着姐姐要到银行看看实况,姐姐无法抗拒,冒着被开除公职的危险带妹妹看了金库,妹妹当时就叫起来:"狗日的太了不起了!"妹妹一下子就挺拔了,高跟鞋铿锵有力像个女纳粹。女人更坚定了探望丈夫的信念。

女人把这种信念默默地暗示给孩子,女儿很小就有优越感,一点也没有罪犯子女的自卑与胆怯,跟妈妈一样任何时候都昂昂气壮,什么都争第一,学习、体育、劳动,不给她评三好学生都没办法。女儿上初中就相当懂事了,优越感依旧,只是不再相信她们家有钱。妈妈让女儿吃好穿好。妈妈每年去探望爸爸好几次,每次都花很多钱,妈妈一个人挣工资,勉强维持生计尚可。妈妈好多年没添置衣服了,完全是过去年代新三年旧三年缝缝补补又三年的老习惯。女儿就更优秀了,一张张奖状是对妈妈最好的安慰。妈妈这个教师当得值。

女儿上到中学就成了周长元的学生。女儿知道周老师跟妈妈的关系,不管周老师对她多么好,多么关心她的学习,她都不卑不亢。妈妈都觉察出来了,妈妈就告诉她:我们两家没有冤仇,至少是亲戚吧,难道你不认哥哥啦?哥哥常到家里来,干这干那,帮妈妈许多忙,哥哥从来不拒绝妈妈的关照。妈妈告诉女儿:那是因为哥哥有个好父亲。女儿就突然来了一句:"周叔叔那么好,你为啥离开他?"妈妈就告诉她:"天下好人很多很多,不是所有的好人都能过在一起。"

周长元一直没有再婚,一心一意养育儿子,孝敬父母。儿子还算争气,考上宝鸡的一所大学,跟父亲一样将来也是当教师。

股票刚刚兴起,女人就取出丈夫留给她们母女的那笔钱,打点各种关系,只剩下两万块钱。1992年前后,两万块钱水分已经相当大了,这是供女儿上大学的钱,最困难的时候她四处借钱也不动这两万块钱,她只认一个朴素的道理,这是丈夫拼下来的一百万中的一部分,谁都知道1988年的一百万是个巨大的天文数字。女人就把这两万块钱一次投进去了。年终就成了十万,第二年上半年就成三十万。拥有三十万的时候,宝贝女儿考上清华大学。女人坐飞机送女儿去报到。女人还清债务,再次去探监时丈夫都感觉到女人有巨大的喜事,不仅仅是女儿上清华大学,女人就开丈夫玩笑:"你该不会怀疑我爱上某个男人吧?"说实话女人只有爱上一个人的时候才这么光彩照人,虽然隔着铁窗,女人还是按捺不住兴奋告诉丈夫:"我们有钱啦!"看着丈夫吃惊的样子,女人加一句:"老娘炒股票一枪一个十环。"

丈夫又减刑三年,妻子的股票越滚越大,她自己都不敢相信世界上有这么不可思议的赚钱办法,丈夫真是个大傻瓜,为那么点小钱去坐牢太不值了。

2000年丈夫出狱。女儿大二就出国了,父亲出狱这一年女儿拿到绿卡。真是个好孩子,没成家立业就想办法让父母迁居国外跟自己一起生活。

也是在这个时候,正在给学生补课的周长元被过去一位老同事叫出去,他们一起在考古队待过,这人就告诉周长元一个惊人的消息,考古队有了先进的仪器,已经探测出流传了几百年的姜天正藏宝洞的具体位置。人家不是开玩笑,人家说出的具体位置跟周长元默默记在心里的藏宝图分毫不差。高科技这玩艺儿真没办法。周长元就绷不住了,匆匆离开学校。

家里有二胡、有唢呐,周长元毫不犹豫抓起唢呐,呜哩哇啦吹起来,一直吹到街上,引起大家的围观,谁都能听出来这是葬礼上吹的《百鸟朝凤》。周长元吹得那么起劲。周长元泪流满面。谁都知道二胡曲子《百鸟朝凤》不会再有了,成了绝唱。周长元吹啊吹啊一直吹到姜老师的坟前,一直吹到瓦渣庙。一只美丽的大鸟降临凤鸣河畔。那一刻,前妻一家乘坐的飞机从咸阳机场起飞,再也不回来啦。

      1990年冬天奎屯——石河子
      1997年冬天宝鸡
      2012年夏天西安

图书在版编目（CIP）数据

百鸟朝凤/红柯著. -- 上海:上海文艺出版社,2023
（红柯作品系列）
ISBN 978-7-5321-8453-8
Ⅰ.①百… Ⅱ.①红… Ⅲ.①长篇小说－中国－当代
Ⅳ.①I247.5
中国版本图书馆CIP数据核字(2023)第018626号

发 行 人：毕　胜
责任编辑：江　晔　余　凯
特约编辑：谢　锦
装帧设计：周伟伟

书　　名：百鸟朝凤
作　　者：红　柯
出　　版：上海世纪出版集团　上海文艺出版社
地　　址：上海市闵行区号景路159弄A座2楼　201101
发　　行：上海文艺出版社发行中心
　　　　　上海市闵行区号景路159弄A座2楼206室　201101　www.ewen.co
印　　刷：上海昌鑫龙印务有限公司
开　　本：710×1000　1/16
印　　张：18
插　　页：3
字　　数：226,000
印　　次：2023年3月第1版　2023年3月第1次印刷
I S B N：978-7-5321-8453-8/I · 6671
定　　价：68.00元
告　读　者：如发现本书有质量问题请与印刷厂质量科联系　T:021-52830308